La prueba del laberinto

Colección Autores Españoles
e Hispanoamericanos

Esta novela obtuvo el Premio Planeta 1992, concedido por el siguiente jurado: Alberto Blecua, Ricardo Fernández de la Reguera, José Manuel Lara, Antonio Prieto, Carlos Pujol, Martín de Riquer y José María Valverde.

Fernando Sánchez Dragó

La prueba del laberinto

Premio Planeta
1992

Planeta

COLECCIÓN AUTORES ESPAÑOLES
E HISPANOAMERICANOS

Dirección: Rafael Borràs Betriu
Consejo de Redacción: María Teresa Arbó, Marcel Plans, Carlos Pujol
    y Xavier Vilaró

Diseño colección y cubierta de Hans Romberg
Ilustración de cubierta: "Teseo luchando con el Minotauro", pintura en
    vasija griega, Museo Arqueológico, Madrid
Depósito Legal: B. 36.132-1992
ISBN 84-08-00155-8
Composición: Foto Informática, S.A. (Aster, 11,5/12,5)

Primera reimpresión (Argentina): abril de 1993
Hecho el depósito que prevé la ley 11.723
ISBN 950-742-307-9
Reimpresión de Editorial Planeta Argentina S.A.I.C.
Independencia 1668
Buenos Aires (Argentina)
Impreso en la Argentina

A mi hija Aixa, que cuando tenía once años buscó y encontró conmigo el centro del laberinto de la catedral de Chartres.

A mi madre, para que me perdone muchas de las cosas que dice y hace el protagonista de esta novela.

Y al padre Llanos, in memoriam.

El laberinto es la defensa mágica de un centro, de un tesoro, de una significación. Sólo se puede entrar en él mediante un rito iniciático, tal como nos lo propone la leyenda de Teseo. Ese simbolismo es el modelo de la existencia humana que se enfrenta a numerosas pruebas para avanzar hacia su propio centro, hacia sí misma, hacia el *atman*, como dicen en la India. Muchas veces he tenido conciencia de salir de un laberinto después de haber encontrado su hilo conductor en medio de la adversidad. Todos hemos conocido esa experiencia. Pero debo añadir que la vida no está hecha de un solo laberinto. La *prueba* se repite una y otra vez.

MIRCEA ELIADE
La prueba del laberinto

I. Introito

(Madrid, invierno y primavera de 1991)

> He sido un hombre que busca y aún lo sigo siendo, pero ya no busco en las estrellas y en los libros, sino que empiezo a escuchar las enseñanzas que me comunica mi sangre.
>
> HERMAN HESSE

> He visto a las mejores cabezas de mi generación escupir sobre el crucifijo cristiano en nombre de la razón para luego terminar dando tumbos, perdidas, entre tinieblas, en busca de una nueva vaca sagrada que las salvase del nihilismo y de la desesperación.
>
> ALLEN GINSBERG, *Aullido*

> El mundo de hoy tiene dos opciones: meditación o suicidio global.
>
> RAJNEESH

LA BIBLIA LLEVA RAZÓN cuando dice que el Maligno se embosca en lo baladí. Todo empezó con una vulgar llamada de teléfono. Sonó el timbre de éste, lo descolgué en un descuido antes de que entre su auricular y mi persona se interpusiera el parapeto acústico del contestador —tan feliz y distraído andaba en ese momento que ni siquiera aparté los ojos del periódico que previamente había desplegado sobre la mesa— y, atónito, escuché la voz razonable, competente y obsequiosa de la secretaria de la editorial catalana que tiene la gentileza de publicar mis libros. No me lo esperaba y, cuando salí de mi asombro, era ya tarde para reaccionar. Me habían pillado in fraganti y desprevenido. No tuve los reflejos ni la capacidad de respuesta necesarios para apretarme la nariz con los dedos y explicar con voz gangosa que se habían equivocado de número. De modo que me limité a dar un respingo, fruncí el entrecejo, respiré hondo, hice acopio de cortesía y admití a regañadientes que yo era yo.

—Don Jaime —dijo la secretaria— quiere hablar con usted.

—Pásemelo.

Me sentí, mientras aguardaba a mi interlocutor, profundamente contrariado. La llamada no podía ser menos oportuna. Jaime era el diablillo tentador que una y otra vez, por más que yo intentara evitarlo, me uncía al yugo de la literatura convirtiéndome en un esclavo de la gramática, de los correctores de pruebas, de los lectores anónimos, de las comadres de café y de los medios de comunicación. Muchos de mis libros existían sólo porque él se había empeñado en que yo los escribiera. Sin prisa y sin pausa, con tenacidad y laboriosidad de monje ilustrador de códices miniados, Jaime tejía alrededor de los autores una telaraña de la que era muy difícil —si no imposible— zafarse. Yo, al menos, no lo conseguía casi nunca. Y todo eso —sus buenos oficios, su amistad, su lealtad, su profesionalidad, su bienintencionado acoso, su fe en mi obra— me turbaba, me fastidiaba y me desorganizaba la vida. Dos años antes, sin que él lo supiese, había dejado de considerarme escritor y me había recluido voluntariamente en la dorada mediocridad y felicidad del dique seco. El notable éxito de ventas —nunca de críticas— alcanzado por mi última novela había convertido el territorio de mi vida privada en un palenque, en un parque de atracciones abierto veinticuatro horas al día, en un campo de batalla lleno de cadáveres, de escombros, de desperdicios, de cimientos descarnados, de buitres y de bombas sin estallar. Y en la refriega, entre otros casos y cosas, había perdido lo que siempre creí que nunca iba a perder: mi condición y mi vocación de escritor. Empecé a sacar metafóricamente la pistola cuando alguien me hablaba de literatura y así, poco a poco, me transformé —desoladora imagen— en el simulacro de un torero retirado. La metamorfosis no aquietó las aguas ni me devolvió la tranquilidad, pero a pesar de ello respeté lo acordado, mantuve el tipo y seguí en mis trece. *Brinda, poeta, un canto de frontera / a la muerte, al silencio y al olvido* (1). El Fausto que todo escritor lleva dentro, mal o bien que le pese, renunciaba en mi caso a Margarita y la expulsaba de su alcoba. La literatura, esa pasión de vida, era ya en mí estertor de muerte. No alcanzaba a ver en ella, como en tiempos mejores, una tabla de salvación flotando sobre el oleaje del destino incierto, sino

---

(1)   Antonio Machado, *Cancionero apócrifo de Abel Martín. (N. del e.)*

una efímera pavesa que sólo servía para ponerse moños, atizar la hoguera de las vanidades y buscarse un huequecillo al sol en el sálvese quien pueda de este abominable modelo de sociedad —el que nos viene de América y de los anglocabrones— que no valora el *ser*, sino el *tener*.

Y así estaban las cosas, y así fluían mis pensamientos (o, mejor dicho, mis sentimientos), cuando la voz de Jaime rompió la tregua y me demostró que mis conjeturas y mis recelos no andaban descaminados.

—El lunes bajaré a Madrid —me anunció después de obsequiarme con los saludos de ritual— y me gustaría verte.

—¿Es importante?

—Lo es.

Hablaba con cierta sequedad castrense, pero no se la cargué en cuenta. Su oficio le obligaba a ello. Me consta que los escritores necesitamos a menudo una buena azotaina. La necesitamos, la merecemos e inclusive la agradecemos. Ése es otro de los motivos que me habían llevado a ahorcar la pluma.

—¿Importante para ti o para mí? —pregunté en estricta defensa propia.

Cuentan que la esperanza es lo último que se pierde, pero también dice Henry Miller que los proverbios son el último refugio de los retrasados mentales. Yo no estoy muy de acuerdo ni con lo uno ni con lo otro.

—Importante para todos —contestó—. ¿Quedamos a las cinco?

—¿Donde siempre? —dice.

Y me mordí la lengua. Preguntar equivalía a

14

aceptar. Soy una víctima de los camareros que se equivocan de plato, de las mujeres que se empeñan en mudarse a mi casa y de los médicos que me diagnostican una pulmonía cuando tengo una indigestión. Las escenas me pueden. Cualquier cosa mejor que enfrentarme al prójimo. Nadie, en mi infancia, me había enseñado a decir que no.

Así me luce el pelo.

—Donde siempre —se apresuró a responder mi interlocutor con patente alborozo.

Y yo tropecé por segunda vez consecutiva en la misma piedra.

—¿Vas a encargarme un libro? —dije.

Pregunta inútil, pregunta idiota, pregunta pusilánime. Volví a morderme la lengua. Jaime era demasiado astuto para entrar al trapo y bajar la guardia. Seguro que sonrió al oírme.

—No seas curioso —contestó—. Además, que yo sepa, tú nunca escribes por encargo. ¿Me equivoco?

—Ni por encargo ni de ninguna otra manera.

—Tomo nota. Pero yo que tú me pondría a respirar abdominalmente en ocho tiempos. Controla las tensiones, escritor. Son malas para tu salud y para la mía. Nos vemos el lunes. Ya sabes: a la hora en que tus queridos anglocabrones toman el té. Y procura ser tan puntual como ellos. A las siete estoy citado con uno de tus colegas. No me gustaría que os encontrárais.

—Ni a mí tampoco. Sólo de pensarlo me estremezco. Descuida. Seré puntualísimo.

Y colgó mientras yo me quedaba tascando el freno, mordiéndome los puños, requemándome la sangre. No pude seguir leyendo el periódico. Estaba furioso. Era un pelele. Mi debilidad me indignaba.

Entré en la cocina, abrí el congelador de la nevera, saqué una garrafa de aguardiente de albaricoque húngaro empañada por el hielo y me serví dos pepinazos. El alcohol corrió por mi cuerpo y lo zarandeó como si fuese metralla.

Luego regresé a mi madriguera, seguí el irónico consejo de Jaime (irónico no sólo por la intención que lo animaba, sino también porque soy yo quien suelo darlo), me senté en la posición del loto y *visualicé* —como dicen en su jerga de pichinglis los sacristanes, monagos y cantamañanas de la Nueva Era— un verdoso estanque chino de aguas, transparentes con miles de nenúfares, carpas mastodónticas, pececillos de colores y una pagoda de siete pisos con alero hincada sobre la peñascosa y retorcida cresta de un islote.

No me sirvió de nada. Ni California es Iberia ni Malibú está en el Mediterráneo. Mi dolencia, al parecer, era grave y no respondía al tratamiento. Necesitaba, seguramente, dosis de caballo percherón aliñadas con unas gotitas de genuino vudú de Haití y espolvoreadas con sal gruesa de candomblé de Bahía. Muchos son mis defectos, pero nadie me ha acusado ni podrá acusarme nunca de ser un calzonazos posmoderno, un tipo *light*, un hombre sin cafeína. Más de una vez, aunque yo siempre me he negado con un gesto de desdén, han querido contratarme para interpretar papeles de segunda o tercera categoría en los *spaghetti-westerns* y otros engendros similares.

Salta, pues, a la vista que el telefonazo de

Jaime me dejó hundido hasta el cuello en la más *porca* miseria. Seguía furioso e indignado, con o sin respiración abdominal en la postura del loto, y mucho más indignado y furioso me habría sentido si alguien —yo mismo, por ejemplo— se hubiera tomado la molestia de explicarme que acababa de poner en el centro de mi vida la primera piedra de una formidable tempestad y rendición de espíritu.

Llegué al lugar de la cita con un cuarto de hora de antelación. Era un céntrico hotel de cinco estrellas. El fantasma de Hemingway y la sombra del golpe de estado del veintitrés de febrero revoloteaban por sus salones. Jaime me esperaba ya en el diván de costumbre. ¡Si sus cojines hablaran! Nos saludamos lacónicamente, pedimos al camarero —que nos conocía de antiguo— las copas de rigor, intercambiamos media docena de trivialidades y nos fuimos derechos al grano por la vía más corta.

—Supongo —dijo Jaime— que huelga aclarar el motivo de mi llamada.

—Supones bien. ¿Por qué no lo mencionaste por teléfono?

—Estabas demasiado nervioso. No quise añadir leña al fuego...

—Escupe por esa boca. Soy todo oídos.

—Tuya es la culpa. Pon los pies en el suelo, agárrate con fuerza al brazo de la butaca y vuelve a respirar abdominalmente en ocho tiempos. El jefe me ha encomendado una misión casi secreta: quiere que le escribas a matacaballo un libro de doscientas o doscientas cincuenta páginas que se titulará, con tu venia, *Yo, Jesús de Nazaret* o algo parecido. Creo que las aclaraciones sobran. El título, por una vez, lo dice todo.

Me eché a reír. Jaime, ligeramente mosqueado, se interesó con cierta acrimonia —pero sin renunciar a la distante cortesía que en todo momento le caracterizaba— por los motivos de mi hilaridad.

Le puse al corriente de los mismos. No veía razón alguna por la que me conviniera ocultárselos.

—Me río porque llueve sobre mojado —dije—. El otro día recibí una extraña visita. Nada menos que siete personas vinieron a verme desde un lugar de la Mancha de cuyo nombre no quiero acordarme.

—Ya estás haciendo literatura... Y perdona la interrupción.

—Perdonada, pero te equivocas, Jaime. No hago literatura. Te estoy diciendo la verdad. Mis visitantes me rogaron encarecidamente que, fuese cual fuese mi decisión, no diera a nadie ninguna pista sobre ellos ni sobre lo que querían revelarme. Se lo prometí y voy a mantener mi palabra.

—¿Has dicho *decisión*?

—*Decisión* he dicho. Enseguida lo entenderás.

—¿Era una visita anunciada o fue una sorpresa?

—Llevaban muchos meses dejándome recados en el contestador. Ya sabes que ese odioso aparato, al que por desgracia no puedo renunciar, se ha convertido en algo así como un desaguadero por el que se cuelan en mi despacho todos los místicos, videntes, profetas, iluminados, brujos y curanderos de este país de locos. Lo que se dice una corte de los milagros, Jaime, un hospital de peregrinos, una verbena, un disparate electrónico. Te morirías de risa si escucharas los mensajes que me dejan. O, a lo peor, de llanto. A los unos se les aparece el arcángel san Gabriel; a los otros, la Virgen María bajo cualquiera de sus innumerables y pintorescas advocaciones; a los de más acá, san Pascual Bailón o santa Teresita del Niño Jesús, y a los de más allá, nunca mejor dicho, el mismísimo Dios Padre en persona. Todos les dicen que se pongan en contacto conmigo. Y se ponen, vaya si se ponen. ¡Menuda cruz!

—¿Y tú qué haces?

—Me escondo, me convierto en el hombre invisible, me agazapo detrás del contestador, doy la callada por respuesta, me disfrazo de Marco Polo y huyo a las antípodas.

—Pues regresa inmediatamente a casa. Tienes a siete manchegos desconocidos esperándote en el salón.

—Siete, no. Sólo subieron tres. Los demás se quedaron en un taxi parado frente a mi portal.

—Abrevia.

—Abrevio. Eran dos hombres y una mujer. La voz cantante la llevaba ella. Dio mil rodeos, me explicó que estaban en contacto con los maestros ascendidos...

—¿Los *maestros ascendidos*? ¿Y quiénes son, si puede saberse, esos caballeros?

—Pues gentes como Buda, Jesús, Confucio, Saint-Germain...

—¿Qué te dijo la mujer?

—Me dijo, poniéndose colorada, que los maestros ascendidos le habían revelado la identidad de mi penúltima reencarnación.

—¿Por qué no la de la última?

—La última, de momento, es ésta que ahora tienes ante tus ojos, pedazo de alcornoque.

—Acaba de una vez. Estoy deseando saber quién carajo fuiste antes de ser Dionisio.

—Fui san Pedro.

—¿Cómo has dicho?

—He dicho *san Pedro*.

—¿El novelista o el apóstol?

—Déjate de coñas.

—¿Debo llegar a la conclusión de que tú y sólo tú eres el responsable de la existencia de la Iglesia católica? ¿Tú, Dionisio Ramírez, fuiste el primer obispo de Roma? ¿Tú, *Lunilla*, le mojaste y le cortaste la oreja a un soldado en el huerto de Getsemaní? ¿Tú, descastado autor de mis entretelas y niña de mis ojos de editor, pescabas in illo témpore peces que hoy llevan tu nombre y tu apócope en las cristalinas aguas del lago de Tiberíades?

—Eso dicen los maestros ascendidos.

—¿Lo has contado todo? ¿No hubo más revelaciones? ¿Te dejas algún detalle en el tintero?

—Sólo uno, tangencial y, si cabe, aún más chusco que el anterior. ¿Recuerdas que la vidente subió a mi casa en compañía de dos hombres?

—Lo recuerdo. ¿Se trataba, acaso, del típico *ménage à trois*? ¡Señor, Señor! Hoy, en asuntos de sexo, el que no corre vuela. Ni siquiera los manchegos, a juzgar por lo que dices, están libres de pecado. ¡Si Cervantes levantara la cabeza!

—Si Cervantes levantara la cabeza, mi querido Jaime, tú te apresurarías a encargarle un libro. No, no estaban liados. Uno de los hombres era el marido de la vidente. El otro... Bueno, el otro era la reencarnación de san Judas Tadeo y, según me explicaron ruborizándose, se había sumado a la expedición para quitar hierro y facilitar las cosas como introductor de embajadores en el primer encuentro conmigo.

—Tu exposición cojea. Me falta un dato.

—Aquí lo tienes: Simón Pedro y Judas Tadeo eran, al parecer, íntimos amigos.

—¿En su época?

—En su época. La vidente debió de pensar que, reencarnados o no, donde hubo, queda. Y ni corta ni perezosa se trajo al apóstol, que en el siglo, en la vida cotidiana y en el Registro Civil se llama Manolo. Así anda el país, así va el mundo y así está el patio.

—Insinuaste antes que tus huéspedes esperaban de ti una *decisión*. ¿A qué te referías? ¿Qué decisión era ésa?

—La de si aceptaba o no mi nueva identidad o, mejor dicho, mi *vieja* identidad con todo lo que ello implicaba.

—¿Querían descargar sobre tus débiles hombros de miserable terrícola la tremenda responsabilidad de ser la piedra sobre la que Cristo, en su segunda venida, levantaría el edificio de la nueva Iglesia?

—Más o menos... Lo has entendido a la perfección y te explicas maravillosamente. Yo no lo hubiera dicho mejor.

—¿Cómo saliste de la encerrona?

—Diciendo que me lo pensaría. Desde entonces, durante los últimos cinco días, san Judas Tadeo me ha telefoneado varias veces para conocer mi decisión. Casi a diario. Y yo, por supuesto, erre que erre y dando largas. Lo gracioso, además, es que el buen señor, al telefonearme, me llama Pedro, y yo, como un corderito, me pongo.

—Terminarás de hermano lego en cualquier orden monástica.

—Dios te oiga. Antes, cuando era un escritorzuelo vanidoso y pretencioso, quería que me dieran el premio Nobel. Ahora sólo aspiro a la beatificación.

—Monseñores más altos han caído en ella. Y a propósito: ¿por qué me cuentas todo esto? ¿Sólo para divertirme y para escaparte por la tangente?

—No. Lo cuento porque lo que te ha traído hasta aquí, y hasta mí, casa que ni pintiparado con la historia del sanedrín manchego. La vidente y su *troupe*, si la memoria no me engaña, invadieron la paz de mi domicilio el miércoles pasado a esta misma hora, más o menos, lo que hablando en plata significa que hace seis días yo era un simple escritor de a pie con su capa la pardilla, hace cinco senté repentinamente plaza de apóstol de relumbrón, de santo de lujo y de obispo de Roma con ínfulas de Sumo Pontífice, y hoy, gracias a ti y al editor, me he convertido sobre la marcha nada menos que en Jesús de Nazaret. ¡Vertiginosa carrera, vive Dios! Mi madre, cuando se entere, no va a caber en sí de gozo. Y, ahora, Jaime, escúchame y métete bien en la cabeza lo que voy a decirte: no tengo, en principio, la más mínima intención de escribir el libro que me propones, así que ya puedes ir buscando argumentos para convencerme. Que sean sólidos, por favor.

—De acuerdo —dijo—, pero no antes de que me expongas los motivos por los que te cierras en banda. No estoy pidiéndote nada deshonroso. Más cierto sería lo contrario.

Llevaba razón. Templé y engrasé mi enojo.

—Ese libro —dije en tono conciliador— sólo puede ser un fraude o un imposible.

—¿Estás seguro?

—No del todo, pero sí lo suficientemente seguro como para negarme a correr el albur. Llevo más de veinte años, por no decir toda la vida y quizá, también, mis vidas anteriores sin excluir la de san Pedro —sonreí al decirlo y Jaime me imitó—, literalmente obsesionado por el individuo cuya autobiografía (o memorias, o diario, o testamento, o lo que sea) quieres que escriba. De niño, ya ves lo que son las cosas, creí que le conocía, que le había entendido, que sabía muy bien quién era. Hoy, medio siglo más tarde, sólo sé que no le conozco en absoluto, que lo ignoro todo acerca de él, que su misterio es indescifrable. Cuando le encuentro, se me escapa. Cuando le capturo, se escabulle. Cuando me lo ocultan, se manifiesta. Cuando me lo explican, se desdibuja. Cuando le olvido, reaparece. Es la Pimpinela Escarlata, Jaime. Le buscan por aquí, le buscan por allá y no está en ninguna parte. ¡Qué desesperación! Es mi gran asignatura pendiente.

—¿Sólo la tuya?

—No, claro —tuve que admitir—. Es la gran

2

asignatura pendiente de todo el mundo occidental y de parte del oriental.

—Escribir el libro que te propongo podría ser un buen sistema para aprobarla.

—Me sorprende descubrir que compartes las curiosas teorías del sanedrín manchego sobre mi oscuro pasado preuterino. Lo que me propones, en definitiva, es que acepte ser san Pedro.

—No. Te propongo que aceptes ser Dionisio Ramírez, te propongo que cumplas con tu deber, te propongo que ames al prójimo como a ti mismo, te propongo que sigas el *camino del corazón.*

—¡Uf! Ya salió eso. Tienes la astucia de la serpiente, pero te falta la inocencia de la paloma. De nada sirve lo uno sin lo otro.

—Eres tú, siempre tú, Dionisio Ramírez, alias *Lunilla,* quien se ha despepitado repitiendo una y mil veces por todos los medios de comunicación puestos a tu alcance, en público y en privado, en iglesias y en burdeles, en salones palaciegos y en tabernas de vino peleón, que *el siglo XXI será religioso o no será.*

—Pues me temo que no será. Pero, por favor, Jaime, no me pongas medallas ajenas ni me endoses mochuelos de otros nidos. Esa frase no es mía. Es de Malraux. Que cada palo aguante su vela.

—Gracias por la aclaración. La frase es de Malraux, sí, pero tú has sido uno de sus más insistentes profetas. Y ahora, ¿qué? ¿Haces mutis por el foro? ¿Te vas a las Antillas para que te abaniquen las mulatas mientras te tomas un daiquiri? ¿Dejas a todo bicho viviente en la estacada? ¿Abandonas el barco antes de que lo hagan las mujeres, los niños, las cucarachas y las ratas? ¡Reacciona, coño! ¡Vuelve a ti! ¡Empuña el timón y desembarca en el siglo XXI!

—No quiero desembarcar en un puerto tan dudoso. Estoy quemado, Jaime.

—¿Quemado? ¿Quemado tú, que lo tienes todo y que vas por la vida comiéndote el mundo?

—Eso es una fachada, un tic, una costumbre, un reflejo condicionado de perra de Paulov. La gente me lo pide y yo bailo al son del pandero.

—¿Quemado por qué, Dionisio? ¿Quemado por quién?

—Quemado por casi todo, Jaime.

—¿Por la edad? ¿Por la decadencia física? ¿Por la pitopausia? Siempre dijeron de ti tus enemigos, y algunos de tus amigos, que no sabrías envejecer y que al freír sería el reír. ¿Acertaban? Viéndote, Dionisio, me cuesta trabajo creerlo, porque estás hecho una rosa.

—Tampoco yo creo que me sienta como me siento por culpa de la edad o de la fisiología. Mi pito, por desgracia, funciona perfectamente.

—¿Como en sus mejores tiempos?

—Mejor que en sus mejores tiempos —dije.

—Fanfarrón. Pide al Altísimo que te perdone la chulería y no te apresures a cantar victoria, porque a menudo la procesión de la edad, sobre todo al principio, va por dentro. El usuario no suele darse cuenta de que es un carcamal hasta que se le olvida cómo se llama y dónde tiene el culo.

—Tranquilo, Jaime, que fui uno de los más voraces y tempraneros lectores de Carlos Castaneda y me aprendí al dedillo las enseñanzas de don Juan (2). Puedes estar seguro de que entre bromas y veras y dando tumbos de aquí para allá me he sabido defender de las maquiavélicas asechanzas de los enemigos del conocimiento. No caí, cuando era lógico y comprensible (incluso deseable) que lo hiciese, en la trampa del miedo, ni en la de la lucidez, ni en la de los poderes ocultos, de modo que no voy a caer ahora, a estas alturas, en la más peligrosa y menos obvia de todas: la de la vejez. ¿Sigues queriendo saber lo que me quema?

—Naturalmente.

—¿Por morbo? Ya sabes: el diosecillo de los pies de barro, el gladiador ante los leones, más dura será la caída y otros trozos de carnaza sanguinolenta por el estilo. *Morituri te salutant.*

—Quiero saber lo que te quema para entenderte y, si es posible, para ayudarte. No sólo por ti, sino también por la cuenta que me trae. A mí y al editor.

—No lo conseguirás. Nadie ayuda nunca a nadie. Nacemos solos, vivimos solos y morimos solos. Pero de todas formas, ya que insistes, voy a irme un poco de la lengua, aunque sin cantar de plano... Me quema la vida, Jaime. Estoy quemado y requemado por muchos de los seres y de las cosas que poco a poco, sin advertirlo, he ido metiendo en ella. Quemado por las mujeres y por el recuerdo de Cristina, quemado por los hijos,

---

(2)   Alusión a la famosa *saga* escrita por un antropólogo de identidad casi desconocida sobre las lecciones y aventuras iniciáticas de un chamán amerindio de la tribu mexicana de los *yaquis. (N. del e.)*

quemado por el éxito y por mi buena estrella, quemado por casi todo lo que poseo y no deseo: por mi barriguda y desbordante casa de quinientos metros cuadrados, por mi biblioteca de treinta mil volúmenes, por mi célebre *salón de música*, por mi estrambótico museo de chirimbolos orientales, por mis discos, por mis gatos, por el loro que me traje de Cartagena de Indias, por el contestador telefónico, por el sanedrín manchego y por el Mercedes de color gris metalizado. ¿Qué hace un chico como yo en un coche como ése? Y además, Jaime, quizá por aquello de que las desgracias nunca vienen solas, estoy quemado, quemadísimo, por el mundo que me rodea y por el país que me envuelve. Mira a tu alrededor. Todo es cochambre, todo es horterada, todo es de mentira, todo es usura, todo es liberticidio.

—¡Bravo! Si escribes como hablas, y si en tus memorias de Jesús de Nazaret dices lo que estás diciendo, la gente te aclamará.

—¿La gente? La gente, Jaime, se irá masticando chicle de hidrocarburo de fresa hacia el centro comercial más cercano para invertir sus ahorros en lechugas de plástico, hamburguesas de carne de rata china, lencería de polivinilo y cosméticos de placenta humana, se paseará luego por cualquier autopista para aspirar con fruición bocanadas de monóxido de carbono fresco, entrará antes de recogerse en un *salón recreativo* para jugar un rato a las maquinitas de navajeros, extraterrestres y monstruitos electrónicos mientras escucha música de *rock* a todo volumen y por fin, a media tarde, se encerrará en su casa detrás de una puerta fichet con reloj digital incorporado, sacará una garrafa de cocacola *light* de la nevera fabricada en Mastrique, se arrellanará en un tresillo de skay con floripondios estampados, encenderá la tele y fundirá el resto de la jornada sesteando y rebozándose en culebrones, partidos de fútbol, noticias falsas, decibelios estereofónicos, *videoclips* descoyuntados, concursos modorros, reclamos de desodorantes para ciudadanos elegantes o de detergentes para marujonas competentes, tetas y culos de silicona, azafatas en paños menores, anuncios institucionales del Ministerio de Hacienda y ruines mentirijillas de políticos berzotas asalariados por los banqueros, por las multinacionales, por los jeques del Golfo Pérsico y por el presidente de los Estados Unidos desde su campo de golf o desde la horterísima *suite* de su putísima secretaria. Así es la gente, Jaime, y no le demos más vueltas, porque el asunto no las merece. Escasea el oxígeno, el mundo se acaba, la vida se está retirando del planeta, los dioses han sido linchados y exterminados, Iberia es Siberia, en Bengala ya no quedan tigres, los socialistas volverán a ganar las elecciones, veremos canibalismo por las calles, nuestros hijos se doctorarán en Ciencias de la Corrupción, nuestros nietos serán padres de *brokers* y esposos de pimpantes ejecutivas con maletín de *samsonite*, y mientras tanto, de uno en uno y poco a poco, tú, yo y todos los de nuestra quinta nos iremos como se va la nochebuena y no volveremos más. De modo que ya puedes ir apagando las luces, pero no te molestes en cerrar la puerta al salir. Lo único juicioso en tales circunstancias es descorchar una botella de Albariños en el cabo de Finisterre, respirar abdominalmente, brindar por lo que el viento se llevó, evocar (en mi caso) a Cristina, rezar lo que cada uno sepa y quiera, y pegarse un tiro con silenciador en la sien. Eso tú, claro. Yo no puedo. Mis creencias religiosas me lo impiden.

—¡Guau! ¡Lástima no haber traído un magnetófono! Vete a casa inmediatamente, coge tu desvencijada Olympia y ponte a aporrear las teclas. Nuestra conversación ha terminado.

—¡Que te crees tú eso! ¿Sabes cuántos libros nuevos se escriben cada año sobre Jesús?

—Ni idea.

—Pues ahora lo vas a saber: más de mil. Se dice pronto. Nada ni nadie ha generado nunca, ni de lejos, una bibliografía de ese calibre. Supongo, calculando a bulto, que en estos momentos existen y circulan por esas bibliotecas de Dios (nunca mejor dicho) no menos de doscientos mil títulos dedicados a destripar con mejor o peor fortuna la vida pública y privada del Nazareno. ¡Y tú me pides que yo también desenfunde el bisturí y le practique la autopsia! Ponte la mano sobre el corazón, mírame a los ojos y dime si de verdad crees que tiene algún sentido añadir otra pieza a esa panoplia. Pero no me mientas.

—¿Alguno de esos doscientos mil libros a los que aludes ha sido redactado por Jesús en primera persona del singular?

Pensé que se había vuelto loco.

—Ninguno, que yo sepa —dije siguiéndole con cautela la corriente—, pero me permito recordarte, por si lo has olvidado, que yo *no* soy Jesús. Quizá llegue a serlo, si me porto bien y contando con la aquiescencia del sanedrín manchego, en futuras reencarnaciones, pero por ahora tendrás que conformarte con lo que hay y tener paciencia. Sólo soy san Pedro.

—Algo es algo. Y no hace falta que te esfuerces en demostrármelo. Salta al oído que lo eres. Llevas casi dos horas renegando de Jesús. Pronto cantará el gallo.

—No me provoques.

—Estoy en mi derecho, hombre de poca fe.

—¿Te gustaría que me sentase en la posición del loto, que abriera el *chakra* (3) de la coronilla, que invocase al Espíritu Santo respirando abdominalmente en ocho tiempos, que descendiera sobre mí y sobre mi atribulada pluma la lengua de fuego del lunes de Pentecostés y que así, levitando, en trance y con el tercer ojo abierto de par en par, escribiese un libro revelado?

—Me encantaría. No se te escapa una. Has dado con la solución.

—Me agotas, Jaime. ¿Por qué te empeñas en que escriba ese evangelio apócrifo que sólo va a traerte quebraderos de cabeza? ¿Por qué los lectores, con inexplicable contumacia, aúpan siempre hasta los primeros puestos de los libros más vendidos todo lo que —bueno, regular o malo— se escribe en cualquier idioma y desde cualquier punto de vista acerca de Jesucristo? ¿Por qué éste, dos mil años después de su venida al mundo, sigue siendo el motor más potente de la historia universal? ¿Por qué nadie —ni los teólogos, ni los

---

(3) Los *chakras* son vórtices de energía astral y cósmica que, según el hinduismo y el budismo, se abren en el cuerpo sutil de los seres humanos. *(N. del e.)*

exégetas, ni los santos, ni los videntes, ni los investigadores, ni los artistas— han conseguido descifrar el arcano que rodea al personaje? ¿Por qué la indiferencia resulta imposible en lo tocante a él? ¿Por qué seguimos hablando y hablando y hablando —sin ponernos nunca de acuerdo— de un episodio relativamente trivial ocurrido, si es que en efecto ocurrió, hace la friolera de dos milenios en un palmo de tierra exótica y maldita que ocupa en el mapamundi menos superficie de la que los cartógrafos atribuyen a la provincia de Alicante? ¿Por qué tirios y troyanos, agnósticos y creyentes, niños y viejos, sabios y zotes, comunistas y capitalistas aguzan el oído y tienden la oreja en cuanto alguien pronuncia el nombre del Galileo? ¿Por qué tantas personas están permanentemente dispuestas a morir por él o, lo que es mucho más grave, también a matar por él?

—De eso, precisamente, se trata, Dionisio. De que con tu obra respondas en todo o en parte a esas preguntas. Enhorabuena. Estás sembrado.

—Sembrado de mala hierba. Mira, Jaime: hace veinte años justos, en tal mes como éste, alguien me regaló un opúsculo de no más de cien páginas que recopilaban tres evangelios de los llamados *gnósticos*. Hoy casi todo el mundo ha oído hablar de ellos, pero yo, antes de ese momento y por extraño que te parezca, ignoraba su existencia. Ignoraba que hubo en los tres primeros siglos de la historia del cristianismo decenas y decenas de evangelios no canónicos ni sinópticos que fueron excluidos de la ortodoxia por los archipámpanos del Concilio de Nicea, declarados heréticos o carentes de autoridad y condenados, como Adán y Eva, a malvivir y a ir muriendo entre las frígidas sombras de las tinieblas exteriores de un lugar de mierda situado al este del Edén. Los textos que misteriosa y *causalmente,* que no *casualmente,* se me vinieron a las manos en aquella ocasión eran los atribuidos al apóstol Tomás, al apóstol Felipe y a un escriba anónimo que puso a su obra el inverecundo nombre de *Evangelio de la Verdad.* O a lo mejor fueron otros los que le adjudicaron esa apabullante etiqueta. Poco importa. Pero sí importa, en cambio, decirte que ese día —o esa noche, la más tormentosa de mi vida, porque de noche, efectivamente, era cuando leí el opúsculo de marras— se produjo la segunda venida de Jesús a mi pecho, a mi conciencia y a mi alma. Quizá recuerdes el episodio, porque lo conté en uno de mis primeros libros y porque muchas otras veces me he referido a él en público y en privado. Quizá recuerdes, Jaime, que a partir de ese momento, por suerte o por desgracia, la vida de mi espíritu nunca volvió a ser la misma. De mi espíritu y también, en cierto modo, de mi cuerpo, porque fue entonces cuando, a tientas, inicié la desesperada búsqueda de Jesús que hace poco mencionaba. Y en ella sigo, pero siempre a tientas, Jaime. No he progresado gran cosa. Incluso pienso y, sobre todo, *siento* a menudo que he retrocedido. Un paso hacia delante y dos hacia atrás. Vueltas y revueltas alrededor de un punto invisible. Es lo que algunos mitólogos llaman *la prueba del laberinto.* ¡Si Teseo viniese en mi ayuda ya que Ariadna no lo hace! Frenesí, agonía, infierno y cielo, Jaime. Y no te burles de mí. Créeme o compadéceme, pero no te burles de mí, porque el asunto es grave. Son ya veinte años de obsesión, de obstinación, de persecución y de lucha. He acosado a Jesús, le he puesto sitio, le he abierto de par en par todas las puertas y todas las ventanas de mi vida interior y también, a ratos, de la exterior. Los míos, a veces, me lo reprochan, me dicen que los descuido, me recuerdan que la caridad bien entendida empieza por lo propio y no por lo ajeno. Y yo, en esas ocasiones, sintiéndome incomprendido y acorralado, me escudo en la doctrina de los maestros y de las Sagradas Escrituras, repito con la *Baghavad Gita* que *todos nuestros actos deben ser sacramentales* y alego que, según Shivananda, la verdadera naturaleza del hombre es divina y que, por lo tanto, el único propósito satisfactorio y legítimo de la existencia humana estriba en el descubrimiento y permanente manifestación de esa divinidad.

—Tus hijos, al oírte, se quedarán de un aire.

—Pues sí. Y mi chica, ni te cuento. No sé lo que hacen los gilipuertas de las Naciones Unidas y el santo padre de Roma. El matrimonio, el concubinato y la paternidad deberían estar rigurosamente prohibidos a los escritores.

—No os arriendo la ganancia. Sin estrés no hay literatura.

—Supongo que, después de lo dicho, no te sorprenderá saber que tu proposición no me pilla, ni muchísimo menos, de nuevas. La peregrina idea de escribir —de que *yo* escriba en primera o en tercera persona, que eso poco importa— un libro sobre Jesús no es tuya ni de tu jefe. Es mía, Jaime. Mía y muy mía. Y no precisamente de ahora ni de ayer por la tarde. Llevo una pila de años descornándome y descarnándome para parir ese muerto. Pero no hay tu tía. He roto cientos de páginas y me temo, si antes no tiro la esponja, que voy a seguir rompiéndolas. Es desesperante. Lo que escribo hoy, mañana ya no me sirve. Jesús no pertenece a la historia ni a la arqueología ni a la mitología. Está vivo, tan puñeteramente vivo como tú y como yo, y se mueve, y colea, y aparece y desaparece, y —como es natural— no sale en la foto. O sale desenfocado, lo que aún resulta más descorazonador. Hablábamos antes de la descomunal bibliografía existente sobre este asunto. Y no voy a presumir de haberme cepillado poquito a poco los doscientos mil títulos disponibles, pero sí te diré que he consultado con lupa alrededor de seiscientos o setecientos, que no son grano de anís, y nada. Nada de nada, Jaime, porque ningún mortal puede acercarse a Jesús por el camino de la erudición y de la investigación. Decía Teilhard de Chardin que *en la escala de lo cósmico sólo lo fantástico tiene posibilidades de ser verdadero*. Y ahí, seguramente, está la clave del problema, de la ceremonia de la confusión y de la adivinanza: todos o casi todos conocemos a Jesús exclusivamente por lo que de él nos dicen los evangelios. Y eso equivale, lisa y llanamente, a desconocerle. Los evangelios, Jaime, son libros, libros más o menos atinados, libros inspirados o no, pero libros, simples libros. O sea: letra escrita, letra exangüe, letra inerte. Y para colmo, en este caso, letra manoseada y manipulada por todo bicho viviente. Por los evangelistas, por los hermeneutas, por los

Padres de la Iglesia, por los filósofos, por los teólogos, por los filólogos, por los traductores, por los predicadores, por los historiadores mágicos, por los historiadores lógicos, por los misioneros, por los papas, por los popes, por los curitas de a pie —cada uno en su parroquia— y por el paso del tiempo. Y además, como aliño de esa ensalada, las famosas interpolaciones. ¡Qué juerga, Jaime, qué orgía, qué risa, qué suculenta y sandunguera merienda de negros bizantinos y zumbones! Más de treinta años separan el día de la Ascensión (suponiendo que Jesús ascendiera efectivamente a los cielos con toda su anatomía a cuestas) del momento en que el primer evangelio canónico empezó a circular por el sistema de vasos comunicantes de las congregaciones y conventículos cristianos del Oriente Medio. He dicho treinta años, Jaime, y lo recalco para que no te pase inadvertido lo que eso significa. Treinta interminables e inexorables años de susurros y silencios, de sueños y deseos, de cábalas, de incertidumbre, de guiños en las sinagogas, de codazos en las plazas públicas, de bulos en las trastiendas, de bisbiseos en los zocos, de argucias y silogismos en las ágoras de Alejandría, de conjeturas en las catacumbas, de mensajes propalados en los cruces de caminos, de falsas noticias y verosímiles rumores de toda laya esparcidos a los cuatro vientos por los correveidiles de radio macuto, de radio petate, de radio prostíbulo y de la pirenaica. Treinta años de chismes, de comadres, de Santas Mujeres a pie de rueca, de luchas intestinas, de politiqueos, de grupos de presión, de intereses creados o por crear, de sectas, de capillas, de fabulaciones, de locuras, de egolatrías, de desmentidos, de apóstoles y de gurúes, de patrañas y de leyendas. Dime tú, Jaime, si puede existir en el mundo alguna persona en su sano juicio capaz de tomarse en serio, y a la letra, la supuesta verdad evangélica nacida de ese batiburrillo. Los taoístas, como siempre, tienen razón cuando dicen que las únicas Escrituras dignas de crédito son los rollos en blanco. Ahí, en el no-ser, en el silencio, en el vacío, es donde estalla y se manifiesta el ser, el verbo y la plenitud de Dios. Quienes saben, no hablan; quienes hablan, no saben.

—Creí que últimamente te llevabas bastante bien con la Iglesia católica e incluso me habían dicho que acatabas su autoridad, pero ya veo que son habladurías.

—Sólo hasta cierto punto, Jaime. Sí y no. Coincido en muchas cosas con el mensaje de la Iglesia y suscribo su actitud frente a ese *momentum catastrophicum* de la historia humana reciente diagnosticado y denunciado por los obispos, pero sólo acato la autoridad de quien por encima de todos nosotros está en los cielos. De Dios abajo, ninguno.

—¿Ni Wojtyla?

—Ni Wojtyla.

—¡Viva el anarquismo místico!

—Pues sí. Y que no decaiga. Iglesia y evangelios, evangelios e Iglesia: ahí tienes un inmejorable ejemplo de perfecto círculo vicioso. Nos dicen que la Iglesia nace de los evangelios cuando la verdad es justamente lo contrario: son los evangelios los que nacen de la Iglesia. La gallina, en este caso, precede al huevo. Jesús de Galilea, que era un ácrata de Dios, aborrecía las instituciones y, consecuentemente, las fustigaba sin piedad, sin pausa y sin desmayo. ¿Cómo iba, entonces, a fundar una iglesia ni nada que se le pareciese?

—¡Y este exabrupto sale precisamente de la boca de la reencarnación de san Pedro! Reconocerás que la cosa tiene gracia.

—Gracia y miga, Jaime, porque Simón Pedro era un guerrero sin vocación de cura y mira tú el sambenito que le colgaron. Ni *piedra* ni leches. Fue san Pablo quien por razones que no te voy a explicar ahora fundó la Iglesia. Y la Iglesia, luego, se inventó o por lo menos avaló la bonita historia de Cafarnaúm, del paso de poderes y del nombramiento de un delfín que ocupara el puesto y ejerciera las funciones de Jesucristo.

—¿Puedo y debo llegar a la conclusión de que los evangelios, a tu juicio, no van a misa aunque los utilicen en ella?

El chiste era fácil, pero oportuno. Me reí con ganas.

—Pues no —dije—, efectivamente no van a misa. Ni yo, por lo general, tampoco.

—*Las ceremonias en sí no son pecado, Dionisio, pero quien crea que puede alcanzar la vida eterna mediante el bautismo o compartiendo el pan vive todavía en la superstición.*

Enmudecí por unos instantes, miré boquiabierto a mi interlocutor y dije:

—Has conseguido sorprenderme, Jaime. No era fácil, pero lo has conseguido. ¿De modo que también tú te interesas por la teología y por las cosas de la religión? Nunca lo hubiese dicho. ¿Es una opinión o una cita?

—Una cita, pero no me pidas el nombre de su autor, porque lo he olvidado. Seguro que era algún teólogo alemán con gafas de nueve dioptrías.

—¡Lástima! Me hubiera gustado incorporarla a mi libro.

—Sospecho que empiezas a transigir. ¿No decías que ningún mortal puede acercarse a Jesús por el árido camino de la erudición y de la investigación? ¿No sostenías con vehemencia digna de mejor causa que Jesús no cabe en ningún libro profano ni sagrado, por muy gnóstico y levantisco que su autor sea? Aguardo ansiosamente tus explicaciones.

—Puedes apostar doble contra sencillo a que mi tentativa evangélica, si alguna vez llega a puerto, no lo hará por el camino de la erudición y la investigación, sino por el del corazón. O, si prefieres llamarlo de otra forma porque ésta te sabe a conocida, pon en tu informe que procuraré seguir el camino de Damasco.

—Sugerencia aceptada. ¿Y como vas a organizar tu viaje?

—En dos etapas. Durante la primera haré lo mismo que hicieron los obispones y los Padres de la Iglesia, según Voltaire, en el concilio de Nicea.

—No me asustes, Dionisio. ¿Qué insinuaba aquel réprobo?

—Insinuaba o más bien afirmaba categóricamente que los capitostes de la inicua asamblea zanjaron la controversia sobre la presunta ortodoxia o heterodoxia de los mil y un evangelios existentes a la sazón colocándolos todos sobre una mesa de patas cojas que luego, acto seguido, zarandearon vigorosamente. Muchos de los libros se cayeron, pero algunos —no más de siete u ocho— se agarraron como lapas a la superficie del mueble y resistieron en ella. Son, estos últimos, los que desde entonces forman parte del Canon. Ya sabes: los evangelios según Lucas, Marcos, Mateo y Juan, los *Hechos de los Apóstoles*, el *Apocalipsis* y las veintidós epístolas. Y pare usted de contar. Todos los volúmenes caídos se consideraron y declararon heréticos. Reconoce que *se non è vero*, que no lo será, *è ben trovato*.

—Lo que significa, si te he entendido bien, que tienes la santa intención de tirar por el sumidero de cualquier letrina las seiscientas o setecientas obras sobre Jesús que, según dijiste antes, te has tomado la molestia de consultar con lupa.

—Eres un lince.

—¿Y después? No me tengas en ascuas. Me devora la incertidumbre.

—Después vendrá la segunda etapa.

—Me gustaría hacerte una pregunta seria, tanto —por lo menos— como la que tú me has hecho.

—Dispara.

—¿De verdad eres cristiano? Yo mismo lo he dado por supuesto al elegirte como autor de las memorias de Jesús, pero —entre nosotros— no estoy nada seguro de que lo seas. Muchos lo dudan. Dicen que es una pose de escritor desengañado de todo y deseoso de encontrar tierras vírgenes para sus andanzas y para su pluma.

—No lo es, Jaime. Te lo juro. Puedes poner por mí no sólo la mano en el fuego, sino incluso los testículos. No se te quemarán.

—Me alegro, porque si no fueses cristiano, Dionisio, tu libro volaría a ras del suelo y terminaría en una fosa común. No se puede escribir si no se cree en aquello sobre lo que se escribe.

—Sabes de sobra que siempre he sostenido eso. No me robes las ideas. Y tranquilízate: soy cristiano de la cruz a la bola. Cristiano de estirpe y de nacimiento, cristiano por educación, cristiano por elección, cristiano por convicción y cristiano, sobre todo, por obra y gracia de Jesús de Galilea.

—Voy a decirte algo que te irritará: me vuelvo a Barcelona convencido de que mi gestión ha dado fruto. Vas a responder que sí. Tienes de plazo hasta el próximo lunes.

—¡Insolente, que eres un insolente! Y, además, un presuntuoso. ¿Qué es lo que te autoriza a llegar a esa aventurada conclusión?

—Tus propias palabras, Dionisio. Te has declarado cristiano en un tono y en unos términos que no dejan resquicio a la duda. Supongo que te gustará saber que me has convencido. Y no era fácil.

—No eches las campanas a repicar antes de tiempo ni de saber hacia dónde apunto. No te regocijes por mi declaración de fe. He dicho que soy cristiano y, naturalmente, lo mantengo, pero cristiano a mi manera, que a lo mejor no es la manera de la Iglesia. Anda, pregúntame si soy budista, o taoísta, o hinduista, o musulmán, y también te diré que sí. Lo uno no quita lo otro.

—Totalmente de acuerdo, fray Dionisio, y repara en que te lo dice un pecador incrédulo que ve los toros desde la barrera. Nadie tiene el monopolio del Espíritu.

—Ni del Altísimo.

—¿No es lo mismo?

—Sí, lo es, pero yo iría aún más lejos, Jaime. Yo diría que nadie tiene el monopolio de Jesucristo. ¿Sabes lo que sostenía el loco de Tertuliano, que es mi padre de la Iglesia favorito, y lo que machaconamente repetía el maestro Jung?

—Lo sabré cuando tú me lo cuentes. No soy el Larousse.

—Pues decían los dos que *el alma es naturalmente cristiana*. ¿Te suena?

—Como una música en sordina. No sé muy bien por dónde vas.

—Te la silbaré al oído. Explicaba Jung que la autoridad y la eficacia de la Revelación no dependen de la mayor o menor verosimilitud de su supuesta realidad histórica, que es irrepetible e imposible de verificar y cuyo radio de acción sólo abarca un período muy breve y un territorio muy estrecho, sino de la universalidad del simbolismo agazapado en ella. El mensaje de Jesús desde este punto de vista, sería algo así como el máximo común denominador de la conciencia y de la *psique,* capaz de existir en sí y por sí mismo de forma autónoma y con absoluta independencia respecto a lo que nos cuentan los evangelios. De ahí, Jaime, que mi fe en Jesucristo y mi sujeción a sus preceptos sean un punto fijo en mi vida

41

espiritual y no dependan ni poco ni mucho ni nada de los vaivenes a los que nos tiene acostumbrados, según la ideología o las creencias del enteradillo de turno y el discurso de valores dominante en cada época, la investigación neotestamentaria. Lo que Jung afirma, y lo que yo —salvando las distancias— corroboro, es que hay un Cristo *precristiano* y otro *no cristiano,* de donde se deduce, en contra de lo que nos enseñaron en la catequesis cuando éramos niños, que *fuera de la Iglesia también es posible la salvación.*

—Antes o después terminarás quemado en la plaza pública por los inquisidores que ese día estén de guardia.

—Si Pascal no dio con sus huesos en una hoguera, explícame por qué tendría que hacerlo yo.

—¿Qué pito toca Pascal en esta historia?

—El de ser el hombre que mejor ha entendido a Jesús y que más cerca ha estado de él después de san Francisco de Asís. ¿Y sabes por qué? Porque sólo él, aunque luego le saldría una legión de imitadores...

—Tú entre ellos.

—... se atrevió a apostar existencialmente, jugándose entero en la apuesta, por un Cristo *personal* —subraya, por favor, el adjetivo— y, probablemente, intransferible. Esa es también mi postura, Jaime, o quizá, no lo sé, mi impostura. Pero creo, y *siento,* que hay tantos Cristos como cristianos y que cada hombre tiene que encontrar el suyo, el que le es consanguíneo, el que lleva grabado en su corazón desde el primer latido de éste, el que por ley de *karma* (4) o de lo que sea le corresponde. Jesús como *opera aperta* e inconclusa. Y todo lo demás, Jaime, sobra. Sobra la liturgia, sobra el *credo,* sobra el Papa, sobra el dogmatismo, sobra la definición del pecado, sobran los sentimientos de culpa, sobran las condenas y las amenazas, sobran el terrorismo espiritual y la intimidación moral, sobra el mito de la Caída (aunque no la evidencia del progresivo deterioro de la condición humana), sobran los filósofos de la escolástica (por mucho que yo los admire), sobran los integristas (por mucho que yo los entienda), sobran los concilios, sobran incluso los evangelios, aunque esto lo digo mordiéndome la lengua y titubeando después de contar hasta mil, y sobra, por encima de casi todo lo dicho, el nefasto poder temporal de la Iglesia.

—Habrías tardado mucho menos tiempo en decir lo que no sobra —dijo Jaime cáusticamente—, si es que hay algo que en tu opinión no sobre, claro.

—Lo hay, lo hay.

—¿Ah, sí? ¿Y qué es, si puede saberse. No me tengas en ascuas.

—Repasa el *Diario íntimo* de Unamuno y quizá encuentres la respuesta.

—Tu visión de Jesús es demasiado corrosiva, iconoclasta y genérica.

(4) Los hinduistas y los budistas llaman *karma* a los efectos producidos en nuestra vida actual por el peso de las malas o buenas acciones cometidas en el pasado o en el transcurso de otras existencias. *(N. del e.)*

—Muy bien. Es demasiado corrosiva, iconoclasta y genérica. ¿Y con eso?

—¿En qué se diferencia el Jesús que postulas
de otros grandes profetas, semidioses, iniciados
y maestros? ¿Qué añade o qué quita? ¿Qué aporta que otros no hayan aportado antes? O después.

—Aporta poco, Jaime, pero no plantees así la
cuestión. No compares. No cuantifiques. No con-
fundas valor y precio. Te repito, y te recuerdo,
que sólo existe *una* Verdad. Mahoma decía que
Dios ha dado a cada pueblo un profeta que habla
en su lengua y asume formas acordes con su tradición, sus usos y sus costumbres. Eso, Jaime,
se llama *tolerancia:* una moneda de escasa circu-
lación en el territorio del cristianismo eclesiástico.

—Pisa el acelerador.

—De acuerdo. Resumo lo que te iba a decir:
Jesús aporta, por ejemplo, el libre albedrío en un
mundo gobernado por las arbitrarias decisiones
de Iahvé y por las leyes fatales de las estrellas.

—¿No crees en la astrología? ¡Qué raro me parece eso en una persona como tú!

—Por supuesto que creo, y no precisamente
con fe ciega ni supersticiosa. He comprobado la
eficacia de esa ciencia en infinidad de ocasiones.
Pero lo que los astros nos indican son probabili-
dades y pautas de conducta, no certezas ni hechos inexorables ni verdades apodícticas.

—¿Y además del libre albedrío?

—El amor, Jaime, el amor. El amor cabal, el
amor fetén, el amor que no pide nada a cambio,
el amor sin toma y daca, el amor altruista, el
amor solidario, el amor compasivo, el amor sin
pasión. O sea: el amor incompatible con el senti-

do de la propiedad y con el odio, porque los dos sabemos, Jaime, como lo sabe para su desgracia todo el mundo occidental, que enamorarse significa poseer o ser poseído por el otro y odiar sin dejar de amar. Nos guste o no, así están las cosas: todos jodidos por culpa de la pareja. El mito de Tristán e Iseo, y su filosofía de que el verdadero amor entre hombre y mujer lleva *esencias de muerte*, ha hecho estragos entre nosotros.

—Libre albedrío, amor desinteresado y... ¿Algo más?

—Sí. Nada menos que un nuevo concepto de la vida: el que entiende ésta como servicio al prójimo. Lo que cuenta y lo que importa es dar, no recibir. Anda, ve y dile eso al presidente de los Estados Unidos, al primer ministro del Japón, a quienes inventaron y propagaron el *american way of life* y a los ideólogos del *tanto tienes, tanto vales*. Jesús predicó justamente lo contrario: *tanto das, tanto eres* y *tanto eres, tanto vales*. Por cierto: ¿no crees que ya va siendo hora de que arrinconemos el *catolicismo* —un término que nació circunstancialmente y que se ha enquistado en nuestra nomenclatura religiosa por obra y gracia de la guerra fría entre las dos iglesias— y de que sin falsos pudores y con razonable orgullo regresemos al *cristianismo* y nos atrevamos a mencionarlo? Por lo menos a mencionarlo. No pido más.

—Cristianos se llaman también a sí mismos los protestantes. ¿Vas a partir por ellos una lanza?

—¡Jamás de los jamases! En lo tocante a ese punto soy como el papa Luna: ni transijo ni me avengo a negociaciones. Los protestantes nunca han sido cristianos de cuerpo entero. Su historia y lo que está pasando en el mundo así lo demuestran. Júzgalos por sus obras, no por lo que dicen y llegarás a la conclusión de que siempre fueron, y no han dejado de serlo, cínicos, tristes y putrefactos adoradores de la diosa Razón, del dios Trabajo, de la competitividad, de la violencia, de la ética del triunfo a cualquier precio, del consumismo, del colonialismo a palo seco, de la depredación, de la represión, de la masturbación, de la hipocresía, de la barbarie generalizada y del Becerro de Oro. ¡Peste de pueblos, raza maldita, sacristanes con olor a leche agria, apóstoles de Mammón, mamporreros de Satanás! De sus caballerizas salen a diario todos los jinetes del Apocalipsis. ¿Qué es el *nuevo orden mundial* del genocida Bush y de su compinche Clinton sino la apoteosis del sueño protestante armado hasta los dientes? Brrr... Me entran escalofríos. No menciones la bicha en la casa de un castellano viejo. Mejor, mil veces mejor —siendo las dos malas— la Contrarreforma que la Reforma. El verdadero cristianismo, Jaime, es fruto en sazón del Mediterráneo y prenda de grecolatinidad. Lo es su exuberancia, su policromía, su barroquismo, su cosmopolitismo, su misticismo, su loa de la cigarra, su don de la ebriedad, su sensualidad, su música, su arquitectura, sus imágenes, sus procesiones, sus ceremonias, su filosofía, sus luchas intestinas entre las virtudes cardinales y los pecados capitales, y —sobre todo— el restallante y deslumbrante fulgor del paganismo que lo envuelve y lo recubre como un pan de oro.

—¿Y el lado lóbrego? ¿Dónde dejas el lado lóbrego, la Inquisición, el Índice, el *memento moris*, los cilicios, los anatemas y el sexto mandamiento?

—Olvida la demagogia, el *agit prop* y la leyenda negra. Todo eso no es cristianismo, sino judeocristianismo. Iahvé y Jesús son dioses irreconciliables y sin ningún lazo de parentesco. Fueron los judíos quienes acosaron y acogotaron, sabiendo muy bien lo que se hacían, al guerrero y guerrillero de Galilea por mucho que el papa quiera correr ahora un tupido velo sobre el asunto y firmar una estulta, monjil y farisea *pax romana* —nunca mejor dicho— que no puede satisfacer a ningún hombre honrado y que no sabe a religión, sino a política.

—Se te ve el plumero, Dionisio. Los dioses solares del Mediterráneo hablan por tu boca.

—¡Ojalá fuese así! Eres muy perspicaz, Jaime, y lo que se dice un maestro en el arte de tirar de la lengua al prójimo.

—Pues cierra de una vez el pico, afila la pluma y pon manos a la obra sin buscar culpables. Recuerda lo que decía Hemingway en su *decálogo* del artista cachorro: *Calla. La palabra mata el instinto creador.* Llevamos casi dos horas de cháchara. ¿Te queda algo por añadir? Supongo que ya lo has vomitado casi todo.

—Me gustaría dejar bien sentado que yo no estoy en contra de la Iglesia. Aprecio y agradezco su existencia, su actitud de permanente testimonio, su tenacidad en la defensa del Espíritu, su apoyo a los humillados y ofendidos del planeta e incluso, con todos los peros que queramos ponerle y que conviene que le pongamos, agradezco y aprecio su estrategia, lo que ya es apreciar y agradecer. Mi adhesión a Roma es, desde luego, relativa, condicionada, parcial, cautelosa y hasta un poquito tortuosa, pero tan firme, Jaime, y tan curtida por las dudas, los zigzagueos y las contradicciones que estoy dispuesto a comulgar de vez en cuando con las consabidas ruedas de molino y a cerrar o a guiñar, siempre que la ocasión lo exija, todos los ojos que haga falta. ¿Y sabes por qué? Porque a pesar de todo creo que sin la Iglesia, restando lo negativo de lo positivo y cuadrando el balance, la historia del mundo occidental habría sido aún más macabra de lo que ha sido. Me doy cuenta de lo arriesgado que resulta decir esto y, de hecho, lo estoy diciendo a hurtadillas y bajo secreto de confesión, pero no voy a andarme ahora con componendas en asunto de tanta gravedad. Gracias a la Iglesia han llegado hasta nosotros el mensaje y el ejemplo de Jesús, que de otro modo, seguramente, se habrían perdido. Un mensaje todo lo adulterado y aguachinado que quieras, pero vivo, sonoro y palpable. Y no sólo eso... Tampoco sería justo olvidar que lo determinante en la Iglesia, lo que de verdad la caracteriza, no son los sumos pontífices, los cardenales, los obispos, los nuncios, los secretarios de estado, la pompa, la Capilla Sixtina, la música de Bach y la cúpula de Bramante, sino los fieles de paisano y los curitas de a pie, que contra viento y marea han mantenido encendida la llama del tabernáculo y que casi siempre han sabido estar donde tenían que estar. Y yo, Jaime, sólo me encuentro a gusto con los de abajo y, hoy como ayer, te digo lo que dice una de mis canciones preferidas: *con los pobres de la tierra*

/ *quiero yo mi suerte echar.* Y no por demagogia ni por romanticismo ni para que me aplauda la galería, te lo juro, sino por caridad. De modo, y a guisa de conclusión, que no soy ni de lejos un comecuras, aunque alguna vez lo haya sido, y que, por lo tanto, no me gusta ni tampoco me divierte que me tomen por tal. ¿Queda claro?

Jaime asintió y comentó:

—Clarísimo. Vete en paz. Tu fe te ha salvado.

—Gracias, rabí —dije siguiéndole la chufla—. Y ahora, con tu permiso y con el de mi director espiritual que en gloria esté, voy a darme un respiro y a marcar distancias. Las Iglesias, como las mil liturgias que nacen de ellas y que simultáneamente les sirven de justificación, son simples falsillas, ronzales, tacatacas, puntos de apoyo, ungüentos, elixires vagamente homeopáticos y marcapasos útiles, e incluso terapéuticos, para el común de los mortales, simbólicamente representados por los pastores de Belén y por los famosos y sufridos carboneros de fe ciega. Y conste, Jaime, porque te veo venir, que no lo digo despectivamente ni en son de burla, sino con respeto, con admiración, con espíritu de emulación y con envidia. ¡Ojalá fuese yo también así! Palabra.

—Pero no lo eres, Dionisio.

—No, no lo soy. Y ahí duele. Ahí duele y ahí vamos, porque al Portal de Belén, hombro con hombro de las buenas gentes, también llegaron Melchor, Gaspar y Baltasar. O sea: los Reyes Magos, los brujos, los videntes, los místicos, los gnósticos, los adeptos, los iniciados... Y ya insinué antes que para ellos, para los que vienen al mundo con almas viejas, evolucionadas, expertas y sabias, las Iglesias son tan inútiles (por no decir dañinas) como lo sería la lectura del catecismo del padre Ripalda para un catedrático de teología de la Universidad Pontificia. Ésa es mi postura, Jaime. Creo que Cristo ha sido secuestrado —*amorosamente* secuestrado, lo admito— por la iglesia católica, y por los protestantes, y por los ortodoxos, y por todos los pensadores, investigadores, teólogos y hombres de buena o mala voluntad que a lo largo de la historia se han puesto a pontificar sobre él, sobre su vida, sobre sus milagros y sobre su muerte. Y a mí, Jaime, no me agrada la idea de que mi nombre se incorpore a esa lista ni de que mi libro, caso de llegar a puerto, sea una signatura más en el catálogo de los doscientos mil volúmenes que antes mencioné.

—¿Por eso te resistes a cumplir con tu deber de escritor?

—Por eso y por otras cosas. Me siento como un pirata, Jaime, o como una fiera depredadora. Mi versión de Cristo no le servirá de nada a nadie. Eso en el mejor de los casos, porque en el peor desconcertará a los lectores o incluso les hará daño. Tú sabes que estoy permanentemente dispuesto, cómo no voy a estarlo, a poner cualquier granito de arena que contribuya a mitigar un poco la salvaje crisis de valores y el despiste y la infelicidad generalizada que el laicismo, el consumismo, la tecnología, la partitocracia, las tres grandes revoluciones de la historia, el advenimiento de la aldea global y la adoración del Becerro de Oro han desencadenado, pero sería absurdo creer que la letra impresa puede derribar o por lo menos socavar esos ídolos. El Mediterráneo es un mar muerto, en Itaca han instalado una refinería de hidrocarburos y nadie, ni siquiera Ulises, es capaz ahora de tumbar cíclopes a pedradas. Y yo, Jaime, no quiero turbar ni desmoralizar ni, menos aún, escandalizar a nadie.

—No lo hagas.

—¿Y cómo voy a evitarlo? ¿Traicionándome? ¿Mintiendo como un político? ¿Disimulando? ¿Tirando balones fuera? No tiene ningún sentido ponerse a llenar folios en blanco para eso. La literatura es un ejercicio de libertad y de sinceridad o no es absolutamente nada. ¿Qué le voy a hacer si he llegado, sin proponérmelo, a conclusiones *personales* sobre Jesús que te dejarían boquiabierto y que levantan ronchas? Personales y, lo que aún complica más las cosas, de difícil —si no imposible— demostración. ¿Quieres que las esconda, las diluya, las desnate o las maquille? ¿Has venido hasta aquí desde una ciudad situada a seiscientos kilómetros de ésta sólo para pedirme eso? No es necesario que me respondas. Aunque me digas que sí y lo jures en sánscrito sobre la Biblia, no te creeré.

—Te pierde el carácter, Dionisio. Todo lo multiplicas por cien. Yo no me preocuparía por la dificultad ni por la imposibilidad de demostrar lo que afirmas. Si estás convencido de ello, como parece que lo estás, lo dices, y a otra cosa. La rectitud de tu intención te sirve de coartada. No me obligues a recordarte que el corazón tiene razones que la razón no conoce. Sería, tratándose de ti, verdaderamente absurdo. Insisto: no te preocupes. No estás bajo sospecha. Tienes crédito. Nadie te va a pedir cuentas ni pruebas del nueve. La hagiografía evangélica no es una ciencia exacta. ¿Existe, acaso, algo más difícil de demostrar que la resurrección de Cristo? Y, sin embargo, ahí la tienes: intacta, palpitante, más chula que un ocho e inasequible al desaliento, a las tarascadas de los aguafiestas y a la secular conjura de los científicos volterianos, de las sectas satánicas y de los filósofos escépticos.

—Pues sí, Jaime, lamento tener que decirte que sí, que a estas alturas, después de dos mil años de dogmática a granel, de infalibilidad del papa y de ininterrumpido bombardeo fideísta, hay efectivamente algo mucho más difícil de demostrar que la resurrección de Cristo.

—¿Ah, sí? Lo dudo, pero me gustaría saber qué.

—Que Cristo *no* resucitó. Insinuar (no digo sostener) eso es tan peligroso como matar a un hombre. Te la juegas tanto o más que Salman Rushdie.

—¿Vas a insinuarlo tú?

—¿Pretendes que te revele el desenlace de mi novela? Controla los bajos instintos, por favor. Tu desfachatez no conoce límites. Y ésta es, por el momento, mi última palabra. Lo prometido es deuda: tal y como te anuncié, voy a marcharme.

—*Quo vadis, Petrus?*

—A Jerusalén, *Dómine*, para buscar al Maestro.

—Que el gallo te dé una segunda oportunidad. Llámame el lunes.

—Así lo haré.

Y desaparecí de su vista resoplando como un búfalo.

Con un nudo en la garganta, con una argolla en el corazón, con un bulto en el estómago, con cinco dedos de nieve en cada mano, con un cuchillo en la ingle: así llegué a casa —sería ya la medianoche— después de pasar varias horas de ginebra, soledad y trueno sombríamente perdido por las chirigoteras calles céntricas de una ciudad que detestaba.

Mis deudos y cordiales vampiros, afortunadamente, dormían. Sólo uno de los gatos —el que se llamaba Jumble— vino a recibirme y a frotarse contra la pernera de mis tejanos mientras ronroneaba. Me incliné y le hice una cucamona, seguramente torpe e inoportuna, porque salió corriendo. El alcohol me pesaba en la sangre y me embarullaba los gestos. Había perdido muchos años atrás, cuando empecé a fumar porros y *chilones* (5) en Kathmandú, la costumbre —tan ibérica, tan propia de mi generación— de empinar el codo a cualquier hora y con cualquier motivo, y hoy lo pagaba así: sintiéndome como un elefante sin trompa para barritar y sin baobab para rascarse las ancas en el taller de un miniaturista.

Me deslicé por el pasillo como la sombra de un fantasma, entré en el cuarto de baño (o, mejor dicho, en uno de los numerosos cuartos de baño alicatados hasta el techo de aquella imponente e insolente casa que ya no era, en mi dolorido sentir, la mía), me desnudé, me contemplé con sorna

(5) Pipas verticales de barro que se utilizan para fumar marihuana y hachís en algunos países de Asia. *(N. del e.)*

en el espejo, me duché, me puse un *yukata* (6),
apliqué la boca a uno de los grifos del lavabo,
bebí largamente —con goce posmoderno y masoquista— el agua con sabor a cloro, o el cloro con
sabor a agua, que el despotismo ilustrado del Ministerio de Sanidad ponía generosamente a disposición de sus felices súbditos, me encerré en
el despacho, encendí una varilla de incienso, tiré
de la memoria y empecé a transcribir, en la medida de lo posible, el meollo de la conversación
que unas horas antes había mantenido con Jaime
en su habitual cazadero literario. ¿Por qué me
avenía así, tan dócil como un escritorzuelo de pe-
sebre, a seguir el consejo —más bien insinuación— que entre bromas y veras me había dado?
La respuesta era obvia: el buen sentido, a pesar
del alcohol y de mi encono, se imponía. Aquel
buitre, entre picotazo y picotazo, llevaba razón y
yo no era la persona más indicada para quitár-
sela: entre sus palabras y las mías —dime va,
direte viene— habíamos colocado los cimientos y
trazado el eje de abscisas y de ordenadas del
libro que yo había empezado a escribir hace un
milenio y que seguramente nunca terminaría.

Trabajé un par de horas a duras, muy duras
penas, con los ojos turbios, estropajo en el bolígrafo y el paladar pastoso. Luego, al llegar en mi
transcripción al pasaje del descubrimiento de los
evangelios gnósticos durante lo que yo mismo
había calificado como *la noche más tormentosa
de mi vida*, aquélla —según le expliqué a Jaime—

---

(6) Batín japonés de algodón vagamente parecido a un
quimono. *(N. del e.)*

54

que me dejó desnudo y a solas por primera vez frente a la *prueba del laberinto* y en la que comenzó mi desesperada búsqueda de Jesús, hice exactamente lo mismo que había hecho entonces —veinte años antes— en una habitación muy similar a la que ahora me acogía: levantarme, ir hasta el secreter, abrirlo, sacar los bártulos de lo que un conocido etnomicólogo había bautizado con la precisa, preciosa y fantasiosa etiqueta de *alimento de los dioses* (7), sentarme a ras del suelo en el diván moruno y prepararme con regodeo y mimo un *chilón* bien cebado.

Cambió el viento. La noche, de repente, prometía, galopaba, se ensanchaba, se iluminaba. Dejé de sentirme resacoso. Encendí la pipa, respiré abdominalmente en ocho tiempos, exhalé un silencioso y prolongado *auuuummmm*, busqué uno de mis primeros libros —aquél en el que contaba el episodio de *la segunda venida de Jesús a mi pecho, a mi conciencia y a mi alma*—, lo hojeé con mirada experta de amo que engorda el caballo, encontré lo que buscaba, sonreí con ternura de padre (o, quizá, de abuelo) y leí, y copié a mano, lo que sigue:

Cuatro años después, la lectura de los evangelios gnósticos —invernal, vespertina y covarrubiana— iba a propinarme uno de los más soberanos batacazos de mi vida (antes hubo una segunda iluminación de la que no puedo hablar por

(7) Dionisio alude al banquero y científico Gordon Watson y a las sustancias alucinógenas utilizadas por los chamanes asiáticos y americanos. *(N. del e.)*

razones que, caso de ser reveladas, revelarían el secreto). Dulzor del remordimiento. Deleite de recibir lecciones. Leo en el versículo octavo de Tomás: «El hombre es un sabio pescador que tira la red al mar y la saca llena de pececillos, pero ve entre ellos un enorme y sabroso pescado, y entonces arroja al mar las piezas pequeñas y se queda con la grande. ¡Entiéndalo quien tenga buenos oídos!» Existía, pues, otro Cristo y la Iglesia me lo había escamoteado desde las misas infantiles. Un Cristo igual o superior al Buda y a los maestros que desde el acre paisaje del Oriente me habían devuelto el misticismo. Fariseo culto, como Nicodemo, también yo me había acercado a ese Cristo con temor, vergüenza y nocturnidad, sin que los míos lo supieran, amparado en la penumbra provinciana, y he aquí que Cristo descorría sus tinieblas: «En verdad te digo que quien no naciere de nuevo no puede ver el reino de Dios». Arguye Nicodemo: «¿Puede acaso volver un hombre al seno de su madre?» Y responde Jesús: «En verdad te digo que quien no naciere del agua o del espíritu no entrará en el reino de Dios». En el silencio de la noche de Jerusalén una lamparilla alumbra las figuras de los interlocutores y el peristilo de la estancia. Brillan los ojos del Redentor, animados por una luz misteriosa. El sabio fariseo, mientras su ciencia se desploma, atisba un mundo diferente. Ha vislumbrado un rayo en las pupilas del profeta, ha percibido el potente calor que de él emana y que lo arrastra, ha visto apagarse y encenderse tres llamas blancas junto a las sienes y la frente del maestro. El soplo del Espíritu le ha rozado el cora-

zón. Conmovido, silencioso, Nicodemo vuelve a casa a través de la profunda noche. Seguirá viviendo entre los fariseos, pero su alma permanecerá fiel a Jesús.

Alguien tosió a mis espaldas y una mano suave se posó en mi nuca. Levanté la cabeza sin sobresalto —el hachís abría una tregua de Dios en la agresividad del mundo y derogaba la ley del miedo— y la giré hacia el intruso. O hacia la intrusa, porque el rostro preocupado y, a la vez, sonriente que me miraba desde arriba era el de mi hija mayor.

—¡Kandahar! —dije—. ¿Qué diablos haces despierta a estas horas? No te he oído venir. Pareces un gato de felpa.

—No lo parezco, papá. *Soy* un gato, y tú lo sabes. Por eso te llevas tan bien conmigo. Nací ronroneando.

—Se lo preguntaré a Jumble.

—Y Jumble te lo confirmará.

—No me has contestado. ¿Por qué no estás en la cama como todo el mundo? Van a dar las tres, renacuajo. No son horas para una joven y atractiva prin cesa que mañana, supongo, tendrá que pegarse un madrugón de muerte si quiere llegar a tiempo a la universidad. ¿Me equivoco?

—Sí, papá, te equivocas. Hoy es dieciocho de marzo. O, mejor dicho, lo fue ayer.

—¿Y eso qué significa?

—Significa que mañana es san José y que no tenemos clase.

Me di una palmada en la frente.

—¡Claro! —dije—. Víspera de fiesta, consuelo de tontos. Por eso las calles estaban a rebosar.

—Y tú zascandileando por ellas, ¿no? ¡Menos mal que tu chica se ha ido de viaje!

—Si de verdad fueras un gato, Kandahar, sabrías que cuando los de tu especie os ausentáis, los ratones bailamos.

—Sí, papá, lo sé y además me parece lógico. Yo haría lo mismo. Quien no se desahoga, se ahoga. Pero, por lo menos, podías avisar para que no te calentáramos la cena. No cuesta nada.

—Se me pasó.

—¡Hombres!

—Cuando miré la hora, era ya demasiado tarde para telefonear. Pensé que Devi estaría durmiendo y que tu hermano y tú andaríais por ahí de picos pardos. Últimamente no se os ve mucho el pelo.

—Ni a ti tampoco, papá.

Me miró con una amistosa sonrisilla de reconvención, guardó silencio y enarcó las cejas. Era un gesto muy suyo. La burla le bailaba en los ojos.

—Bueno —admití batiéndome en retirada—. La verdad es que me he emborrachado un poquito, sólo un poquito. Conviene hacerlo de vez en cuando, ¿no? La vida achucha, Kandahar, y no todo va a ser misticismo, postura del loto, meditación, respiración abdominal y nueva era. Hay otras cosas.

Se echó a reír y yo, como siempre que lo hacía, me quedé traspuesto y volé al pasado. En cincuenta y tres años de vida —de vida vivida y bebida pisando el acelerador a fondo— sólo había conocido a una persona que se riera así, con la cara llena de nubes, de flores, de pájaros y de futuros. Y esa persona, que estaba muerta, era su madre.

Llovía sobre mojado. Kandahar acababa de cumplir, pocos meses antes, la misma edad que ella, Cristina, tenía cuando yo la conocí: veintiún años.

Sacudí la cabeza, recuperé la cordura, volví al presente, puse los pies en el suelo y descubrí que mi visitante estaba hablando.

—Gracias a Dios, papá —decía—. Gracias a Dios que hay otras cosas. Sin ellas no existiríamos ni yo ni Bruno ni Devi. O seríamos hijos de otro padre.

—Quizá lo seáis —bromeé—. Sólo la maternidad es segura. La paternidad, en el mejor de los casos, se supone.

—Sobre todo en lo que a mí se refiere —dijo con zumba Kandahar—. Nací cuando tú correteabas por las antípodas después de muchos meses de viaje ininterrumpido. Ya me contarás. Mira... ¿A que tengo ojos de china?

Y se estiró las comisuras de los párpados con una mueca de payaso.

—No me recuerdes eso, por favor. No estoy en mi mejor momento. Me noto débil, ando un poquillo escorado de ala e incluso, a veces, se me saltan las lágrimas con facilidad.

—Son rachas, papá. Nadie está libre de ellas.

—Venga, siéntate un rato conmigo. Tienes todo el día de mañana para dormir.

Aceptó la sugerencia. Llevaba un camisón blanco que la cubría desde los tobillos hasta el cuello.

El óvalo de su rostro, enmarcado por una melena suave y ondulada de color de miel, parecía salido de una pintura italiana del *quattrocento*. Carpaccio, Uccello, Mantegna y Piero della Francesca corrían por su piel. Mirarla era como pasear ensimismado y a solas por las galerías de un museo mágico y silencioso. Otras voces, otros lugares, otros seres, otros mundos galopaban hacia el observador.

Kandahar se instaló en el suelo con las piernas cruzadas sobre un enorme cojín de tejido de alfombra de Cachemira, entrelazó los dedos y volvió a mirarme sin decir nada.

Cambié el tono de la voz y el ritmo del encuentro e insistí:

—Sigues sin explicarme por qué te has levantado.

—Por culpa de la calefacción, papá. A ver cuándo te decides a ponerla más baja, sobre todo de noche. No soy yo la única que se queja.

—Ya sabes que mi clima favorito es el del trópico. Si me pierdo, que no me busquen en la Antártida.

—Yo sé muy bien dónde buscarte si te pierdes, papá.

—Pues no me lo digas. Me gusta creer que mi vida aún tiene zonas secretas.

—Vale. Y ahora voy a contestar a tu pregunta... Si me dejas, claro, porque no haces más que interrumpirme. El caso es que me despertó el calor, fui a la cocina para beber un vaso de agua y, al pasar, vi luz por las rendijas de la puerta de tu despacho. Eso es todo, curiosón.

—Gracias por entrar a verme. Ha sido una sorpresa muy agradable. Más que agradable: casi lo mejor que podía sucederme en una noche como ésta. Toma, ¿quieres una calada?

Y le tendí el *chilón*.

Kandahar me detuvo con un gesto de la mano. Lo hizo con su dulzura habitual, sin agredir, sin confundir y sin ofender.

—Gracias, papá —dijo—, pero sabes de sobra que no le veo el chiste a ese mejunje. Seguramente nací demasiado tarde. No soy, como tú, miembro de número de la Asociación de Amigos de la Década Prodigiosa.

Me llevé la pipa a los labios, aspiré con fuerza, retuve el humo prodigioso en los pulmones y lo expulsé lentamente, muy lentamente, empujándolo hacia el techo con la cabeza levantada hacia sus hermosas vigas cubiertas por tres capas de pintura de barco. *Si no hubieses nacido escritor,* me decía a menudo Cristina, *habrías sido decorador.*

—O arqueólogo —añadía yo.

Siempre, desde que me enteré de la existencia de Schliemann (y eso fue en la infancia), su ejemplo, su trayectoria y su gesta me habían obsesionado y alentado. El primer libro que robé en mi vida, frisando ya en la adolescencia, fue su autobiografía. La leí como se lee un cuento de hadas. ¡Buscar y encontrar Troya donde la había situado Homero! Ahí quedaba eso.

El hachís me golpeó con fuerza en la nuca, descendió a mis talones y subió luego hasta la estratosfera arrastrándome con él.

—Por supuesto que naciste tarde, Kandahar —dije—. Y yo, en cambio, lo hice antes de tiempo. Soy un hombre prematuro. No me gusta nada

61

la cocaína. Es como si te clavaran un pie en el suelo y tuvieses que caminar en círculo durante horas y horas. ¡Qué idiotez!

—A mí tampoco me gusta. Tienes una hija virtuosa.

—Y tú, un padre que va camino de la beatificación. Eso no ocurre en casi ninguna familia. ¡Imagínate lo que podrías presumir!

—Bromea, bromea, pero debe de ser cierto, porque se te empieza a notar la aureola.

—¿No será la tonsura?

Me miró por tercera vez en silencio, dejó que pasara con exasperante lentitud un escuadrón de ángeles y dijo cargando la suerte:

—¿Y tú, papá? ¿Por qué no me explicas tú lo que haces despierto a estas horas y dedicándote a copiar con fruición páginas de tus propios libros? ¿No es un poco absurdo?

—Me has pillado, Kandahar. Siempre he tenido vocación de monje amanuense.

—Será de monje copista. Los amanuenses, si el diccionario dice verdad, escriben al dictado.

—¡Vaya por Dios! Ahora resulta que la niña de mis ojos sale respondona y se atreve a corregir la forma de hablar del autor de sus días, que para colmo se autotitula escritor. Y lo peor del caso es que tienes razón. Tocado, Kandahar, tocado, por no decir malherido. Y eso que te avisé y te pedí que no te ensañaras. Estoy a punto de echarme a llorar.

—No te preocupes. No es culpa tuya.

—¿Ah, no? ¿De quién, entonces? Anda, dímelo.

—Del porro, papá, del porro.

—El porro y yo somos una sola y misma persona hipostáticamente unida con la inmensidad del cosmos.

—Estás piripi, papá. Y cuando estás piripi, te pones muy gracioso.

—Piripi, en todo caso, de *cannabis indica* (8). El alcohol pasó a la historia.

—De lo que sea. Encaja el golpe lexicológico, consuélate pensando que yo también quiero ser escritora y vete a dormir.

—Encajo el golpe lexicológico, me consuelo pensando que tú también quieres ser escritora, digo Diego donde dije digo, te doy un beso paternal en la frente, me preparo otro *chilón* y me niego en redondo a irme a la cama.

—¿Por qué?

—Porque aún no he terminado de copiar este revelador pasaje de mi primer libro. O quizá fue el segundo. O el tercero. O vete tú a saber. ¿Qué importancia tiene eso a estas alturas? Han pasado siglos.

Y puse la mano sobre el polvoriento volumen que aún seguía abierto en un atril colocado frente a mis rodillas.

—¿Ves? —dije—. Amanuense o copista, te juro, Kandahar, que envidio la suerte de los monjes medievales que fundían las horas, el tiempo y la vida transcribiendo una y mil veces el texto del *Apocalipsis* de san Juan en la penumbra de sus celdas. Los escritores, y tú acabas de recordarme que te gustaría pertenecer a ese gremio, sabemos perfectamente que el artista puede *aludir,*

(8)   Nombre científico de la planta que proporciona el hachís y la marihuana. *(N. del e.)*

reproducir o, en el mejor de los casos, *expresar*, pero nunca *inventar* ni *añadir*. De modo que copiemos, renacuajo, copiemos. Copiemos sin pudor, con recochineo, a mansalva y a calzón caído.

—Te estás negando a ti mismo, papá. Lo que acabas de decir es casi lo contrario de lo que sostenías en tu primera novela (9). Primera, esta vez, de verdad.

—¡Qué buena lectora eres, Kandahar! Te lo agradezco en mi nombre y en el de mis colegas. Puedes estar segura de que todos nos sentimos halagados por tu atención. Y yo en especial.

—No seas cardo, déjate de ironías y responde a lo que te he dicho.

—No era un pregunta, sino una objeción.

—Pues refútala o acéptala. Tienes el deber de hacerlo.

—¿El *deber*?

—Sí, el *deber*. Al fin y al cabo se trata de un asunto relacionado con mi formación profesional. Recuerda que eres mi padre y, en cierto modo, también mi madre. No he conocido otra.

Era un contundente golpe bajo, y lo acusé. Cristina había muerto de cáncer cuatro meses después de que naciera Kandahar.

—Está bien, hija —dije bajando la mirada y enredando los dedos en las borlas de un estúpido cojín de pasamanería de hilo de oro y de plata comprado en un tabuco del Gran Bazar de Estambul—. Han pasado casi veintidós años desde que escribí aquello. Los suficientes para saber

---

(9) .Vid. F. Sánchez Dragó, *El camino del corazón*, pp. 266 y 267, Ed. Planeta, Barcelona, 1990. *(N. del e.)*

hoy que entonces me equivocaba, que confundía la realidad con el deseo, que la rosa amarilla de Borges y de Giambattista Marino era una hábil y estéril figura de dicción y que, en definitiva, sólo Dios *crea*, Kandahar, mientras sus criaturas simplemente son creadas. ¿Hablabas antes, en broma, de formación profesional? Pues yo voy a hacerlo ahora en serio durante diez segundos. Los necesarios para decirte que aún estás a tiempo. Retírate. No seas escritora. No te condenes ni te resignes a vivir en un cementerio de elefantes. La literatura es una batalla perdida de antemano. *Sombras nada más:* eso es todo. ¡Ojalá me hubiese dedicado a la arqueología o a la decoración! Por lo menos, princesa, no me sentiría derrotado.

—¿Lo estás? ¿Lo estás de verdad? ¿Te atreverías a repetir ese veredicto poniendo una mano en el fuego y otra en la Biblia?

—Soy muy supersticioso. No me gusta jugar con las cosas de comer.

—Contesta.

Por una vez, fui breve. Sólo dije:

—Sí.

—¿Cómo voy a creerte si en infinidad de ocasiones te he oído suscribir con delirante entusiasmo lo que, según tú, dijo Hemingway cuando le concedieron el premio Nobel?

—¿En su discurso de recepción?

—Sí. ¿Lo recuerdas?

—*El hombre puede ser derrotado, pero no vencido.* Frase, por cierto, que me da la razón.

—¿No era al revés?

—No, Kandahar, no era al revés. No trabuques las cosas arrastrada por tus buenos deseos. Los datos de la memoria suelen ser volitivos y nos confunden. No te fíes nunca de los recuerdos.

—Entonces, ¿sólo estás derrotado? ¿No te sientes vencido?

—No, no me siento vencido.

—Es una buena noticia. ¿Y tu derrota es exclusivamente literaria?

—Ejem, ejem... Acojámonos al beneficio de la duda.

—¿Te escuece la dificultad de crear algo *ex nihilo* por medio de la palabra?

—Más o menos.

—¿Te sientes, como escritor, incapaz de añadir un objeto nuevo al mundo? ¿Crees que tu obra no pasa de ser un mero retrato de éste, mejor o peor conseguido, y que ése es el origen y la causa de tu derrota?

—Podría explicarse así. No es mal diagnóstico. ¿Te he dicho alguna vez que eres muy lista, Kandahar? Sales a tu madre.

—Y a·mi padre.

—Gracias, princesa. Y, aprovechando la ocasión, permíteme que insista: no seas escritora.

—Permíteme tú que también yo insista y vuelva a intentar machacarte con tus propias armas. ¿Sale todo lo que estoy oyendo de la boca del hombre que tantas veces me hizo reír, cuando era niña, y me dio que pensar, cuando ya era mayor, contándome lo que Goethe decía a propósito de las bellas artes y de las trampas de la creación?

—¿De la creación artística?

—Sí. ¿Recuerdas también eso, papá? ¿Recuer-

66

das esa frase o se te ha olvidado? Llevas mucho tiempo —años, quizá— sin citarla.

—¿Cómo voy a olvidar una salida así? *Si usted pinta su perro exactamente, no tendrá un cuadro, sino dos perros.*

Nos echamos a reír. Los ojos de Kandahar brillaban.

—¡Premio! —dijo—. Me alegra comprobar que la *cannabis indica* no ha pulverizado por completo tu memoria.

—Craso error. La tengo tan horadada como un queso de Gruyère.

—Pues dejémosela a los ratones que bailan cuando su chica está de viaje y volvamos al perro de Goethe. Hay cosas que no cuadran, papá. Has publicado quince libros y sólo ahora te das cuenta de que en ellos nunca ha habido, al parecer, ni una pizca de invención. Curioso, ¿no crees? Como mínimo, curioso. Déjame que sea yo quien carraspee y diga lo que tú dijiste antes: ejem, ejem... Aquí hay gato encerrado. Estoy oyendo sus maullidos. Venga, confiesa, no te hagas de rogar.

—¿Y qué rayos quieres que confiese? No te entiendo, princesa, no sé por dónde vas ni a qué te refieres. Hazme una pregunta y la contestaré.

—¿Eres, efectivamente, un mono de imitación? ¿Es ésa tu derrota? ¿Son todos tus libros el vivo retrato de algún perro?

—Lo es, por lo menos, el que silenciosamente y a escondidas me esfuerzo por escribir desde hace la friolera de veinte años.

—¿Silenciosamente y a escondidas? No es muy bonito lo que oigo, papá. Eso, si las matemáticas no engañan, significa que también tienes secretos para mí, para tu gato mayor, para tu primogénita, para la hija de Cristina, para la niña de tus ojos. ¡Qué decepción! Cría cuervos.

Sonreí débilmente.

—Supongo que sí, Kandahar —dije—. Supongo que también para ti tengo secretos como tú, seguramente, los tendrás para mí. ¿O no? Todos tenemos secretos. Y, por lo general, muchos.

—Pues cuéntame éste, sólo éste. ¿Guarda alguna relación ese libro imposible con lo que estabas copiando?

—Mucha relación.

Kandahar se inclinó hacia los folios abandonados junto a mí sobre la tapicería japonesa del diván moruno y los recorrió en un ziszás con la mirada.

—¿Acierto si llego a la conclusión de que Jesús es el protagonista de tu libro? —preguntó.

—Escribir consiste en llamar a las cosas por sus nombres. No digas *libro,* Kandahar. Di, mejor, *obsesión.* O *locura,* porque locura es.

Se rió, se incorporó, me acarició el pelo y dijo:

—¡Siempre tan exagerado! ¿Por qué tienes que multiplicarlo todo por cien? Hazlo sólo por diez y estarás más cerca de la vida y de la realidad.

—No sé qué sucede hoy. Es la segunda vez que me dicen eso. La tenéis tomada conmigo.

—¿Quién fue el primero?

—Jaime Molina. Ha venido a verme desde Barcelona y hemos pasado casi toda la tarde juntos.

—¿De cháchara?

—De cháchara. Quería proponerme un nuevo libro.

—¿Qué clase de libro?

—No te lo vas a creer.

—¿Un libro sobre Jesús?

—Ni más ni menos.

—¡Caramba!

—Eso es lo que yo me dije.

—¿Sabía que llevas veinte años dándole vueltas a ese tema?

—No, no lo sabía. Lo sabe ahora. Tuve que contárselo.

—¡Qué casualidad!

—Yo lo llamaría encerrona.

—También podría ser una señal de las alturas. La misma que recibió Pablo, aunque algo menos elocuente.

—¡Válgame Dios! Lo mío emeza a ser grave. Hace unos días, Pedro. Ahora, Pablo.

—¿Cómo? No te he entendido bien, papá. ¿Qué has dicho?

—Nada, Kandahar, nada. Déjalo correr. Es tarde y me llevaría mucho tiempo explicártelo. Créeme: no tiene importancia.

Levantó las manos hacia el cielo como si implorase ayuda y dijo:

—¿Por qué no te dejas de chorradas —permíteme que las llame así— y aceptas el desafío? Siempre te has jactado de ser un guerrero. Ahora tienes la oportunidad de demostrarlo.

—¿Cómo? Anda, dime cómo. ¿Pintando el retrato de un perro? ¿Repitiendo lo que otros doscientos mil autores han dicho ya? ¿Contando por enésima vez la vida de Jesús tal y como nos la han contado hasta la saciedad los evangelios? Mil gracias, pero no voy a caer en esa emboscada. No me la desees, Kandahar. Sería un calvario, una verdadera crucifixión.

—¿Y si salieses con vida de ella? Jesús lo hizo.

—¿Te burlas de mí? Haces bien. Lo entiendo. Y no te preocupes, que no voy a enfadarme. No estoy para esos trotes.

—No, papá, no me burlo. No seas picajoso.

—Jesús resucitó, si es que resucitó, porque era el hijo de Dios.

—También tú lo eres. Todos los somos.

—No seas sofista, Kandahar. Sabes perfectamente a lo que me refiero.

—Y tú no seas derrotista. También sabes de sobra a lo que yo me refiero. Dioses, hijos de dioses, nietos de dioses e hijastros de dioses ha habido muchos. Todas las mitologías —y conozco muchas, aunque no tantas como tú— están tan llenas de seres divinos como de míseros mortales lo está el metro de Madrid en hora punta. Y si hoy, diecinueve de marzo de mil novecientos noventa y uno, seguimos sintiéndonos fascinados por Jesús, y tú el primero, no es porque fuese un dios, sino porque además era un hombre. *Además*, he dicho, y —si no te escandalizas demasiado— me atrevería a añadir que *sobre todo*.

—¿Por qué no te encargas tú de escribir el puñetero libro? Seguro que te sale mejor que a mí. Sin ironía.

—Sigues diciendo chorradas.

—No, no digo chorradas, sino verdades muy hondas, de esas que vienen del alma. Ni miento ni exagero, Kandahar. Estoy atorado, pasado de rosca, mudo, sordo y ciego. El libro sobre Jesús es mi Waterloo, mi paso de las Termópilas. *Caminante, ve y di a Esparta que aquí / hemos muerto por obedecer sus leyes* (10). Veinte años de cábalas y cavilaciones son muchos años. Los árboles ya no me dejan ver el bosque.

—Pues tálalos.

—Si los talo, Kandahar, desaparecerá el bosque.

—No forzosamente.

—¿Qué quieres decir?

—Que te olvides de lo leído, de lo estudiado, de lo pensado y de lo aprendido. Que desdeñes todo, absolutamente todo lo que sabemos o creemos saber sobre Jesús. Que envíes a los teólogos y a los cristólogos, con perdón, a tomar por culo. Sé tú y sólo tú: a solas, como siempre lo están los guerreros antes de la batalla. Acércate a tu hombre —*hombre* he dicho, papá— a pecho descubierto, sin datos, sin mapas, sin salvoconductos, sin posturas previas, sin afirmaciones ni negaciones, como si fueses un papel en blanco.

—¿Virgen, estás insinuando, pero no mártir?

Se rió. Se reía, pese a la gravedad de sus palabras, constantemente. Y yo me sentía conmovido por su interés, por su atención, por su vehemencia, por su perspicacia.

—Pues sí, papá —dijo—, algo así. La metáfora no puede ser más certera.

—Es como si me leyeses el pensamiento, Kandahar. Cosas muy parecidas a las·que acabas de

(10)   Versos del poeta Alceo. *(N. del e.)*

decirme le he dicho yo a Jaime esta tarde. ¡Qué bien me conoces!

—¿Tan bien como mi madre?

—Mucho mejor que ella. Nuestra relación era amorosa y el amor no suele hacer buenas migas con el conocimiento. Ni con otras cosas.

Kandahar se relajó, se repantigó, extendió las piernas y dijo:

—Pásame el *chilón*. Por una vez, y sin que sirva de precedente, voy a dar una calada. La ocasión lo merece.

—No lo hagas. Vete a dormir. Pronto amanecerá.

—Exageras, como de costumbre. Todavía no ha terminado el invierno, aunque la primavera está al caer, y faltan diez minutos para que den las cuatro de la mañana. Tenemos por delante tres horas de oscuridad exterior y, aquí dentro, en tu cubil de oso, otras tantas de media luz propicia a las confidencias. Aprovechémosla.

—No es cierto.

—¿No es cierto qué? ¿Lo de la media luz, segundo piso, ascensor?

—No es cierto que estemos en invierno. La primavera de mil novecientos noventa y uno se ha adelantado. Empezó cuando tú entraste en esta habitación, renacuajo —dije.

Y le tendí la pipa.

—Gracias, papá. Eres un encanto. Siempre lo has sido.

—Hay mucha gente que no compartiría esa opinión.

—El mundo está lleno de idiotas. Y de envidiosos. Y de tíos mala baba. A ver: ¿quién se negaría a admitir que eres un encanto? Que se sepa. Ponme un ejemplo.

—Tu madre, Kandahar. ¿Vale ese botón de muestra o necesitas otro?

Acababa de devolverle el golpe bajo que me había dado antes. También ella lo acusó.

—¿Mi madre? ¡Pero si tú mismo has dicho hace un momento que estábais enamorados!

—Y lo estábamos.

—¿Entonces?

—Precisamente por eso. El amor no suele contribuir a que las personas se entiendan, sino más bien a lo contrario.

—¿A que se desentiendan? —preguntó Kandahar con una nota entre trémula e incrédula, casi de pánico, temblándole en la voz.

—Pues sí —dije.

E inmediatamente, temeroso y cauteloso, empecé a recular. Aquello era un campo minado. Siempre me olvidaba de que hasta cumplir los cincuenta años, más o menos, casi nadie es adulto. Yo tampoco lo había sido.

—Pero no debería hablarte de estas cosas —añadí—. No debería echarte jarras de agua fría antes de tiempo. Me estoy metiendo en camisa de once varas. Todo el mundo tiene derecho a forjarse sus propias desilusiones sin intervención ajena. Ya llegará tu turno. Y si no llega, mejor.

—¿Mi turno de qué?

—Tu turno de nada, Kandahar. Estoy cansado y digo tonterías. Perdóname.

—Te perdono con una condición.

—Concedida. ¿Cuál?

—Háblame un poco de mamá y de ti. Nunca lo haces. ¿Iban mal las cosas entre vosotros?

—¡Hombre! Mal, lo que se dice mal, no. No, por lo menos —sonreí con resignación, con nostalgia, con amargura, con mansedumbre—, dentro de lo que cabe y por comparación con otras parejas... En fin: iban como iban, y ya es bastante. Pero voy a serte sincero, Kandahar: la relación entre tu madre y yo sólo empezó a funcionar bien, verdaderamente bien, a partir de su muerte, y no es una broma macabra. O quizá un poco antes, cuando me fui a corretear por las antípodas, como tú dices, y tardé n año en volver.

—*El camino del corazón* (11).

—Sí, el camino del corazón.

Guardamos un minuto de silencio.

No. Un minuto, no: varios minutos.

Por la muerte de Cristina, por mi primer aterrizaje en el aeropuerto de Bombay, por mi primer porro, por mi primera taza de té de Darjeeling hervido en leche con aroma de clavo y cardamomo, por los dioses del Nepal, por las escalinatas del Ganges a su paso por Benarés, por los hongos mágicos de la playa balinesa de Lovina, por las sagradas y desbaratadas huestes de la Década Prodigiosa.

Por todo lo que el tiempo, inútilmente, se había llevado.

Por la historia, por el mayo francés, por la guerra del Vietnam , por el *We shall overcome*,

(11) Título de la primera novela que escribió Dionisio, entre 1969 y 1970, al regresar de un largo viaje por el continente asiático. *(N. del e.)*

por los Beatles y Mia Farrow entre los palafitos y las poderosas mareas de una playa de Goa.

Esos nombres, esos lugares, esos seres, esos sueños, ¿significaban algo para Kandahar?

Batallitas de sus antepasados, supongo —dije para mis adentros—. *Escaramuzas geológicas del pleistoceno mencionadas en cursiva y por una nota a pie de página en sus libros de texto.*

Luego recité entre dientes:

—*Todo esto —no digáis que no lo aviso— / tan perdido está ya como la Atlántida* (12).

Las volutas del humo del hachís dibujaban rostros de dioses orientales en el techo. Se estrellaban contra él, se deshacían y se recomponían. Eran explosión e implosión, como el aliento de Brahma: *auuummm, auuummm, auuummm...*

¡Oh, sí, sí, sí sí! *Deep in mi heart, I do believe that we shall overcome some day* (13).

Fue Kandahar quien movió las piernas, abrió los ojos y rompió el silencio.

—¿Y al principio? —preguntó—. ¿Cómo fueron las cosas al principio?

Había seguido pensando en su madre mientras yo me iba de jarana al *campus* de Berkeley, al Boul Mich', a la isla de Bali y a las callejuelas de Kathmandú.

—Al principio fue maravilloso —dije—. Nos

---

(12) Rudyard Kipling, *Rewards and fairies*. *(N. del e.)*
(13) *Creo, en el fondo de mi corazón, que algún día venceremos* (fragmento de una célebre canción de los años sesenta que acompañó el movimiento de desobediencia civil de los jipis y de los estudiantes en todo el mundo). *(N. del e.)*

comíamos el mundo. Un sueño. Una fábula. La edad de oro. Luego...

Di una calada, me encogí de hombros y añadí:

—Luego nos pusimos a hacer experimentos idiotas y acabamos quemándonos las alas. Éramos progres, ¿sabes? Fue culpa nuestra, aunque el prójimo, como siempre, colaboró con entusiasmo. Nos perdió el complejo de superioridad. Estábamos demasiado seguros de nosotros mismos. *Todo bajo control*, solíamos decir entre barrabasada y barrabasada cogiéndonos de la mano y mirándonos a los ojos. Y no era cierto. Un buen día descubrimos que no era cierto, pero de nada nos sirvió recuperar la cordura. Demasiado tarde. Los mecanismos de emergencia ya no funcionaban y el paracaídas no se abrió. Todo, entre nosotros y alrededor de nosotros, parecía irreversiblemente deteriorado. El suelo se hundió y nos fuimos derechitos a un infierno cuya existencia ignorábamos.

—¿Cuánto duró la edad de oro?

—Bastante, Kandahar, bastante... Algo más de dos años y algo menos de tres. Luego, muy suavemente, empezó la decadencia y con ella, poco a poco, vinieron los juegos absurdos, las transgresiones, las provocaciones y el toma y daca de una cadena de recíprocas infidelidades que ninguno deseábamos, pero que los dos practicábamos con la cabeza muy alta y sacando pecho. ¡Qué ciegos estábamos! ¡Qué estúpidos fuimos!

—¿Y el infierno, papá? ¿Durante cuánto tiempo os socarrásteis en el infierno?

—Otro tanto... Menos de tres años, más de dos.

—¿Y después?

—Después, misteriosamente, empezamos a resucitar. No estábamos muertos. Algo se movía y coleaba dentro de nosotros. Ignoro cómo y por qué, pero habíamos sobrevivido. Seguí los pasos de Marco Polo, me fui hacia el sol naciente y nuestra relación, quizá por aquello —tan socorrido— de que la ausencia es aire, o por lo que fuese, entró en una fase de vertiginosa regeneración. Y así estaban las cosas cuando, zas, vino el hachazo de la muerte de tu madre con la rebaja. *Insh'Allah!*

—Y fue entonces, precisamente entonces, cuando nací yo.

—El treinta y uno de julio de mil novecientos sesenta y nueve. Parto provocado. El ginecólogo dijo que era imposible esperar a que la naturaleza se decidiese. Cristina tenía que pasar por el quirófano para que le extirpasen el tumor.

—¿Dónde estabas tú ese día?

—¿El de tu nacimiento? ¿Nunca te lo he contado? Pues agárrate: estaba en una piojosa celda de la Prisión Federal de Hombres de la ciudad de Bombay. Más o menos, Kandahar, porque entonces no usaba reloj ni calendario. Cuestión de coherencia: era el primer jipi español de Asia y tenía que dar ejemplo.

Suspiré y arranqué otra calada del *chilón*. La última. En la cazoleta sólo quedaba ceniza.

—Así murió Cristina —dije a modo de aplastante corolario— y así naciste tú. Ya sabes: Dios suele dar con una mano lo que quita con la otra. Casi se podría pensar que te trajo una cigüeña.

Y no venías con un pan debajo del brazo, sino con un libro. Con mi primer libro. Cristina y yo rompimos aguas al mismo tiempo.

—No del todo.

—No del todo, efectivamente, pero me gusta pensar que tu madre y yo escribimos esa novela a dos manos. La idea, en realidad, fue suya. Ella también quería ser escritora.

Guardamos otro minuto de silencio. Me incliné sobre los bártulos del alimento de los dioses y preparé con parsimonia un *chilón*. No me quedaba mucho chocolate y había que escatimarlo. La España democrática era cada vez más fascista. Pronto habría que volver a las barricadas, a los *encierros* y a los calabozos. Cosas que pasan.

Fue, nuevamente, Kandahar quien reanudó la conversación.

—Si de verdad piensas que el amor no es un encuentro —dijo—, sino un desencuentro, ¿por qué te pasas la vida enamorándote a troche y moche?

—Eso no es cierto.

—Sí lo es.

—No, no lo es y no me obligues a enfadarme. Para este asunto tengo muy poca correa. La última vez que le puse los cuernos a mi chica fue en el neolítico.

—Vale. No es cierto ahora, desde hace cinco o seis años, pero ¿y antes, papá? A mí no puedes venirme con pamplinas, subterfugios ni cambalaches. Recuerda que casi todas las mujeres que han pasado por tu vida, desgraciadamente, lo han hecho también por la mía.

—Tampoco, Kandahar. Antes, tampoco. Sé mi

78

amiga, como decía Kipling, *hasta el pie y más allá de mi cadalso*. No te dejes engañar, también tú, por las malditas apariencias. Es verdad que me he emparejado *conyugalmente* —remaché el adverbio— nada menos que seis veces, aunque sólo en dos ocasiones accediera a pasar por el juzgado o por la vicaría, y también es cierto que mis ligues, mis fugas, mis aventurillas y mis aventurazas parecen configurar una carrera, qué digo, un carrerón, de tenorio reincidente e impenitente, pero eso, Kandahar, no significa que me haya enamorado tanto ni tantas veces como tú insinúas.

—No lo he insinuado, papá. Lo he afirmado.

Y se rió al decirlo.

—¿Y ahora, princesa? ¿Sigues afirmándolo?

—Ahora te escucho imparcialmente. Ya veremos. Termina de leer tu pliego de alegaciones y ponte luego de pie con expresión sumisa para que te notifique el veredicto.

—Así lo haré, señoría. Pero entérese antes la sala de que, en realidad, nunca o casi nunca me he enamorado. Lo juro por éstas...

Escupí en la palma de mi mano y la levanté verticalmente. Kandahar volvió a reírse.

Luego recuperé el hilo de mi alegación y añadí:

—También juro por lo que usía quiera que cuando me enamoraba o, mejor dicho, cuando me creía enamorado, esa enfermedad no sé si infantil o senil me duraba muy, pero que muy poco tiempo. A los dos años, como mucho, o inclusive después de la primera noche, el amor se desvanecía.

—¿Y qué quedaba entonces? Me refiero, naturalmente, a las relaciones *conyugales* —también Kandahar remachó la palabra— y no a los ligues, fugas, aventurillas ni aventuranzas.

—Según, depende, *chi lo sa?*... De todo, ilustrísima, de todo. A veces, cariño y hastío. Otras, las menos, simplemente respeto. Y las más, ay de mí, sólo inquina, rabia, frustración, resentimiento o resaca de tiempo perdido, de energía dilapidada y de oportunidad desperdiciada. Algo así como el ir y venir de la pelota en una partida de ping pong que siempre volvía a empezar y en la que nunca ganaba nadie. Una verdadera pesadilla, Kandahar. Y recurrente, como suelen serlo las pesadillas.

Marqué una pausa, inhalé un buche de humo milagroso, lo retuve, lo expulsé y dije:

—No sé, señoría, si lo expuesto vale para todo el mundo, pero en mi caso, por desgracia y por mi mala cabeza. es tan cierto como el postulado de Euclides, la ley del punto de apoyo de Arquímedes y el teorema de Pitágoras. Amén.

Volví a levantar la mano después de escupir en su palma. Kandahar, sin embargo, no levantó la sesión ni dio por terminada la audiencia pública con el clásico *visto para sentencia.*

—¿Y ellas, papá? —indagó—. ¿Qué decían y qué hacían ellas? ¿Seguían enamoradas como corderitos de ti cuando tú dejabas de quererlas?

—La próxima pregunta que sea más facilita, por favor. Esta es de oposición a notarías. Intentaré, de todos modos, contestarte, aunque lo lógico sería que plantearas tan ardua cuestión a las interfectas.

Me interrumpí, me rasqué con visible perplejidad la coronilla y dije:

—Bueno, la verdad es que casi todas protestaban, se tiraban de los pelos, se desgarraban la minifalda, lloraban a moco tendido y aseguraban que sí, que me amaban, que todo era como el primer día, que hoy más que ayer y menos que mañana, que sus sentimientos no sólo no habían variado, sino que antes bien se habían desorbitado y llegaban ya a los cuernos de la luna...

Volví a interrumpirme, me rasqué otra vez la coronilla, abrí un inciso y comenté:

—Claro que, a lo mejor, lo de los cuernos de la luna, conociéndolas, podía ir con segundas.

Kandahar me miró, risueña, y no dijo nada. Sopesé la posibilidad durante unos segundos, puse cara de ahí me las den todas y volví a circular por mi carril.

—Eso es lo que decían y eso es lo que hacían, Kandahar, pero yo, acojonado y con las orejas gachas, sin saber dónde meterme ni cómo salir del paso, hacía y decía lo mismo que ellas mientras la nariz me crecía un par de palmos, de modo que...

—¿También tú te desgarrabas la minifalda, papá?

—No, la minifalda, no. La moral imperante entonces era muy rigurosa y los hombres aún vestíamos de hombres, pero me desgarraba la túnica de sacerdote de Shiva bisbiseando *hare Krishna* y respirando abdominalmente en ocho tiempos. Ya sabes: cada loco con su tema. Ellas a enseñar los muslos en los *pubs* de moda y en los bochinches antifranquistas, y yo a sentarme durante horas en la posición del loto con los ojos en blanco y el culo dolorido. Éramos así. Había que tomarnos o que encerrarnos.

—Tú lo sigues siendo, ¿no? Aquello te marcó.

—Sí, yo lo sigo siendo, aquello me marcó, el sol sale todos los días, Cristina murió, los compañeros de Ulises se dejaron embaucar por las sirenas, Nixon ganó las elecciones y los amigos, piano piano, se fueron quedando entre los baches y por las cunetas del camino. Unos pusieron casa y familia, otros se engancharon al coche fúnebre de las drogas duras, algunos se hicieron yupis al servicio de una multinacional y los restantes entraron en el psoe. ¡Qué panorama, Kandahar! Con razón te hablaba hace un momento de los cementerios de elefantes.

—No me has respondido, papá. Mucha labia y pocas nueces. Me has hablado de lo que ellas hacían y decían, pero no de lo que tú crees que se cocía detrás de todas esas pamemas.

—Porque no lo sé, Kandahar. Lo único que tengo claro a estas alturas es que no lo sé. ¡Ah, la hembra misteriosa, como dice mi amigo Francisco de Oleza! Ningún varón ha conseguido entender jamás a ninguna mujer. Ese es el genuino significado y el auténtico mensaje de la parábola de Adán y Eva. Y yo, hija mía, soy entre los representantes de mi especie el que menos las ha entendido. De nada valen odios ni amores, filosofías ni abracadabras, psicoanálisis ni estudios de antropología. Sois un arcano indescifrable para nosotros, princesa, y lo mejor que se puede hacer, te lo aseguro, es no meneallo. Así están las cosas, así han estado siempre y así seguirán estándolo por los siglos de los siglos.

—El famoso velo de Isis que tan a menudo mencionas.

—No blasfemes ni profanes, Kandahar. Eso es otra historia.

—Quejica. Tampoco las mujeres comprendemos a los hombres.

—¿A mí me lo dices? ¡Por supuesto que no nos comprendéis! Entre vosotras y nosotros todo se rige por el principio de la más estricta reciprocidad.

—Si volvieras a vivir...

—Estoy viviendo. No lo olvides. No seas racista ni petulante. No contemples olímpicamente el mundo desde la altura de la juventud. No creas que tener veintidós años es un mérito. La vida no se acaba a los cincuenta y tres. Ni a los ciento uno.

—Admitida la protesta y el rapapolvo. Si volvieras a nacer...

—Si volviese a nacer, Kandahar, sólo de una cosa estaría seguro: no habría mujeres en mi vida.

—¿Serías un misógino?

—¿Un misógino? No. ¡Qué disparate! Tergiversas lo que digo, te picas, te dueles en banderillas, barres para dentro, llevas el agua al jodido molino de los machistas y de las feministas. No se trata de eso, Kandahar. Yo no estoy tomando partido ni atizando el fuego de la discordia ni llamando a ninguna cruzada. Mi neutralidad en la guerra de los sexos es absoluta. Creo que los hombres a solas, o entre ellos, pueden ser odiosos o maravillosos. Creo que las mujeres a solas, o entre ellas, pueden ser odiosas o maravillosas.

Y creo, por último, que tanto los hombres como las mujeres son siempre unos hijos de puta, cuando se emparejan, para la persona del sexo opuesto que ha tenido la desdicha de caer en esa trampa. ¿Me explico? ¿Entiendes ahora por qué, si naciese de nuevo, no sería un misógino aunque en mi vida brillasen las mujeres por su ausencia? Es más: me gustaría reencarnarme en un cuerpo femenino. No me siento orgulloso de mi virilidad ni la veo como una especie de condecoración. Mucho más cierto sería lo contrario. ¡Viva el *yin* y que se mueran los feos!

Me interrumpí para tomar aliento y Kandahar, haciendo honor a su naturaleza de gato, se coló como un buscapiés por la rendija.

—Muy bien —admitió—. Retiro la acusación, pero ¿qué serías entonces? ¿Un homosexual?

—¿Si volviese a nacer? No, princesa, no sería homosexual o, por lo menos, no abrigo ahora esa intención ni el asunto me quita el sueño. ¿De verdad quieres saber lo que sería? Pues sería un monje giróvago o un caballero andante. O en el peor de los casos, si no diese la talla exigida por tan altos menesteres, sería un *clochard*, un vagabundo de esos que duermen por las calles envueltos en papel de periódico.

—¿Y el sexo?

—Ya veríamos. Usar y tirar o, sencillamente, cortármela, meterla en un frasco de formol y dejarla como exvoto en la capilla de cualquier santo milagrero. No seas freudiana, Kandahar. El sexo tiene mucha menos importancia de la que le damos en Occidente. Y para satisfacerlo, además, no es condición imprescindible la de enamorarse ni la de echarse novia, ni la de volverse loco por una tía, ni tan siquiera la de encoñarse, ni por supuesto la de tener siete hijos y un certificado de matrimonio. Conoces a una chica, te lo pasas bien con ella, ella se lo pasa bien contigo, chau, y a otra cosa. ¿Sabes lo que decía Rilke?

—No.

—Pues decía en no sé qué poema: *a los amantes sólo les falta esto: / dejarse el uno al otro, / porque lo demás es fácil / y no hace falta aprenderlo.* ¿Te gusta?

—Regulín regulán.

—Estás en tu derecho.

—¿Me permites que vuelva a intentar aplastarte con una cita?

—Hiere.

—Antes, señor Ramírez, un par de preguntas. Ahí va la primera: si estuviesen a punto de quemarse todos los libros de la historia del mundo y sólo pudieras rescatar de las llamas uno de ellos, ¿cuál salvarías?

—Sé generosa, no me angusties y autorízame a decir dos títulos.

—Bueno, pero sólo dos.

—Salvaría el *Tao te king* y la *Baghavad Gita.*

—Me lo imaginaba... Segunda pregunta: entre todos los libros que me has ido dejando en la mesilla de noche desde que aprendí a leer, ¿cuál me recomendaste con más ahínco?

—La *Baghavad Gita.*

—Muy bien —dijo mi interlocutora con aire de triunfo—. Pues la cita con la que voy a aplastarte pertenece, precisamente, a ese libro de tus entretelas. Con tu pan te la comas.

Se levantó, fue hasta mi mesa, cogió el ejemplar de la *Baghavad Gita* que siempre estaba allí, al alcance de mi mano, lo trajo, lo hojeó, dio con lo que buscaba, movió admonitoriamente el dedo índice en dirección de mi persona y leyó en voz alta:

—*Con la aniquilación de la familia desaparecen las tradicionales prácticas piadosas; de su eliminación surge la impiedad que se enseñorea de todos los supervivientes.*

Alzó los ojos, me escrutó con ellos tratando de medir las dimensiones del impacto que la cita del evangelio mayor del hinduismo había producido en mi débil carne mortal y añadió:

—¡Chúpate ésa!

—¿Y bien? —dije yo con deliberada frialdad y enarcando las cejas.

—¿Cómo que *y bien*? —preguntó, entre indignada y estupefacta, la niña de mis ojos—. Lo que acabo de leerte se da de bofetadas con tu decisión de no emparejarte con ninguna mujer en tu próxima vida. ¿No conduce eso a la aniquilación de la familia?

—El núcleo de la familia no son los esposos, sino los hijos.

—¿Y cómo piensas tenerlos sin formar pareja? Las chavalas te dirán que nones o te los quitarán.

—Puede que sí, puede que no —canturreé burlonamente—. Ya veremos. Alá es grande.

—Te estoy hablando en serio, papá.

La noté escocida y decidí apaciguarla, pero

dándole al mismo tiempo una pequeña lección de sabiduría oriental y de mala leche occidental.

—Me has desilusionado —comenté—. Antes te dije que eres una excelente lectora, pero voy a tener que retirarte el cumplido.

—¿Ah, sí? ¿Y puede saberse por qué?

—Porque la *Baghavad Gita* no pone lo que has leído en boca de Krishna, sino de Arjuna. Supongo que no es necesario recordate, mi querida sabihonda, que es aquél, y no éste, quien lleva la razón y la voz cantante en el poema (14).

Kandahar abrió precipitadamente el libro que

(14)   La *Baghavad Gita* o *Canto del Señor* es un fragmento del *Mahabharata* escrito en forma de diálogo entre el dios Krishna y el príncipe Arjuna. Éste, obligado por las circunstancias a enfrentarse a un ejército en el que militan sus parientes, sus allegados y sus amigos, vacila antes de entrar en combate, resistiéndose a la idea de cometer lo que a él le parece un fratricidio. Entonces interviene Krishna, que le desvela los grandes secretos del universo, le explica lo que es el *yoga* y le convence de que lo mejor para él, y para la evolución del cosmos, es lanzarse a la batalla sin escrúpulos ni titubeos, acatando así los mandamientos de su *karma* y de su *dharma*. Ya hemos dicho lo que es el primero (vid. nota de la página 43). En cuanto al segundo, sepa el lector de estos pagos que los hindúes llaman *dharma* a la ley, en líneas generales, y —en particular— al sentido del deber y al dócil y meticuloso cumplimiento por parte de cada persona de la misión que se le asignó (o que ella misma eligió) en el momento de venir o de volver al mundo. Entre todas las *sagradas escrituras* de la historia de las religiones la *Baghavad Gita* es, seguramente, el texto que mejor responde a las viejas y eternas preguntas de quiénes somos, adónde vamos y de dónde venimos. El mensaje de este *evangelio mayor del hinduismo*, como lo llama Dionisio, podría resumirse así: *lo que no existe nunca podrá existir y lo que existe nunca podrá dejar de existir. (N. del e.)*

aún tenía en la mano, lo consultó y, sin mirarme, exclamó:

—¡Sopla! Pues es verdad. No sé cómo he podido confundirme. Hubiera jurado que...

Fui caballeroso y magnánimo. No hurgué en la herida. No celebré el varapalo. Me limité a quitarle con suavidad el pequeño volumen, desencuadernado y requetesobado, lo abrí por su trigesimoprimera página —era la edición de Roviralta Borrell impresa en México con fecha de mil novecientos setenta y uno— y dije:

—Voy a leerte sólo dos de los muchos argumentos que el padre Krishna aduce para convencer al guerrero Arjuna de que su principal obligación consiste en ser fiel a sí mismo. Escucha... Versículo trigésimo del segundo canto: *siendo el Espíritu sempiterno e indestructible, no puede recibir el menor daño. Así que no te aflijas por ninguna criatura viviente.* Y ahora —pasé la página— vamos a ver lo que dice el versículo cuadragesimoquinto del mismo canto. Aquí está: *por encima de todo anhelo mundano* —leí—, *concéntrate en la plenitud de tu Yo.*

Cerré el libro, lo lancé hacia mi mesa de trabajo con ojo y puntería de auero *zen*, y añadí con voz grave:

—Ahora, Kandahar, mira dentro de ti y dime una cosa: en tu opinión, ¿forma o no forma parte la familia de los anhelos mundanos?

Tardó unos segundos en contestar. Luego, parpadeando, reconoció:

—Sí, papá. Forma parte de los anhelos mundanos.

—Nada más, hija mía. Ahí quería llevarte.

Abrió desmesuradamente los ojos, tragó saliva y preguntó sin esconder su aprensión:

—¿Significa este juego, y lo que acabas de decir, que estás harto de tu familia y que ves en nosotros una trampa, una atadura, algo que se interpone entre tu cuerpo y tu alma, entre lo que haces y lo que te gustaría hacer? ¿Te librarías de nosotros, si pudieras, de la misma forma que Arjuna se libró, después de la intervención de Krishna, del peso moral y sentimental de sus parientes, de sus amigos y de sus enemigos?

La miré con algo de sorna e infinita ternura, me reí, me levanté, me senté a su lado, le pasé la mano por los hombros, la atraje hacia mí, la besé en la frente y dije:

—No te asustes, Kandahar, y no seas boba. ¿Cómo va a significar eso? Hablaba en abstracto. Las mujeres lo personalizáis todo, y si sois de la familia, más. Ya me conoces, ya sabes que vivo con un pie en el mundo de abajo y con el otro en el de arriba, con un ojo aquí y con el otro en Benarés. Pero el ojo de aquí y el pie del mundo de abajo tienen raíces muy sólidas. No hay quien los mueva. Mis hijos son, junto a mi madre, lo que más me importa en la vida. Con nadie me divierto tanto como con vosotros. Con nadie estoy más a gusto que con vosotros.

Lo dije de corazón. Era escrupulosamente cierto. La familia se había ido convirtiendo poco a poco en unos de los dos principales oasis y puertos de asilo de mi ajetreada existencia de nómada recalcitrante. Pero mentiría por omisión si ocultara aquí que en ese mismo momento, cuando me callé cediendo implícitamente la palabra a

Kandahar, se me vino a la cabeza lo que decía Kipling, siempre Kipling, en su celebérrimo *If: si a todos apreciáis, y poco a todos, / y nadie, amigo o no, dañaros puede.*

Toda la sabiduría de Levante afloraba en esos dos versos.

Y tal era, en definitiva, el estado de la cuestión.

¿Deben, pueden y quieren los monjes giróvagos, los caballeros andantes, los vagabundos, los artistas o aprendices de artistas, los guerreros y los buscadores de la Verdad tener familia?

No, no quieren, ni pueden, ni deben. Doloroso (¿o no?), pero cierto.

Esa contradicción —irresoluble ya en mi caso y de la que sólo yo era culpable— me estaba minando, me estaba chinchando, me estaba costando muy cara.

Me sentía perdido en un callejón sin salida.

En la India se reconoce el sacrosanto derecho de cualquier hijo de vecino y honrado padre de familia a retirarse del mundo, de la sociedad y de sus obligaciones cuando llega, *grosso modo,* a los cincuenta años para poder adentrarse sin ánimo de retorno en el terreno y el camino del Espíritu, de la búsqueda de la Verdad y de la apuesta de la Santidad. Ha cumplido con su deber de padre, de hijo, de esposo y de ciudadano. Ha puesto su granito de arena en la historia de su país, ha vertido unas gotas de aceite en los engranajes de la sociedad y ha conseguido sacar adelante a su familia. Ya puede, en consecuencia, partir en busca de la *plenitud de su Yo.* Son los *sanyansin* o *renunciantes.* Se les ve con su hatillo y su colchoneta al hombro, tan libres y ligeros como los pájaros, por todos los rincones de la península del Indostán.

Y a mí, en cambio, nadie me reconocía ese derecho. Con cincuenta y tres tacos a cuestas, se me obligaba —o yo mismo me obligaba— a seguir al pie del cañón. En mi casa, y en el seno de mi familia, pechaba con todos los papeles: era padre, madre, abuelo, marido, amante, gestor universal y paño de lágrimas. La crianza, educación y mantenimiento de mis hijos, por otra parte, aún no había terminado. Kandahar y Bruno estudiaban en la universidad. Devi sólo tenía diez años. Y algo menos de treinta la mujer que seguía siendo *mi chica* a pesar de que vivía con nosotros.

Y luego, para colmo, envolviendo aquel batiburrillo, estaba la vida, tentándome aún —como dijo Rubén— *con sus frescos racimos.* No había renunciado a ella. El vigor de la juventud, inexplicablemente, seguía acompañándome.

Llevábamos dos o tres minutos en silencio. Volví a la tierra, y a su necio e inmisericorde trajín, cuando Kandahar me preguntó:

—Si no quieres tener relaciones con personas del otro sexo, ¿por qué las tienes conmigo?

—Veo que sigues personalizando —dije—. Mira, princesa, todo lo que ha salido de mi boca atañe exclusivamente a las mujeres con las que se entablan relaciones pasionales o matrimoniales. *Exclusivamente,* he dicho. Métetelo bien en esa cabezota de pelo de color de otoño. Con las hijas, con las madres, con las hermanas, con las sobrinas, con las primas, con las compañeras de trabajo y con las desconocidas no hay problema.

¿Tengo que volver a repetirte que la maldad no está en la mujer ni en el hombre, sino en la pareja? Y punto final.

Sabía, por supuesto, que cada uno habla de la feria según le va en ella. Era evidente —a mis cincuenta y tres años podía decirlo sin temor a equivocarme— que yo, por lo que fuese, no servía para el matrimonio ni tampoco para el amontonamiento. Lo había intentado una y otra vez, con mi mejor voluntad, y siempre me había estrellado. Pero no era eso lo peor, lo que verdaderamente me turbaba y me descolocaba. Lo malo —lo dañino para mí, para las mujeres de mi vida y, de rebote, para quienes me rodeaban— era la triste y clamorosa evidencia de que todos, absolutamente todos los disgustos y trances amargos de mi existencia, sin una sola excepción digna de mencionarse, tenían algo, poco o mucho que ver con mis líos de faldas, ya fuesen éstos conyugales, sentimentales o meramente sexuales.

Disgustos o trances amargos para mí y para los míos. Y también, por supuesto, para las baqueteadas protagonistas de mi delirante vida amorosa.

En fin...

Un pajarraco negro se me cruzó de pronto —siempre era el mismo— y, cambiando bruscamente de tema y de tono, dije:

—Por cierto, Kandahar...

—¿Sí?

Estaba adormilándose.

—¿Cuándo te hiciste la última mamografía? —pregunté.

—No seas neurótico, papá —dijo—. Estuve con

la ginecóloga un par de días antes de que empezaran las vacaciones de navidad. ¿No te acuerdas?

—No, no me acuerdo. ¿Todo bien?

—Todo bien.

Su madre había muerto a causa de la metástasis de un cáncer de mama. Y yo sé que los cánceres, por mucho que los médicos se empeñen en llevarme la contra, son tan hereditarios como los pecados capitales.

Miré el reloj y luego alcé los ojos hacia la ventana. Ninguna luz se filtraba aún por las rendijas de sus postigos.

—Ahora sí que está a punto de amanecer —dije— y creo que ha llegado el momento de apartar de mi cabeza, y de la tuya, los jodidos problemas de los hombres y de las mujeres para volver a centrarme en Jesús. ¿De acuerdo?

—Lo que tú quieras, papá. Me estoy quedando frita.

Guardé silencio mientras chupeteaba la punta del bolígrafo. Después, con un ligero toque de dramatismo, dije:

—Quizá emprenda pronto un viaje.

—¿A las antípodas? —preguntó, con soñarrera, Kandahar.

—¿Cómo voy a saberlo? Siempre he definido el viaje como la distancia más larga entre dos puntos. Te echas al camino y la meta se va alejando. Es como una zanahoria colgada delante del hocico de un burro.

—Terminarás donde siempre.

Nos reímos.

—¿En Benarés? Quizá.

—O en Bali.

—Lo dudo. Este viaje, si me decido a emprenderlo, debería ser una especie de peregrinación.

—Como todos los tuyos. Y ahora en serio: ¿dónde quieres ir?

—A tirar de un hilo.

—¿El de Ariadna?

—Justamente. Tengo que llegar al centro del laberinto si quiero salir de él.

—¿Con minotauro incluido?

—Supongo que sí. Ya va siendo hora de que tome la alternativa en una plaza de lujo.

—¿Para cortarte luego la coleta?

—Ni hablar. Los viejos toreros nunca mueren.

—¿Y dónde empieza ese hilo?

—En Jerusalén.

Clareaba. Kandahar se había acurrucado en el otro extremo del diván moruno y dormía, feliz y segura, con el sueño pesado y la respiración acompasada de quien tiene el alma en paz y la conciencia tranquila. Jumble estaba plácidamente echado junto a ella y me miraba con ojos penetrantes, rasgados y puntiagudos de sacerdotisa egipcia. Había arañado la puerta unos minutos antes para que se la abriese, había maullado un poco restregándose contra una de las patas de la mesa y se había ido derechito a la vera de su ama. Estornudé —Jumble se sobresaltó— y oí las campanadas de algún reloj lejano. Era como si hubiésemos vuelto a la infancia de Kandahar. Ella, el gato en su cuna y yo, al fondo del pasillo de la casa de una pequeña ciudad provinciana, aporreando la máquina de escribir con furia vitigudina y plantándole cara al desafío de mi primera novela.

Me concentré, respiré abdominalmente en ocho tiempos, dirigí la atención al grueso volumen que, entreabierto, aún descansaba sobre el atril y me puse a transcribir el resto del pasaje relativo a la noche tormentosa de los evangelios proscritos y repudiados por la Iglesia.

Lo que copié decía así:

*¿Cómo es el Cristo verdadero, cómo es el Cristo gnóstico? O bien: ¿cómo es el **otro** Cristo? Yo no puedo ni debo explicarlo. Ni deseo divulgar su imagen. Ni tampoco mantenerla oculta. No sería éste el lugar adecuado. Además, ese Cristo no se enseña. Sólo algunos, por sí mismos y a su tiempo, llegarán a Él. Que lo entienda quien tenga buenos oídos.*

[...].

*Este Cristo, despojado de caridad, sólo es nuevo para el cristiano. No para quien leyó la Baghavad Gita, la Tabla Esmeralda, el Bardo Todol o la Regla Celeste. Luz blanca, nirvana, negación, unidad, juego conciliador de los contrarios, dialéctica del **yang** y el **yin** que incesantemente se atraen y se repelen, vanidad del tiempo: el mensaje es siempre el mismo. Y ni siquiera su expresión varía. Abro al azar unos textos. Leo en Krishna: «Se alcanza la perfección conquistando la **ciencia de la unidad,** que es superior a la sabiduría. Cuando descubras al ser perfecto que te habita y está por encima del mundo, toma la irrevocable decisión de abandonar al enemigo, que asume la forma del deseo. Domina las pa-*

siones, *porque el gozo de los sentidos es la matriz del futuro tormento».* Y en *Hermes Trismegisto: «Lo que está abajo es como lo que está arriba y lo que está arriba es como lo que está abajo para hacer los milagros de una sola cosa. Separarás la tierra del fuego, lo sutil de lo espeso, suavemente, con gran industria. Subirá de la tierra al cielo y de nuevo bajará a la tierra recibiendo la fuerza de las cosas superiores o inferiores».* Y en *Milarepa, bandido y santo de Buda: «Patria, casa, campos familiares pertenecen a un mundo sin realidad... Cuando tuve un padre, él no me tenía como hijo. / Cuando tuvo un hijo, ya no tuve padre. / Nuestro encuentro fue ilusión. / Yo, hijo, respetaré la ley de la realidad».*

Levanté la cabeza sin separar el bolígrafo del papel, miré a la bella durmiente que ronroneaba junto a su gato y pensé en la conversación que habíamos mantenido poco antes. Era imposible no asociar lo que yo había dicho, o pensado, a lo que acababa de leer. Luego me incliné sobre los folios y seguí con mi tarea.

Y en Tilopa, maestro zen: «Ningún pensamiento, ninguna reflexión, ningún análisis, / ninguna preparación, ninguna intención. / Dejad que se defina por sí mismo». Y en *Omar Kheyyam: «Sabemos que la bóveda celeste, bajo la cual vivimos, no es sino una linterna mágica, el Sol es la llama, el Universo la lámpara y nosotros pobres sombras que vienen y van.»* Y en *Laotsé: «Quien tiene conciencia del Principio Masculino / y se atiene al Principio Femenino / es como un cauce*

*profundo que atrae todo el universo hacia él.» Y
en el sufi Jalaludin Rumi: «Dos cañas beben en
un arroyo. Una está hueca. La otra es una caña
de azúcar.»*

*Así, de golpe, a lo largo de una de las lectu-
ras más determinantes de mi vida, recuperé la
religión de mis mayores, que mis mayores habían
perdido. Sesenta páginas escasas obraron el milagro de convertirme —se necesitaba mucho
poder y mucha magia para eso— y de enseñar-
me entre bastidores el tinglado que la Iglesia de
Nicea, Trento y Roma había erigido con denarios
que no le pertenecían. Caballero agnóstico nau-
fragado en el Ganges, no era yo un profesional
del ateísmo al empezar la lectura de los evangelios gnósticos, pero seguía siéndolo del anticris-
tianismo. Al terminarlos, en cambio, era lo que
se dice un creyente.*

Cerré el libro y me recosté sobre los cojines
del diván con los folios en la mano para releer
cuidadosamente lo transcrito. Algo, mientras lo
copiaba, me había llamado con fuerza la atención,
y no precisamente para bien. Algo chirriaba en
aquel texto, algo desentonaba, algo me desagra-
daba y hería, algo picoteaba mi conciencia.

Lo encontré en seguida: estaba en la primera
línea del segundo párrafo... ¿Un Cristo *despojado de caridad?* ¡Qué horror! ¿Cómo podía haber
escrito semejante despapucho? ¿Excesos de juventud? No, no, de ningún modo. Tenía yo treinta y
tres años —la edad de Dante cuando bajó al infierno y de Jesús cuando ascendió a los cielos—
en el momento de escribir esa necedad. Ni la

inexperiencia ni las ganas de epatar ni el atolondramiento propio del mocerío podían servirme de coartada. Excesos, por lo tanto, no de juventud, sino de la aridez intelectualoide —fruto de la educación cartesiana que había recibido y de mis coqueteos con el marxismo— que en aquella época me caracterizaba.

Pero todo eso había cambiado cuando empecé a seguir de verdad el camino del corazón y ahora, a mediados del mes de marzo de mil novecientos noventa y uno, era precisamente el Cristo de la caridad —y no el de los altos estudios teológicos— el que con más aliento e insistencia me llamaba, conquistaba y embrujaba.

El cristianismo, si no era generosa voluntad de servicio al prójimo, no era casi nada. O era algo tan insignificante, rebuscado, lateral, caprichoso y extremista que no merecía la pena detenerse en él.

¡Señor, Señor!, me dije con desánimo mientras me levantaba. *¿Siempre vas a escurrirte entre mis dedos como ese agua del refrán que nunca he de beber?*

Estaba harto de mí, de mis luchas, de mis crisis, de mis viajes, de mis pesquisas, de mis titubeos. ¡Quién pudiese volver atrás y nacer de nuevo siendo otro! ¡Quién retuviera o recuperase de por vida la consoladora fe del carbonero! ¡Quién hubiese permanecido al socaire de Cristina y de la pequeña ciudad provinciana sin irse a Benarés para caer allí deslumbrado por el fulgor del Espíritu!

Recogí y guardé bajo siete llaves los bártulos del hachís para que no los encontrase mi secretaria (aunque luego recordé que, por ser fiesta, no vendría), besé suavemente a Kandahar en la mejilla, hice una carantoña al gato —que no se dio por aludido— y salí de puntillas dejando la puerta entornada para que se aireara la habitación.

Tenía que dormir. Tenía que dormir un poco —tres o cuatro horas por los menos— si quería recuperar el mínimo de lucidez y de arrestos necesario para arrostrar la dura batalla interior y exterior que como una locomotora sin frenos se me venía encima.

Porque eso sí: en cualquier caso, y saliese el sol por donde saliese, estaba firmemente decidido a cumplir la promesa que le había hecho a Jaime. Aquel tiburón con hechuras de buitre, y amigo mío, sabría el próximo lunes si Dionisio Ramírez, el escritor madrileño que pasó en absoluta soledad —como Sinuhé, el egipcio— todos los días de su vida, se embarcaba o no en la incierta aventura de escribir y publicar las memorias de Jesús de Galilea.

El martes, festividad de san José, no mejoraron las cosas. Me desperté pasada la una de la tarde con varios litros de engrudo en el cerebro. En seguida comprobé que la casa estaba vacía. Devi, por lo visto (eso, al menos, aseguraba una nota que encontré sobre la mesa de la cocina), se había ido a comer al campo y a corretear luego por el Parque de Atracciones con la familia de una compañera de colegio que se llamaba Pepa y que celebraba así el día de su santo. Bruno, como de costumbre había desaparecido sin dar explicaciones, tragado por el escotillón de su afanosa búsqueda de autonomía y de sus insoportables e inexplicables rarezas. Y de Kandahar, que era el báculo de mi congoja, ni rastro.

La secretaria, efectivamente, no había venido. La criada pasaba todos los días de fiesta en su pueblo. Mi chica seguía viaje y, al parecer, no tenía un teléfono a mano. El puñetero loro de Cartagena de Indias estaba pachucho, tristón, con la cresta mustia y las plumas lacias, y no decía ni pío. Jumble debía de andar haciendo el golfo por los tejados y las guardillas. Y en cuanto al otro gato, el que aún no tenía nombre porque acababa de incorporarse a la comunidad de los Ramírez, lo más probable era que siguiese escondido debajo de la alacena o de cualquier otro mueble bufando a diestro y siniestro.

No hice prácticamente nada en todo el día. No desayuné, almorcé zumo de frutas y cápsulas de vitaminas, y a la hora de cenar me tomé desganadamente un plato de sobras. El teléfono, en contra de su costumbre, guardó un silencio sepulcral. Ni siquiera me molesté en sacar los bártulos del hachís para prepararme un buen *chilón* que me consolara y me quitara el polvo de la abulia o me hundiese del todo en ella. Puse a Jesús entre paréntesis, conté una por una y analicé con detenimiento las motas, grietas, desconchones e irregularidades del techo del cuarto de estar y no recurrí ni una sola vez al truco terapéutico de la respiración abdominal en ocho tiempos. Intenté leer sin mucho convencimiento un par de libros de escaso fuste y en ninguno de los dos pasé de la primera página. Al dar las cinco de la tarde en el reloj de péndulo del comedor acepté la idea de que la jornada estaba perdida, me tiré como un trapo sucio delante del televisor y absorbí sin pestañear ni rabiar, durante muchas horas, dosis masivas de veneno, de patrañas, de idioteces, de tetas de silicona, de muslos de futbolistas, de anuncios de detergentes y de consignas subliminales elaboradas, envasadas y lanzadas al éter por los nauseabundos periodistas pesebreros del partido en el poder.

Me acosté a las nueve y dormí —del lobo un pelo— como un bendito: diez horas de un tirón, sin pesadillas, sin dar vueltas en la cama y sin abrir la boca. Se conoce que estaba agotado y que, sin saberlo, confiaba en que se cumpliese también para mí el pronóstico y el deseo formulados por Escarlata O'Hara en la última línea de aquel culebrón ecuménico que se llamaba (y se sigue llamando) *Lo que el viento se llevó*.

Vale decir: mi subconsciente confiaba en que *mañana, después de todo, fuese otro día*.

Y lo fue, ya lo creo que lo fue.

El miércoles amaneció plomizo, lluvioso, abrupto y encabronado. Salté de la cama a las siete, una hora antes de que sonara el despertador, y puse manos a la obra. El ángel y el demonio —puntuales, feroces, intransigentes— me habían dado un ultimátum. La lucha se intensificaba. No podía seguir perdiendo el tiempo a la espera de que el árbitro pitase el final del partido mientras el marcador registraba un empate. Tenía que tomar una decisión.

Y al menos una cosa, en medio de aquel confuso e infame gatuperio, saltaba a la vista: yo no era capaz de pasar el Rubicón a solas inclinándome por el sí o por el no. Necesitaba ayuda. Alguien —un brujo, un amigo, una madre, una mujer enamorada, un guía espiritual— tenía que darme un empujón para que me cayese al río y el agua me refrescara, me enjuagara y me aclarara las ideas.

Cogí la libreta de los teléfonos y repasé los nombres anotados en sus páginas. Al final, después de darles no pocas vueltas, decidí empezar por Herminio, el mariquita gallego que se me había acercado una mañana en el estanque del Retiro con la intención de tirarme los tejos y que desde ese mismo día —despechado, pero feliz— se había convertido en mi echador de cartas, en mi oráculo de Delfos, en mi sumo sacerdote del *tarot*.

Tenía veintinueve años, pesaba cincuenta y ocho kilos prorrateados —tocaban a poco— entre ciento setenta y siete centímetros de estatura y hablaba con la melosa y melodiosa cadencia de las muchachas de Muros (que son, según los expertos en antropología cultural, las más guapas y embaucadoras de toda Galicia).

Era lo que se dice un virtuoso de la lectura del destino, un príncipe de los naipes, un artista de las ciencias ocultas y del psicoanálisis sagrado.

Y, además, vivía —eso fue, en el fondo, lo que me decidió a empezar por él mi romería de petición de árnica— a un tiro de piedra de mi casa.

Se acostaba siempre muy tarde, empantanado hasta las tantas en los cazaderos y atolladeros del amor oscuro, y se levantaba, lógicamente, cuando los niños salían del colegio. Vivía, como casi todos los homosexuales, solo y, sin duda, solo también moriría. Pero no le importaba. Había apostado por sí mismo, sin trampa ni cartón, y eso le obligaba a sobrevivir —o a gastar la vida— dando la espalda a la sociedad. Sabía, como lo saben todos los maestros cantores del ocultismo, que la Luz únicamente desciende sobre las personas que se atreven a escarbar sin miedo en sus propias tripas, que así aprenden a conocerse y a aceptarse, y que a partir de esa aceptación y de ese autoconocimiento obran en consecuencia sin detenerse nunca para mirar atrás.

Hice tiempo —febril, nervioso, demudado— hasta que oí dar las cuatro y media en el reloj de péndulo y sólo entonces, con pulso tembloroso, me arriesgué a telefonearle. No quería turbar su sueño ni interrumpir su descanso. Por nada del mundo —ni incendio, ni terremoto, ni impacto de meteorito, ni hecatombe nuclear— me hubiese atrevido a ello. Y no, como cabe imaginar, por respeto, por buena crianza o por miedo a su reacción, sino por puro egoísmo: sabía por experiencia que el quinqué del *tarot* no ardía en su corazón ni se encendía en su mente cuando estaba cansado. Para que el *sésamo, ábrete* golpease la roca y ésta se abriese, Herminio —flor de acequia, rosa de pitiminí, mariconazo de tente mientras cobro— tenía que encontrarse en plena forma. Yo, de hecho, le llamaba, entre bromas y veras, *princesita del almendro* y él, al escuchar ese apodo, se sonrojaba, se estremecía de gusto y temblaba como una hoja de hierba de Walt Whitman.

Marqué su número, oí su voz, contuve el impulso de creer —siempre me sucedía— que estaba hablando con una chica y dije:

—Soy Dionisio. ¿Te despierto?

—No, corazón, no me despiertas —contestó—. Entre otras razones, cariño, porque para ti siempre estoy despierto. Puedes entrar en mi habitación cuando se te antoje y, naturalmente, sin avisar. Me encantan las sorpresas. ¿Por qué no quieres que te deje una llave de mi casa? Eres malo, avieso, machista y desdeñoso conmigo. Ya me vendrás a buscar cuando te castigue Dios. Recuerda que la vida es larga y que yo sólo voy a cumplir treinta, no como tú, que eres un vejestorio.

Bromas de mariquita solterón —pese a su edad— que yo, cuando estaba de buenas y con tiempo por delante, le seguía. Pero esta vez, ay, ni tenía tiempo para vacilar ni estaba de buenas.

Le corté, le pedí perdón por el tono de mi voz y por mi prepotencia —*justificadísima*, dije, *por las circunstancias*— y le pregunté si podía recibirme y leerme las cartas esa misma tarde.

Podía, claro que podía. ¡Faltaría más! Verme —comentó— era un placer tan intenso como el que le producían los orgasmos, aunque por desgracia mucho menos frecuente.

No esperé a que se arrepintiera. Me puse un chubasquero y salí a la calle. No había un alma. Entré en el cafetín de la esquina, que estaba a rebosar, y pedí un carajillo doble. La crisis evangélica —llamémosla así— me empujaba hacia el alcohol. Estaba violando todos los mandamientos de la *nueva era*, que yo mismo —en fraterna colaboración y comunión de ideas con un grupo de adelantados del Espíritu y de insurrectos frente al Sistema— me había esforzado por trasladar, con relativo y sorprendente éxito, desde las playas y comunas de la risueña California hasta los áridos pegujales de mi país. ¡Si mis correligionarios y acólitos me viesen!

Pero no había riesgo, no frecuentaban esos ambientes de clase obrera, humo de tagarnina, lingotazo de cazalla servido en copa de coñac, serrín en el suelo, café de cazuela, venablos a discreción y apasionadas discusiones sobre el resultado y el arbitraje del partido de fútbol de la víspera. Santiago, y cierra España.

A las cinco menos siete minutos entraba como un obús por el portal de la casa de Herminio, subía de dos en dos los peligrosos escalones de madera desbastada por el paso del tiempo y por las rugosas suelas de los zapatos de los vecinos y de sus adláteres —aquel barrio de artistas, de putas, de navajeros, de heroinómanos y de señoras haciendo punto en sillas de enea con un chal negro sobre los hombros hundía sus cimientos en uno de los núcleos más antiguos de la ciudad— y golpeaba sonoramente la puerta del cubil del brujo (y picadero coquetón de treinta y ocho metros cuadrados y abigarradamente aprovechados) con la aldaba de hierro renegrido que muchos años atrás, y en recuerdo de una noche al parecer inolvidable, le había regalado un farmacéutico sordo de las montañas de Orense.

—¿Qué mosca te ha picado? —dijo el mariquita al abrirme.

Y acto seguido me indicó con un gesto de sus

manos huesudas la mesa de camilla que utilizaba para desplegar ante la mirada atónita de sus clientes y de sus queridos el fastuoso espectáculo de sombras chinescas protagonizado por las figuras e imágenes del *tarot*.

Herminio llevaba un batín corto y ceñido de color violeta con la carota del boxeador Cassius Clay estampada en el trasero de la prenda y delicadamente rodeada por un óvalo de cordoncillo en relieve. Los mofletes del negrazo se hinchaban y deshinchaban siguiendo el hilo de los sinuosos y cadenciosos movimientos de las nalgas del zahorí. ¿Dónde habría comprado éste semejante pingo de marujona insatisfecha y sin estudios? Seguro que se lo había puesto para mí. Ya le agradecería después el detalle y le felicitaría por el hallazgo. Era aquel salto de cama —aquella apoteosis del *kitsch*— un gozo para la vista, un derechazo al buen gusto, una pieza de museo de los horrores, una obra maestra de la lencería homosexual.

Obedecí la indicación de Herminio y me dirigí hacia la mesa de camilla. Empezaba a atardecer, pero la única habitación existente en aquel cuchitril de loco sublime no necesitaba de la oscuridad exterior para que la penumbra la envolviese.

Sabido es que tanto los homosexuales como los videntes adoran las velas. Y Herminio era lo uno y lo otro —vidente y homosexual— y las dos cosas, por añadidura, de nacimiento. Nada tenía, pues, de particular el hecho de que la pieza estuviese invadida (y muy débilmente alumbrada) por diez o doce velas de todos los colores, formas y tamaños.

El resto de la decoración era pacotilla de jipi venido a menos comprada en el Rastro.

Del tocadiscos, que también era una reliquia de museo, brotaba milagrosamente una canción. *Milagrosamente*, digo, porque a la luz de mis escasos conocimientos tecnológicos y fonográficos era imposible entender cómo diantre llegaba la canción de marras hasta mis oídos por entre los saltos, eructos, carraspeos, gargarismos y rechinar de dientes de la antigualla.

Pero llegaba, vaya si llegaba, y probablemente no sólo hasta mí y hasta su propietario, sino también hasta las sufridas orejas de los restantes inquilinos del inmueble, convencidos todos —desde muchos años antes— de la inutilidad de avisar a la policía para pedirle que metiera en cintura, insensata pretensión, a aquel gallego aquijotado y metafísico que parecía una meiga con faralaes.

La canción era de los Beatles y se llamaba *Abbey Road*. Supuse que la Princesita del Almendro también la había escogido pensando en mí, como el deshabillé con la efigie de Cassius Clay, y en mi irreprimible nostalgia de los años sesenta. Muchas veces, en efecto, había escuchado yo ese himno oficioso de la Década Prodigiosa psicodélicamente arrellanado en los divanes morunos del *salón de música* del piso de la pequeña ciudad provinciana. Los homosexuales, por lo que a lo largo de mi vida de maratoneta nocturno he podido comprobar, tienen memoria de elefante diplomado en la Sorbona y cuidan hasta extremos realmente inverosímiles las nimiedades cotidianas de las que muy a menudo depende la felicidad o la infelicidad de los seres humanos.

Ya lo dije antes: no había tiempo que perder. Y no lo perdí. Esquivé como pude las zalemas y los requiebros de mi anfitrión y entré brutalmente por uvas.

—Herminio —le solté a bocajarro—, necesito que me ayudes, pero sin formular preguntas. Sé que eres un cotilla de tomo y lomo, como todos los de tu especie, y que al pedirte lo que te pido en las condiciones en que te lo pido te estoy asestando una cuchillada trapera. Entiéndelo, Princesita del Almendro, y perdóname. Te prometo que tú serás una de las primeras personas en enterarte de la tostada cuando mis labios dejen de estar sellados por la neurastenia.

Se rió, asintió y dijo:

—Lo que tú mandes, Robert Redford, pero conste en acta que los cartomantes y los maricones somos como los curas: todo lo que decimos, y lo que oímos, lo oímos, y lo decimos, bajo riguroso secreto de confesión.

—Sí —comenté—, especialmente los maricones.

—Por la cuenta que nos trae —dijo Herminio con acidez.

Se levantó, fue a buscar la baraja del *tarot* —utilizaba siempre el llamado *del Universo*— y yo le esperé en la camilla con el alma en vilo. Tenía una fe casi ciega en él, en sus análisis y en sus predicciones, que no eran —las últimas— tales, sino sosegado y dulcísimo descorrer de cortinas y velos de Isis (ahora sí, Kandahar) para que el beneficiario de esa operación de luz, con la pupila del tercer ojo dilatada al máximo, pudiera asomarse sin pestañear a sus abismos interiores.

Pero mi fe, por muy cegata que fuese, no se debía a la amistad ni a la credulidad ni al voluntarismo, sino a la experiencia. En lo tocante a mí, Herminio jamás había marrado un golpe. Y en cuanto a los demás, por lo que se me alcanzaba, tampoco.

Le expliqué que tenía entre manos un viaje inminente de vital importancia para mí y, en consecuencia, para los míos y que —por una serie de circunstancias, contrariedades, contradicciones y pejigueras que no venían al caso— me sentía incapaz de decidir si debía emprender o no ese viaje, simultáneamente celestial y diabólico, *al fondo de lo desconocido.* Y ese era el problema —añadí— que con tanta premura y nerviosismo, casi histerismo, me había llevado hasta él en aquella tarde lúgubre, lluviosa y cargada de esplín del último día del invierno.

Fue extremadamente lacónico. Dijo que muy bien, que se daba por enterado y que iba a buscar y encontrar el sentido de mi dilema echándome siete cartas, porque siete —aclaró— era el número sagrado de la Cábala (y yo, al oírlo, me estremecí, pues al fin y al cabo estaba preguntándole si era o no conveniente para mí visitar el epicentro, capital y tabernáculo del orbe judío), y por último me explicó que luego, tras la lectura e interpretación de esos siete naipes, pondría sobre la mesa —fuera de concurso, por así decir— el octavo y, al parecer, resolutorio.

Colocó la baraja frente a mí y me pidió que la cortase en siete montones contiguos y sucesivos. Recogió luego éstos en orden inverso, los apiló cuidadosamente y empezó a tirar las cartas. La primera en salir fue la del *Ahorcado*. Volví a estremecerme. Herminio captó al vuelo lo que estaba pensando y dijo:

—*Tranqui*, Robert Redford. Ya te he explicado mil veces que no hay naipes buenos ni malos o, lo que es lo mismo, que todos los naipes pueden ser buenos y malos. Depende de cómo salen, de cuándo salen y de *dónde* salen.

Subrayó el *dónde* con la voz y, sonriendo, añadió:

—La posición es muy importante, Dionisio. Tenlo siempre en cuenta. El *tarot* es como la vida: un proceso en marcha que nunca se detiene ni se repite. Es el río de Heráclito, el agua del Tao, la danza de Shiva. Ningún naipe, por sí mismo, hace granero, pero todos ayudan al compañero.

Miré con atención la imagen de aquel hombre colgado por los pies y sumergido en un universo de agua intensamente azul y surcada por una profusa y vistosa tropilla de peces de colores.

—El Ahorcado —siguió Herminio— representa en líneas generales la inversión de valores, pero también alude a los sacrificios y sacramentos que conducen o pueden conducir a la iluminación. Y conociéndote, Dionisio, estoy casi seguro de que tu dichoso viaje tiene mucho que ver con esas vainas. ¿Me equivoco?

—No —contesté secamente.

Me sentía con el trasero al aire. Herminio no se limitaba a interpretar los dibujos de los naipes. También leía en mí.

—De momento —dijo— vamos a explicar esta carta así: es el anuncio o, quizá, el certificado de tu bautismo. Enhorabuena, Dionisio. ¿Qué nombre vas a imponerte?

Reconocí su estilo. Tenía la saludable costumbre de intercalar, entre col y col, la lechuga de una broma. Con ella quitaba hierro, bambolla y mordiente a la sobrecogedora severidad del *tarot*.

El segundo naipe fue el de la *Rueda de la Fortuna*. El nombre lo decía todo. Vi en su superficie un rostro extrañísimo que giraba excéntricamente alrededor de una especie de globo.

—El mapamundi —apostilló Herminio levantando la mirada hacia mí— es tuyo. Cómetelo cuanto antes.

En tercer lugar salió la *Fuerza:* un león de boscosa crin acariciado por una mano de mujer.

El vidente, más *princesita* y maricona que nunca, me contempló de arriba abajo con regodeo, retintín y gachonería, y dijo canturreando:

—¿Qué será será?

Se calló, encendió con indolente e insolente pachorra un cigarrillo, dio una calada, volvió a mirarme con sorna y añadió:

—No te pases de listo, chato, que no es lo que te imaginas. Esa mano de sedosa piel y de elegantes dedos de pianista no pertenece a ninguna de tus mujeres actuales, pasadas o futuras.

Me eché a reír.

—¿Cómo lo sabes? —pregunté.

—Porque es mía, corazón, y no de tus pelanduscas.

—¿La mano?

—Sí, la mano que acaricia en el naipe tu ruda pelambrera de rey de la selva. De modo que aplí-

111

cate el cuento, abalánzate sobre mí y hazme muy, pero que muy dichosa. ¡Brrr!

Y fingió que un escalofrío de placer le sacudía todo el cuerpo.

—Cuando vuelva de mi viaje —sugerí—. ¿De acuerdo?

Hizo un mohín, frunció los morritos, dejó caer graciosamente la cabeza sobre su hombro izquierdo y dijo:

—Si no puede ser antes...

Pero inmediatamente recuperó la seriedad y la compostura para añadir:

—Ojo con esta carta, Dionisio. Genéricamente significa que el ser humano sólo adquiere y desarrolla la *fuerza*...

Pensé, infantilmente, en el Jedi y en las películas de Spielberg sobre la guerra de las galaxias. Todos los adultos llevan un niño dentro.

—... cuando se canalizan hacia él, y en él se juntan y se funden, los dos grandes principios y polos complementarios, que no opuestos, de la vida: el masculino y el femenino, el *yin* y el *yang,* lo húmedo y lo seco, lo cóncavo y lo convexo, lo umbrío y lo soleado. Pero en tu caso, machote, también podría significar otra cosa muy distinta.

Se calló y me miró expectante. Quería comprobar el efecto que me había causado su misteriosa insinuación.

Yo no parpadeé, no me inmuté, no moví un músculo. Le conocía como si lo hubiera parido en una de mis encarnaciones anteriores (la de san Pedro, quizá). No iba a darle el gustazo de caer como un besugo en el ingenuo garlito que me tendía.

Se resignó y dijo:

—¿No quieres saber a lo que me refiero?

—Si tú lo consideras necesario...

Dejé, adrede, la frase en el aire y escruté el rostro de mi interlocutor con mirada inexpresiva.

—Cuando te pones odioso —dijo con visible despecho—, te pones odioso. Doy gracias a Dios de que no seas mi marido ni mi chulo. ¡Anda, que lo que tienen que aguantar tus pobres mujeres! Unas verdaderas santas: eso es lo que son. Y tú, Dionisio, un miserable Landrú del barrio de Malasaña. Seguro que has matado a más de una.

Seguí de guardia en mi garita: impertérrito, mirando al frente e impasible el ademán. Herminio fingió que se secaba furtivamente una lágrima y dijo:

—¡Pues te vas a enterar, cielito! Ese naipe significa, entre otras cosas, que ya no puedes seguir postergando durante más tiempo el estallido de tu feminidad. Hoy por hoy, tal como eres, estás incompleto. ¡Deja de ser un germen de hombre partido por la mitad! ¡Acepta y desarrolla de una puta vez tu lado *yin*! No es una deshonra. Todos los varones lo tienen. No vayas por el mundo como si fueras un pirata berberisco con barba de tres días y un garfio albaceteño en el muñón. Aprende a coser, a guisar, a planchar y, si se tercia, a poner el culo en pompa. Nunca es tarde, Dionisio. Has usado y abusado de las mujeres. Lo que éstas podían darte y quitarte, cabronazo, ya te lo han dado y te lo han quitado. Y con creces. A partir de ahora no sacarás de ellas ni una migaja. Y a lo largo de tu viaje, si

113

es que te decides a emprenderlo, menos. No lo olvides, porque no estoy hablando en broma ni puteándote, aunque tú creas lo contrario. Te lo digo por tu bien y por el bien de los tuyos, que tanto te importan. Te lo digo porque te aprecio, no porque esté enamorado de ti. Aprende y empieza a ser hembra sin dejar de ser macho, Dionisio. Entonces, y sólo entonces, encontrarás lo que buscas, y también, quizá, lo que no buscas, porque entonces, y sólo entonces, la Fuerza estará contigo.

Recordé el último tramo de mi conversación nocturna con Kandahar y dije:

—¿No podría significar ese naipe, simplemente, que para salir del laberinto en el que me encuentro necesito, como Teseo, la mano y el hilo de Ariadna?

Me miró con indignación, casi con desprecio —pensaba, seguramente, que yo no tenía arreglo ni quería redimirme y que sólo trataba de curarme en salud para encontrar una coartada que justificase de antemano mi próximo ligue— y respondió coléricamente:

—¡No me hinches más las pelotas! Ve donde tienes que ir y averígualo. Yo no puedo ni debo decirte más.

Y tiró con rabia otro naipe sobre el tapete de hule de la camilla.

—¡Chúpate ésa! —exclamó.

Era la *Muerte*.

Tanta desolación debió de reflejar mi cara que el brujo, apiadándose de mí, puso afectuosamente su mano huesuda —como si fuese la de Ariadna— sobre la mía y dijo:

114

—*Tranqui*, Robert Redford, *tranqui*, que tampoco esto es lo que parece. ¿Ves ese escarabajo ahí, huroneando bajo tierra, y ese trébol enorme que surge de la superficie de ésta?

Miré con detenimiento la carta y vi el animal y el vegetal a los que aludía Herminio. Saltaba a la vista que el uno no podía existir sin el otro.

Resoplé. Me sentía como si hubiese tomado una ración triple de ácido lisérgico con unas gotas de mescalina y un pellizco de estramonio.

El brujo apartó su mano de la mía y comentó:

—La Muerte, hermosura, es el símbolo de la transformación. Tú sabes mejor que yo, Dionisio, que nada puede morir.

Sí, lo sabía. Dice al respecto una de las frases centrales y capitales de la *Baghavad Gita: no hay existencia posible para lo que no existe ni puede dejar de existir lo que existe* (15).

Krishna y Jesús de Galilea —el hombre que no pudo resucitar, pensé, porque tampoco había muerto— hablaban con las cuerdas vocales de Herminio. Una vez más, invocado o no, Dios se manifestaba.

El quinto naipe, como en buena lógica ocultista era de esperar, volvía machaconamente sobre lo mismo —todas las cuentas cuadraban—, pero dando un paso más. ¿Qué viene después de la muerte?

—El *Juicio*, ¿no?

Pues así se llamaba la carta.

Clavé los ojos en ella e inmediatamente me

(15) Vid. nota de la página 87. *(N. del e.)*

hipnotizó. Vi en la ilustración que campeaba en su superficie una tumba de la que salía una flor amarilla y vieja, casi disecada, como si llevase mucho tiempo entre las páginas de un libro.

Todo encajaba: el escarabajo era a la tumba lo que el trébol a esa flor.

Y, de repente, comprendí, até cabos, hilvané puntos dispersos, rellené soluciones de continuidad, trencé difíciles lazos de prentesco entre las témporas y el culo.

¿Una flor **amarilla** *y* **vieja**?, me dije. *No puede ser. Esas cosas sólo pasan en las películas.*

Era una larga historia... Una historia cuyo primer capítulo se remontaba al mes de diciembre de mil novecientos sesenta y dos. Y estábamos a veinte de marzo de mil novecientos noventa y dos.

Herminio, ajeno por una vez a lo que se cocía en mis mondongos, miraba atentamente el naipe y lo comentaba con ínfulas de profesionalidad. Sus palabras, lejanísimas, llegaban a duras penas hasta mí.

—Va a estallar una nueva vida —estaba diciendo— como resultado de una importante experiencia.

No quise (ni necesitaba) oír más. Levanté conminatoriamente la mano para detener el flujo de su verbo inagotable y le dije:

—Espera.

Me miró, sorprendido, y preguntó:

—¿Sucede algo, primo? ¿Vas a desmayarte? Tienes la jeta tan pálida como el culo de los maricones de mi tierra.

—No, Herminio —contesté—. Lo único que

me pasa es que, de repente, cuando menos lo esperaba, he visto un rayo de luz.

—¿Una señal? —insinuó el brujo.

—Pues sí, supongo que sí —dije—. Una especie de señal. Enseguida vas a entenderlo.

—¿Tiene algo que ver con el *Juicio*?

—Tiene mucho que ver con la flor *amarilla* y *vieja* —recalqué los dos adjetivos— que lo ilustra. Ya sabes que la *casualidad* es siempre *causalidad*.

—Cuéntame tu historia.

—No es necesario contártela, Herminio, porque está escrita. Leyéndola terminamos antes.

—¿Escrita por ti?

—Escrita por mí. ¿Tienes a mano mi primera novela?

—Tengo a mano, y cerca de la cama, todos tus libros. Me masturbo con ellos, corazón. A falta de pan...

—Pues tráela.

Treinta segundos después estaba sobre la mesa. La abrí febrilmente, la hojeé hasta encontrar lo que buscaba y se la pasé a Herminio.

—Léelo tú en voz alta —le pedí—. Son sólo seis páginas. Y no olvides que todo lo que se dice en ellas es rigurosamente cierto.

—¿Dónde quieres que empiece?

—Ahí.

Señalé una línea con el dedo, cerré los ojos y me fui en volandas de la memoria, del mal de ausencias y del recuerdo de Cristina al mes de noviembre de mil novecientos sesenta y nueve y al templo tántrico de Konarak, cuya impresionante mole negruzca se alza frente al mar en una ventosa y remota playa del Golfo de Bengala.

Herminio se caló sus gafitas de montura de oro compradas por cuatro perras a un perista del barrio y leyó lo que sigue:

«Así, quijotescamente, a la del alba y después de salir de la venta del Tourist Bungalow, llegó por fin Dionisio a la explanada del templo, lo rodeó, lo adoró, lo miró y remiró con hambruna mística —casi con codicia— por enésima vez y se sentó luego a descansar, y a recibir el *prana* o soplo de energía cósmica de los primeros rayos del sol, en el mullido y arenoso asiento del copete de una duna.

»Y fue entonces, en la frontera de la luz del día y en el preciso instante en que los gatos dejaban de ser pardos y las cosas recuperaban la nitidez de sus perfiles, cuando salió del bosque y se encaminó hacia el viajero un individuo de porte estrafalario y pintoresca fachada.

»Dionisio lo clasificó inmediatamente en la categoría de los faquires y lo contempló con abierta curiosidad mientras se le acercaba.

»Iba vestido de blanco con una especie de estola de color azafranado. Su barba era canosa, hirsutas sus greñas agitadas por el viento, febriles sus ojos, cetrina su piel, silvestres sus cejas, saledizos sus pómulos, escuálidas sus carnes, huesudas y callosas sus articulaciones, descoyuntados sus movimientos y firme, aunque indolente, su manera de caminar. Llevaba, como todos los santónes de la India, los pies descalzos.

»Pasó y chilló una gaviota. El aire se tensó

como la cuerda de un arco. Los cuervos graznaban. Zumbó un abejorro.

»Algo, inminente, iba a suceder. Dionisio lo supo en el acto.

»El desconocido llegó hasta él y, yéndose derecho al grano, sin darle ni tan siquiera los buenos días, preguntó:

»—¿Tienes tabaco?

»El viajero hurgó en su bola de correcaminos, encontró y sacó una cajetilla arrugada y aplastada, y con gesto esquivo —como si quisiera zanjar el asunto lo antes posible— se la tendió al faquir.

»—Puedes quedártela —dijo.

»—No. Yo no fumo —fue la respuesta—. Lo preguntaba pensando en ti.

»—¿En mí?

»—¿Tanto te extraña?

»Dionisio se encogió de hombros. El santón, en tono que no admitía réplica, añadió:

»—Enciende un cigarrillo.

»El viajero obedeció.

»—Ahora da tres o cuatro caladas.

»El viajero las dio.

»—Abre la palma de la mano izquierda.

»¿De la mano izquierda? ¿Precisamente de la *mano izquierda,* pensó Dionisio, y eso en las mismísimas fauces tántricas del templo de Konarak? (16).

---

(16) El *tantra,* que es una variante gnóstica y heterodoxa del hinduismo y del budismo, forma parte de lo que en Oriente denominan *senderos de la mano izquierda* por contraposición a los de la *mano derecha,* que son los ortodoxos y reservados al común de los mortales. *(N. del e.)*

»Y la abrió.

»—Echa la ceniza del cigarrillo en esa mano.

»La echó.

»—Ciérrala.

»La cerró.

»—Abre otra vez la mano.

»Dionisio, tenso y mudo, acató la orden. Un instante después, *como del rayo,* los ojos casi se le salieron de las órbitas al comprobar que en la palma de la mano no quedaba huella alguna de ceniza. Ésta, o lo que bajo su superficie y en su vientre se escondiera, había sido reemplazada por una flor amarilla.

»Vibró de nuevo el aire y, de repente, se aflojaron sus cuerdas. La gaviota regresó en silencio y voló, como un brochazo de plata, hacia la línea del horizonte. Los cuervos callaron. El abejorro había desaparecido.

»Y el faquir, que en ningún momento había tocado a Dionisio ni le había pedido nada, también. Su silueta metafísica y cimbreante era ya un caprichoso garabato junto a la orilla del mar.

»El viajero lo siguió con la mirada y luego dirigió ésta hacia la flor. Existía. No era un espejismo ni un sucedáneo ni una impostura. La olió, la tocó, verificó su identidad, la guardó con esmero entre las páginas del ejemplar del *I Ching* (17) que siempre llevaba a cuestas, buscó algo en sus tripas, lo encontró, lo sacó —era una hoja de papel impreso cuidadosamente do-

---

(17) Libro oracular del taoísmo y de la cultura china. Es uno de los grandes textos sagrados de la historia de la humanidad. *(N. del e.)*

blada—, la desplegó, la leyó, se acordó del marinero del romance del conde Arnaldo —*sólo digo mi canción / a quien conmigo va*— y sonrió con el pensamiento y el sentimiento puestos en un lugar lejano.

»Luego se levantó, cerró los ojos, respiró abdominalmente en ocho tiempos, se inundó de *prana*, hizo todo lo posible para dejar la inteligencia en blanco y para suspender la actividad de los sentidos, meditó un instante, volvió a sonreír y emprendió el camino de regreso a la *veranda* del Tourist Bungalow, al calor humano de sus dos amigos, al fuego del hogar del Indómito Volkswagen, a la carretera de Delhi, al Templo de Oro de los *sikhs* en Amritsar, a la frontera paquistaní, a Erzurum, a Estambul, a Europa y, en definitiva, a casa».

Herminio se calló con un gesto de perplejidad, consultó con la mirada a Dionisio y dijo:

—Aquí hay un espacio en blanco. ¿Sigo leyendo?

—Sigue leyendo. El cuento no ha terminado.

Volvió a ajustarse las gafas, acercó una de las velas al libro, se aclaró la garganta y reanudó su tarea:

«Unos años antes, en el mes de diciembre de mil novecientos sesenta y dos, Dionisio se había tropezado por casualidad —en el curso de una noche pasada a bordo de un transatlántico que venía de Buenos Aires, hacía escala en Barcelona y rendía viaje en Génova— con un texto que había llamado poderosamente su atención de ca-

121

chorro de artista distraído por las voluptuosas tentaciones del diabólico (que no divino) tesoro de la juventud y paralizado en su titubeante actividad literaria por el hastío, la claustrofobia y el desconcierto propios del callejón sin salida en el que por culpa del absurdo y demagógico debate abierto sobre la necesidad del *compromiso* político se habían encerrado muchos escritores occidentales —casi todos— a raíz de la terminación de la segunda guerra mundial.

»El texto, que era muy breve (tanto que ni siquiera llegaba a ocupar una página), había sido escrito por un autor que ni Dionisio ni prácticamente nadie —excepto sus compatriotas— conocían por aquel entonces.

»Se llamaba Jorge Luis Borges.

»Dionisio —asustado, emocionado y deslumbrado por lo que acababa de leer— consiguió que le fotocopiasen aquella página áurea en la oficina del capitán del barco, la dobló meticulosamente, la escondió en un bolsillo secreto de la cartera de piel de cocodrilo que había heredado de su padre y a partir de aquel momento procuró llevarla siempre consigo.»

«Y ésa era, naturalmente, la desgastada hoja de papel impreso que Dionisio había sacado de entre las páginas del ejemplar del *I Ching* y había releído por enésima vez frente a la Gran Basílica del Tantrismo después de su extraño encuentro con el Faquir de Konarak.»

El texto en cuestión decía así...

UNA ROSA AMARILLA

Ni aquella tarde ni la otra murió el ilustre Giambattista Marino, que las bocas unánimes de la Fama (para usar una imagen que le fue cara) proclamaron el nuevo Homero y el nuevo Dante, pero el hecho inmóvil y silencioso que entonces ocurrió fue en verdad el último de su vida. Colmado de años y de gloria, el hombre se moría en un vasto lecho español de columnas labradas. Nada cuesta imaginar a unos pasos un sereno balcón que mira al poniente y, más abajo, mármoles y laureles y un jardín que duplica sus graderías en un agua rectangular. Una mujer ha puesto en una copa una rosa amarilla; el hombre murmura los versos inevitables que a él mismo, para hablar con sinceridad, ya lo hastían un poco:

«Púrpura del jardín, pompa del prado,
gema de primavera, ojo de abril...»

Entonces ocurrió la revelación. Marino vio la rosa como Adán pudo verla en el paraíso y sintió que ella estaba en su eternidad y no en sus palabras, y que podemos mencionar o aludir, pero no expresar, y que los altos y soberbios volúmenes que formaban en un ángulo de la sala una penumbra de oro no eran (como su vanidad soñó) un espejo del mundo, sino una cosa más agregada al mundo.

Esta iluminación alcanzó Marino en la víspera de su muerte, y Homero y Dante la alcanzaron también.

JORGE LUIS BORGES
Antología personal

Herminio volvió a interrumpirse.

—¿Paro aquí? —preguntó.

—No, no... Sigue. Ya te falta poco.

El mundo exterior rugía: lluvia, truenos, relámpagos y un ventarrón descuernacabras. Era como si el invierno patalease y se despepitase en son de protesta por la inminente llegada y consagración de la primavera.

Herminio volvió a inclinarse sobre el libro y leyó:

«¿Era (o podía llegar a ser) la flor amarilla del Faquir de Konarak —agreste, franciscana, mínima y dulce— la misma *rosa eterna, absoluta e infinita*— "púrpura del jardín, pompa del prado"— que una mujer sin nombre colocó junto al vasto lecho español de columnas salomónicas en el que agonizaba el poeta Giambattista Marino?

»Quizá sí, quizá no... Pero de esa forma interpretó Dionisio el episodio y su posible mensaje: los miles de dioses mayores y menores representados en las paredes de piedra oscura del templo de Konarak acababan de entregarle el símbolo, la prenda, el *nihil obstat* y la garantía de origen de la vocación y del *talento* (en el sentido evangélico de la palabra) que otro Dios —el de su país, el de su entorno espiritual, el de su propia conciencia y el del inconsciente colectivo de su pueblo— le había entregado en el instante de nacer con la expresa (que no sólo implícita) intención de que el depositario de esos dones se comprometiera a hacerlos fructificar antes de que la muerte lo alcanzase.

»De que se comprometiera y —sobra decirlo— de que cumpliese su palabra.

»No había, pues, dilación posible. ¿*Aguarda sin partir y siempre espera,* porque la vida es larga y el arte es un juguete, o —mejor— lo contrario? Todo, de hecho, tendía a confabularse alrededor de Dionisio, escritor en agraz con la quilla permanentemente en dique seco, como si los seres superiores quisieran convencerle de que esa etapa —la de la paciencia hipócrita, la del nihilismo fácil, la de la petulancia y el desdén, la del desorden moral y existencial, la de *la carne que tienta con sus frescos racimos,* la del *mañana empezaré*— había terminado. El polen de la flor amarilla del Faquir de Konarak, arrastrado y transportado por el viento de la pasión creadora, tenía que caer al fin en tierra fértil y en el surco y en la estación del año adecuada para que la semilla germinase en forma de novela.

»Y así supo el viajero —inescrutables son los caminos del Señor— que la hora del recreo en el patio de la escuela de la vida tocaba a su fin y que de un momento a otro, con la grave y dura responsabilidad de la madurez tapándole las vergüenzas como una hoja de parra, tendría que abandonar la cuna vestidita de azul del *dolce far niente* para ponerse de largo, incorporarse a la fila y entrar en clase. '

»O diciéndolo en cristiano, como lo hubieran dicho sus mayores: supo que había sonado la hora de plantar un árbol, de escribir un libro, de tener un hijo, de delimitar un territorio, de levantar un campamento, de amueblar una casa, de fundar una familia, de madrugar, de ganar el pan con el sudor de la frente, de amar al prójimo, de cuidar de los suyos, de pagar la deuda de los errores cometidos y de volver a vivir con Cristina» (18).

Levanté la mano perpendicularmente con la palma vuelta hacia Herminio y dije:

—¡Alto! Con eso basta.

La Princesita del Almendro puso cara de susto, cerró instantáneamente el libro, jadeó, sacó una lengua de a palmo, se secó el sudor de la frente, me miró con ojos huevones de perro martirizado por su dueño y permaneció a la expęctativa en actitud de foca que espera recibir el premio de una sardina o de un terrón de azúcar con los bigotes erectos y las aletas plegadas.

Herminio, además de vidente, era un payaso.

—¿Entiendes ahora —pregunté— por qué el naipe del *Juicio* me ha hecho perder la estabilidad emocional?

—Sólo hasta cierto punto.

—¿*Hasta cierto punto?* —coreé indignado, entre interrogantes y en bastardilla—. ¡Pero si está más claro que el agua destilada!

—Para ti —dijo—, quizá. Para el prójimo, no tanto. ¿De verdad crees que la flor amarilla del naipe, la del faquir y la de Borges son la misma flor?

—A pie juntillas.

—¿En qué te basas?

—En todo lo que acabas de leer. Ya te he dicho que es rigurosamente cierto.

—Y condenadamente subjetivo.

—Mentira. La flor existe —puedo enseñárte-

(18)   F. Sánchez Dragó, op. cit., pp. 262 a 268. *(N. del e.)*

126

la— y sigue en el mismo sitio donde la puse aquel día.

—¿Entre las páginas del *I Ching*?

—Tú lo has dicho.

—No me basta.

—¿Por qué?

—Porque ésa es la flor del faquir, Dionisio, no la pintada en el naipe ni, menos aún, la del texto de Borges, que además era una rosa de rompe y rasga y no una humilde florecilla silvestre.

—Muy bien, Herminio. Me sorprende descubrir que hay en ti, bajo tu costra de echador de cartas y de vidente, un jodido escéptico cartesiano y racionalista, pero a pesar de ello, y para ver si te enmiendas, voy a darte otras pruebas. Dos, exactamente.

—Empecemos por la primera. Di todo lo que puedas alegar en tu descargo.

—En diciembre de mil novecientos sesenta y nueve, cuando visité el templo de Konarak, acababa de cumplir treinta y dos años y me encontraba en una difícil situación psicológica y, si el adjetivo no te ofende por su tufo sindicalista, laboral.

—¿Laboral?

—Por así decir. Desde mi más tierna infancia quise ser escritor y, fiel a mi carácter y a la sandunguera extraversión que Dios me ha dado, nunca me tomé la pudorosa molestia de esconder ese propósito. Al contrario: presumía de ello, me jactaba, lo proclamaba a los cuatro vientos, se lo restregaba en el morro a mis amigos, a mis enemigos, a los profesores, a los compañeros de clase, a mis correligionarios en el tira y afloja antifranquista, a las chavalas, a la portera, a los miembros de mi familia y a todo bicho viviente.

—Seguro que sí, seguro que esta vez no exageras, Dionisio. No me cuesta ningún trabajo creerte. Siempre has sido un bocazas. ¿Ligabas así?

—Claro que ligaba. Las chicas —tú no las conoces y no puedes saberlo— suelen ser muy sensibles a esas cosas.

—Yo también lo soy, encanto.

—Naturalmente, brujita. Pues sí: ligaba, y me ponía moños...

—¡Huy! ¡Estarías preciosa!

—... y me daba pote, y me disfrazaba de poeta maldito, y llevaba a todas partes —por extemporánea que mi actitud resultase— un libro bajo el brazo, y tomaba notas viniese o no a cuento en libretas de tapas de hule. O, mejor dicho, fingía que tomaba notas, porque todo aquello era —o empezó a ser a partir de un determinado momento— un paripé mucho más peligroso que gracioso.

—¿No era cierto que quisieras ser escritor?

—Claro que era cierto, y muy cierto, pero lo malo, Herminio, es que no escribía prácticamente nada, ni una página, ni un párrafo, ni una línea, ni una palabra. Sólo, con sacacorchos y de vez en cuando, algún que otro versito de mierda. Todo se me iba por la boca.

—Y por el pito.

Me eché a reír.

—Tienes razón —convine—. Y por el pito. ¿Cómo rayos podía escribir sesudas y voluminosas obras maestras de la historia de la literatura universal si dedicaba casi todo mi tiempo a seducir mujeres o a separarme de ellas para saltar a los brazos de otras? Una vida infernal, Herminio. Y mientras tanto, de idiotez en idiotez y de entrepierna en entrepierna, los años iban pasando y acumulándose en mi carnet de identidad, los amigos —mal que bien y poco a poco— empezaban a hacer pinitos literarios de cara al público y a cosechar sus primeros y muy relativos éxitos, y yo, en el ínterin, seguía tan puñeteramente varado en dique seco como las barcas de las verbenas. *Seco*, sí: ésa es la palabra. Te aseguro, brujita, que mi situación —de cara al mundo exterior y también, y sobre todo, a solas por la noche frente al espejo— llegó a hacerse insostenible. Las mujeres me lo reprochaban dentro y fuera de la cama, la familia me miraba de través y los amigos se pitorreaban de mí dándose codazos por lo bajinis. Mi vida, Herminio, estaba convirtiéndose en una farsa repugnante.

—No exageres, hermoso. A Henry Miller, salvando todas las distancias que sea preciso salvar, le pasó lo mismo. Y tenía ya más de cuarenta años de holgazanería y *sexus* cuando un buen día, abandonado por la puta de su mujer, pegó un puñetazo en la mesa, rompió la baraja, se largó a París desde Nueva York, conoció a Anaïs Nin y a Lawrence Durrell, sajó la pústula, se espatarró y parió el *Trópico de Cáncer*. Fue la primera en la frente. Y ya no dejó nunca de escribir.

—No menciones la soga en casa del ahorcado, Herminio. Se nota que eres vidente, porque acabas de poner la bala donde pusiste el ojo. ¿Sabes que el ejemplo de Henry Miller me sirvió durante mucho tiempo de estímulo, de consuelo y de escudo protector frente a las insidias de mis semejantes, en general, y de mis futuros colegas, en particular, y me ayudó —dentro de lo que cabía, que no era mucho— a nadar, a guardar la ropa y a ir tirando?

—¿Para qué sirve remover todo eso, Dionisio? Ya no tiene ninguna importancia. La fuerza de los hechos se la ha quitado, porque lo cierto —te guste o no, llorica— es que te convertiste en un escritor caudaloso, que las enciclopedias hablan de ti y que tu próximo libro, si no he echado mal las cuentas, será el decimoquinto en la lista. Decía tu admirado Hemingway que *importa más el fin de algo que su principio.*

—Esa frase es de la Biblia —apunté distraídamente—. Hemingway la sacó de allí.

—Olvidaba tus estudios evangélicos. Las enciclopedias no deberían citarte como escritor, sino como Padre de la Iglesia. ¿Cuándo subes a los altares?

—Cuando en Roma se enteren de la paciencia que tengo contigo. Y ahora, por favor, déjame terminar mi cuento. ¿Quieres saber cómo y cuándo me convertí en un escritor de verdad, en un escritor que *escribía* y que, desde entonces, no ha dejado de hacerlo?

—No hace falta que me lo digas, porque se te ve venir. Apuesto doble contra sencillo a que te convertiste en escritor a tu regreso de Konarak. ¿Acierto?

—Aciertas, sabelotodo. Fue como un milagro, como si amaneciera, como si el polen de la flor amarilla me hubiese preñado. Llegué a España, descargué —como Henry Miller— un puñetazo en la mesa, desenfundé la máquina de escribir (que tenía polvo de siglos), rompí aguas y puse la primera línea de mi primera novela. Tres meses después estaba vista para sentencia. Y ya todo fue coser y cantar, Herminio, excepto en lo tocante al libro sobre Jesús.

—Por cierto: ¿cómo va eso?

—Olvídate. Y a lo que íbamos—: ¿te convence la prueba que acabo de darte? ¿Empiezas a creer que las tres flores amarillas están indisoluble e hipostáticamente unidas entre sí como, según la Iglesia, lo están las tres personas de la Santísima Trinidad?

—¿Otra vez a vueltas con la teología?

—Anda, sé bueno y reconoce que estás impresionado.

—Estoy impresionado. Dame la segunda prueba.

—Inmediatamente. Y átate bien los machos...

—Imposible.

—... porque es reciente.

—Especifica fecha y lugar. Y abrevia, que ya es noche cerrada y tengo una cita galante.

—El asunto empezó hace cosa de un año y pico en el casón de los jesuitas de Madrid.

—¿Empezó?

—Sí, empezó, porque todavía no ha terminado.

—¿Qué hacía un chico como tú en un sitio como ése? ¿Algún trámite de tu proceso de canonización?

—Me habían invitado a dar una conferencia sobre temas de parapsicología y al final saqué a relucir la historia de la flor amarilla. La conté, más o menos, tal y como la cuento en el libro.

—¿Y qué pasó?

—Nada. De momento, nada. Terminé de hablar, capeé el coloquio, saludé al respetable, me despedí de los organizadores y cada mochuelo se fue a su olivo. Pero alrededor de quince días más tarde recibí una llamada telefónica. Una extraña llamada. Era de una desconocida...

—Ya estamos. *Cherchez la femme*. Como de costumbre.

—... una señora de media edad —aunque eso no lo supe hasta que la vi— que con voz ligeramente lúgubre...

—¡Lagarta! Seguro que quería impresionarte.

—... me dijo que tenía que darme algo, que se trataba de una cosa muy importante para mí —*no para ella*, recalcó— y que, si consentía en recibirla, no me arrepentiría.

—Y la recibiste, claro. Supongo que esa misma noche, bien perfumado, a media luz los dos, con una película porno ya preparada en el vídeo y, naturalmente, en paños menores, ¿no? ¡Pendón, que eres un pendón!

—Esta vez sólo aciertas en lo primero, bruja. Nunca me han gustado las mujeres maduras. Yo que tú revisaría y apretaría las tuercas de la clarividencia, porque deben de andar un poco flojas.

—Sí, por culpa del continuo tracatrá al que me entrego con descoco todas las noches. Sigue, verdugo.

—Sigo. La misteriosa desconocida vino, pues, a verme e inmediatamente observé que traía en la mano un pequeño paquete primorosamente envuelto en papel de regalo. La invité a pasar y a sentarse en el saloncito de las visitas, no quiso beber nada, intercambiamos unas cuantas vaguedades —las de rigor— y enseguida me explicó que era profesora de yoga y adicta a la *nueva era*...

—La clásica mariconchi insatisfecha y menopáusica.

—... que había asistido a mi conferencia en la casa madre de los jesuitas y que, un par de días después, había ido a la sede madrileña de los rosacruces para escuchar en ella a otro tipo tan pirado, supongo, como yo.

—No creo que existan.

—Y en la puerta del salón de actos se topó, al parecer, con un par de miembros de la secta plantados allí para entregar a todo el que entraba, como saludo de bienvenida, una rosa tan bonita, princesita, tan bonita como tú.

—¡Zalamero! ¿Me dejas que adivine el desenlace? Está cantado: la desconocida abrió el paquete y sacó de él la flor de Borges que le habían regalado los rosacruces. ¿A que sí?

—Caliente, Herminio, muy caliente, pero espera un poco, que el asunto no es tan simple. La rosa que le dieron era amarilla, como la de la muerte del poeta Marino, pero la desconocida —que ya empezaba a dejar de serlo para mí— no reparó en la coincidencia. Se fue a casa con su regalo a cuestas, colocó la flor en la peana de una imagen del Sagrado Corazón de Jesús y se olvidó de ella hasta tal punto que ni siquiera se preocupó de ponerla en un jarrón o en un vaso con un poco de agua.

—Acaba de una vez. ¿Te acostaste o no te acostaste con ella?

—Deja de graznar, maricón... La señora, a todo esto, que ya se me olvidaba, tenía en su biblioteca desde hacía mucho tiempo, y entre otros libros míos, mi primera novela, ésa que está ahí —la señalé—, sobre tu camilla, y después de oír mi conferencia en el casón de los jesuitas se decidió a leerla, cosa que hizo, pian piano, durante las dos semanas siguientes. Y así fueron pasando los días y las páginas hasta que llegó al capítulo que acabamos de releer juntos.

Me interrumpí para mojar los labios en el vasito de orujo de las montañas de Orense que Herminio me había servido al llegar a su casa y que estaba muriéndose de risa y de calor junto a la palmatoria de una de las velas, y seguí en el uso de la palabra.

—Lo leyó —dije— y al terminarlo levantó casualmente, o quizá *causalmente*, la mirada hacia el altarcillo del Sagrado Corazón y descubrió, con el estupor que cabe imaginar, que la rosa seguía tan fresca, tan lozana y tan rozagante como el primer día.

—¿*Púrpura del jardín, pompa del prado?*

—Tienes buena memoria. Pues sí, Herminio, supongo que sí, más o menos. Y entonces, la señora, intrigada, hizo lo mismo que habrías hecho tú: se levantó, se acercó a la imagen de Jesús, cogió la rosa, la olió, la miró y la remiró de arriba abajo, la puso al trasluz, volvió a olerla y se quedó acojonada.

—¿Por qué?

—Porque de repente empezó a atar todos los

134

cabos sueltos: el faquir de Konarak, el texto de Borges, mi conferencia, la rosa de los rosacruces (que no se marchitaba), el Sagrado Corazón de Jesús —descargué un hachazo fonético con pretensiones fonológicas sobre la palabra *corazón*— y una novela, la mía, escrita por un hombre que no ocultaba su pasión y su obsesión por el Galileo, en la que se cuenta de pe a pa la historia de la flor amarilla.

—Una novela, además —terció Herminio—, que se titula *El camino del corazón*.

Y fue él, esta vez, quien subrayó la última palabra.

—Exactamente. Pasmoso, ¿no?

—Toda una cadena de casualidades.

—De casualidades, no. De *causalidades*. Y fue entonces cuando la desconocida decidió entregarme el cuerpo del delito y me llamó por teléfono.

—¿Fin de la película?

—No, no, ni mucho menos. La película, como te anticipé al principio, sigue dale que te pego y no lleva trazas de terminar.

—¿Qué quieres decir?

—Que la rosa está en mi mesa de trabajo, junto a la cruz cátara que compré en Montségur, guardada en la misma urna de cristal de roca en la que me la trajo la desconocida. Y ahora, Herminio, viene lo gordo. Agárrate. Me creas o no, la rosa sigue tal cual, fragante, reventona, perfecta, maravillosa, en sazón, llena de salud y con cutis de porcelana.

—¿No se ha marchitado?

—No se ha marchitado, brujita. Y lleva bastante más de un año allí y así.

—¿No se ha secado?

—No se ha secado. La tocas y parece como si estuviera mojada por el rocío.

—¿No se ha arrugado?

—Ya te he dicho que no.

—¿Ni siquiera un poquito? ¿Unas patitas de gallo como éstas?

Y se tocó con coquetería las comisuras de los párpados.

—Ni siquiera un poquito.

—¿Huele?

—Como deben de oler los ángeles.

—¡Válgame Dios!

—Pues sí: que Dios nos valga y se eche al quite, porque nunca, entre todas las cosas inverosímiles e inexplicables que hasta ahora he presenciado en la vida, había visto nada tan parecido a un milagro como esto.

El vidente bajó la cabeza, miró con detenimiento la flor amarilla del naipe y guardó silencio. Yo le imité. Así estuvimos durante dos o tres minutos, abismados los dos en la taciturna contemplación de los arcanos del universo. Luego, la brujita me miró, sonrió con timidez y dijo:

—¿Quieres que termine de echarte el *tarot*?

Asentí. Herminio, que no parecía muy seguro del terreno que pisaba, añadió:

—Aunque, la verdad, ya no sé si es necesario o, por lo menos, conveniente. El oráculo se ha pronunciado.

—Pero su mensaje, como siempre, es ambiguo. Vayamos hasta el final.

Tiró una carta: la sexta.

Era el *Hierofante*.

En su superficie vi una habitación de piedra granítica con una ventana de madera sin barnizar que se abría a un lejano horizonte de altivos picachos. El sacerdote, dibujado de perfil, ocupaba el centro de la estampa. Por una de las dos esquinas superiores asomaba un trozo de sol, como si el astro —equiparándose a la luna— estuviera en cuarto creciente. La escena pintada en el naipe resultaba desasosegante. Dionisio sintió que su entereza zozobraba.

El vidente dijo:

—Primer dato: situación apocalíptica dentro de ti. ¿Verdadero o falso?

—Verdadero —admití.

Pero no expliqué hasta qué punto lo era.

—Segundo dato: *catarsis*, Dionisio, como en la tragedia griega. O sea: explosión, purificación, regeneración, liberación inminente siempre y cuando...

Se calló, titubeó, reflexionó como si buscase algo —la expresión de su rostro le delataba— y por fin, con ostensible y contagiosa inseguridad, reanudó la frase donde la habían cortado los puntos suspensivos.

—... siempre y cuando —repitió— el Viajero de las Puertas, que está a punto de recibir el magisterio de la luz, escuche la llamada y responda a ella desde su interior.

Lo dijo arrastrando las palabras, empujándolas, troceándolas. No era él quien las escogía. Algo o alguien hablaba por su boca.

Mientras tanto, alrededor de nosotros, el aire se cuajaba, se solidificaba. Habíamos envejecido bruscamente: debíamos de parecer dos ancianitas encorvadas sobre la mesa de camilla. El tocadiscos había dejado de toser y de sonar. Los vecinos —pensé— exhalarían un suspiro de alivio. Algunas de las velas se habían consumido y la figura del vidente estaba envuelta por las sombras. Sólo alcanzaba a distinguir con relativa nitidez sus ojos, que fosforescían, y el agujero de su boca, que se movía con vocación de silencio y creciente dificultad, como si las escasas palabras que salían de ella fuesen visibles y palpables.

Recordé mi pasión infantil —que no se había apagado en mi edad adulta— por la *Eneida*. La recordé porque Herminio, en aquel momento, parecía la Sibila de Cumas descendiendo al Hades con el héroe.

—¿El Viajero de las Puertas? —pregunté silabeando con lentitud, como si tanteara en la oscuridad—. ¿Y quién es ése? ¿Un socio con el que no habíamos contado?

Lo dije campechanamente y con deliberada (aunque injustificable) vulgaridad, en una burda intentona de quitar lastre al ambiente, cuya pesadez me enervaba.

—Tú sabrás —contestó Herminio secamente—. Y si no lo sabes —añadió al cabo de un instante—, peor para ti. Yo no voy a decírtelo. El que da lo que tiene no está obligado a más.

Pescó el séptimo naipe mientras yo pensaba con aprensión en el *séptimo sello* del Apocalipsis y de Ingmar Bergman, lo sopesó y lo puso boca arriba sobre la mesa, al lado de los seis que ya habían pasado el examen.

—Última bola —dijo al hacerlo.

—¿La del gordo? —pregunté tontamente.

Era una patochada. Seguía empeñado en aligerar la tensión, seguramente porque me sentía responsable de ella, pero el nerviosismo y el desasosiego de mi estado anímico, unidos a la implacable ambigüedad del *tarot,* me confundían.

Herminio me miró casi con desprecio. No sería yo quien se lo reprochase. Tenía razón.

Salió la *Estrella,* representada en el naipe por una mariposa que volaba hacia la luz.

—Es la carta de la Verdad con mayúscula, Dionisio —sentenció el vidente.

No quise ni pude esconder la comezón que me devoraba los hígados y me soliviantaba. Yo veía muchas más cosas en aquella carta. Mi instinto de conservación, por lo que fuese, funcionaba sólo al ralentí. Me estaba envalentonando por momentos y el lacónico y un poco adocenado veredicto del brujo me venía estrecho. El cuerpo me pedía más, y no digamos el alma. Quería transgredir, romper cerraduras, forzar tabúes. Quería ir lejos, muy lejos, cuanto más lejos, mejor ¡*Ultreya!*, como gritan los peregrinos jacobeos al avistar las torres de Compostela desde la cumbre del monte del Gozo. Ya no tenía miedo de nada: ni del viaje, ni de mi situación familiar, ni del editor, ni de las mujeres, ni de Jesús de Galilea. El valor me crecía dentro, incontenible y carnívoro. Me sentía como debe de sentirse un toro bravo cuando el matador le pone a dos o tres metros de las narices la muleta bien planchada y lo cita de frente, con la taleguilla, mirándole a los ojuelos y respetando los cánones. Secreta alquimia del subconsciente: ¿dejaba, acaso, de ser o de querer ser Teseo para convertirme poco a poco, sin prisa y sin pausa, en el Minotauro?

Misterios del *yang* y del *yin*, misterios de la perversa e inevitable complicidad entre el verdugo y la víctima, misterios del principio taoísta de la complementariedad entre los opuestos.

Y, naturalmente, embestí.

—¿La Verdad? Eso es muy vago, Herminio. ¿No querrás decir la Muerte?

Sonó como un golpe de efecto, que yo acentué con una breve pausa antes de añadir:

—Con mayúscula, por supuesto.

Herminio me miró espantado, con las pupilas como puños, y preguntó:

—¿De dónde sacas eso?

—No lo sé. Se me ha ocurrido de pronto.

Pero sí lo sabía. Y, de hecho, a renglón seguido le conté la verídica y ejemplar historia de Elisabeth Kübler-Ross, la enfermera y (después) doctora suiza, hoy casi nonagenaria, que en un brumoso día de la lejana década del cuarenta, o quizá, no lo recordaba muy bien, de los no tan remotos años cincuenta, descubrió con lógico estupor y comprensible alborozo que los niños de corta edad internados en los campos de exterminio nazis, y en los de Siberia, y en los de cualquier otro punto del mapa del horror universal, y condenados por la barbarie de los políticos, de los ideólogos, de los economistas, de los banqueros y de los militares a morir en el patíbulo, en el paredón o en las cámaras de gas, o —lo que venía a ser lo mismo— de hambre, de sed, de angustia, de malos tratos o de consunción, dibujaban —ellos, los niños— sobre las paredes de madera, de ladrillo o de cemento de sus inmundas barracas y celdas, a duras penas, como buenamente podían, con la uña, con una hebilla, con un cordón de zapato, con un cortaplumas, con un lápiz, con un diente caído, con un palitroque, con una piedrecilla, con lo que encontraban, vamos, dibujaban —digo— mariposas, mariposones y mariposillas saliendo de sus capullos y echándose a volar, sí, Herminio, a volar, a volar hacia la Luz, también con mayúscula, claro, faltaría más, y eso, escúchalo con mucha atención y cuidado, brujita, sólo lo hacían la noche anterior a su fallecimiento, ya fuera éste natural —es un decir— o provocado directamente por los verdugos. Y lo curioso del caso, lo más notable, lo que verdaderamente impresiona, y zurra, y salta en la sartén, y da que pensar al más pintado como le hizo pensar a ella, a la enfermera y doctora (que, por cierto, es judía), lo que irreversiblemente se convirtió para aquella mujer en un ensordecedor redoble de conciencia, y de conocimiento, también de *conocimiento*, Herminio, es que esa imagen —la de una mariposa abandonando su nido de ninfa, su cápsula de astronauta, su envoltura de mísera mortal, y volando en el seno del éter hacia los focos de luz— había sido elegida y utilizada por los griegos del mundo clásico para simbolizar filosóficamente y representar gráficamente nada menos que la inmortalidad del alma, brujita, tal y como nos la propone el mito de Psiquis, la hermosa muchacha que se enamoró de Cupido y que, *rara avis*, a pesar de las perversas asechanzas y manejos de Afrodita nunca se quemó las alas en la hoguera del amor. Y así, después de lo que he dicho, no te extrañará saber que a partir de ese momento, Herminio, la doctora Kübler-Ross —que por aquel entonces era tan racionalista, tan pedestre y tan atea, al uso de los tiempos, como Iván Karamazov— arrió sus certidumbres, aprendió la asignatura del amor y del servicio al prójimo, y consagró el resto de su vida, y en esa tronera sigue, a las investigaciones sobre el más allá y al solícito cuidado de los moribundos.

Conté cuanto acabo de exponer combativamente, con vehemencia y de un tirón, mientras Herminio seguía mirándome sorprendido, sin contraer las pupilas, sin rechistar y supongo que sin creerse del todo lo que yo le decía.

Y, sin embargo, era cierto. Tan cierto —lo juro— como el *eppur si muove* de Galileo y como la abracadabrante historia de las tres flores amarillas.

—Y hoy, princesa —concluí—, la doctora Kübler-Ross es, junto a Raymond Moody (19) y otros que tal bailan, una de las grandes valedoras *científicas* (ojo al adjetivo) de la convicción de que la vida sigue después de la muerte. ¡Qué personaje, Herminio! Mi admiración por ella no tiene límites. Es como Gandhi, como el Dalai-lama, como la madre Teresa. Deberían darle el premio Nobel de la Paz.

(19) Autor del célebre libro *Vida después de la vida.* El lector interesado lo encontrará, junto al resto de su obra traducida al español, en las publicaciones de la Editorial Edaf. Los libros de Elisabeth Kübler-Ross han sido publicados por la Editorial Luciérnaga. *(Generosa nota del e.)*

Mi anfitrión y paño de lágrimas recuperó la voz y el voto.

—¿Nadie aleccionaba a esos niños, Dionisio? —preguntó.

—Nadie —dije—, absolutamente nadie. ¿Quién hubiera podido encargarse de eso en la espantosa soledad e incuria de los campos de exterminio? En muchos casos, además, las criaturas estaban aisladas entre sí y no es que no se tratasen, Herminio: es que ni siquiera se conocían. Te estoy hablando de miles de niños, de niños de los cinco continentes, de niños de todos los credos, de todas las razas, de todas las lenguas y de todas las clases sociales. A menudo, por no saber, no sabían que estaban a punto de morir. Nadie se lo decía, pero su subconsciente —o, quizá, el inconsciente colectivo de todos ellos— se daba, no sé cómo, por enterado. Y entonces afloraba el arquetipo, probablemente universal, de las mariposas y la luz.

—¡Y tan universal! —exclamó el vidente—. ¿Sabes que los egipcios de la era de los faraones veían en el gusano de seda, precisamente en el gusano de seda y no en cualquier otra oruga, el símbolo de la inmortalidad del alma? Lo leí el otro día en una revista de temas esotéricos. Y entonces me acordé de que un año antes, cuando me fui a Murcia más o menos por estas mismas fechas para pasar allí la Semana Santa, me llamó poderosamente la atención durante una de las procesiones más nombradas —la de los Salzillos, que sale cuando el primer rayo de sol de la mañana del viernes ilumina el rostro de la Dolorosa— un Cristo cuyos pies estaban rodeados y adornados por cientos de capullos de gusanos de seda. Pero capullos de verdad, ¿eh?, no de escayola ni de oropel ni de cartón pintado. Y a la gente le gustaba, Dionisio. Se palpaba la devoción al paso de esa imagen. Algo raro sucedía allí.

—¿Cómo si una fuerza oculta tocase las fibras más hondas del alma del pueblo?

—Sí. Lo explicas muy bien. Eso es exactamente lo que sentí y lo que pensé.

Estallé en carcajadas.

—Herminio —dije—, no sé qué te pasa hoy. Has vuelto a mentar la soga en casa del ahorcado. Seguimos con la racha de *causalidades*. Soy uno de los mayores expertos del país en todo lo tocante a la mitología, al simbolismo y a los usos y costumbres, que son curiosísimos, de la historia y de la crianza del gusano de seda.

—¿Tú?

—Yo, brujita, yo. Aunque te cueste creerlo. No negarás que soy un pozo de sorpresas.

—Nunca lo he negado. Los achares que me das y los sufrimientos que tu displicencia me causa no me impiden reconocer tus escasos méritos. Eres un pájaro de cuenta y un tenorio sin entrañas, pero resultas divertido. Explícame cómo carajo se convierte un novelista con insensatas pretensiones de gurú en entomólogo y sericultor.

—Hay precedentes, Herminio. Jünger y Nabokov, sin ir más lejos, comparten o compartían esa afición. No olvides que tanto el uno como el otro figuran en la lista de mis escritores preferidos.

—De los lepidópteros al Nobel... ¿Es esa tu trayectoria, Dionisio?

—Sí, pero lo que busco es el Nobel de zoología, no el de literatura.

—No me has explicado...

—Te lo explico ahora, aunque debería de ser nuestro común amigo Sánchez Dragó quien lo hiciera. Él es el culpable de mi metamorfosis.

—Nunca mejor dicho: de lombriz a polilla. Cuéntame qué cirio lleva el tarambana de Fernando en este entierro.

—¿Y si llegas con retraso a tu cita galante y el maromo se te ha ido? No querría echar esa responsabilidad sobre mis hombros.

—No hay cuidado. Me espera en su picadero.

—¿Has visto a Dragó últimamente?

—¡Que va! Hace casi un par de años que sólo sé de él por los periódicos y por la tele. Ya no me llama nunca ni viene por aquí. Se conoce que ha encontrado otro vidente y que me pone los cuernos con él. ¿Qué es de su vida?

—Lagartijeando, como de costumbre. Dice que ya no es escritor, que la literatura se le queda chica y que, en cualquier caso, chica o grande que sea, no tiene ningún sentido dedicarse a ella en un país tan sórdido, gregario y traicionero como éste.

—¡Qué exagerado! Casi tanto como tú.

—Ya sabes que somos hermanos de horóscopo, porque los dos nacimos el mismo día del mismo año a la misma hora y en la misma ciudad. Es lógico que nos parezcamos. Las estrellas mandan.

—¿Y qué pretende hacer? ¿Por dónde va a salir ahora?

—Jura y perjura que lo suyo es la sanación

integral y la farmacopea alternativa. Dice que en lo que a él respecta se acabaron las vaguedades idealistas y espiritualistas. Quiere ser útil al prójimo de una forma tangible, concreta, y asegura que para conseguirlo va a convertirse cueste lo que cueste en un terapeuta de la Nueva Era.

—¿Una especie de curandero ilustrado?

—O de saludador a la antigua usanza con un toque tecnológico de Silicon Valley y otro, más o menos metafísico y mágico, de medicina ayurvédica. Ya sabes: imposición de manos, *chakras*, corrientes de energía cósmica y telúrica, *yinseng*, *guaranat*, vegetarianismo, taoísmo, macrobiótica, cristales, gemas, meditación, numerología...

—Cosas serias.

—Sí, cosas serias, aunque no todas... Pero no estoy seguro de que Fernando, a su edad, haga bien dedicándose a ellas. Podrían estallarle en las manos.

—Ya se cansará.

—No sé qué decirte. Parece muy decidido.

—¿Se ha vuelto loco?

—No. Siempre lo estuvo.

—¿Y el gusano de seda?

—Su último juguete.

—¿Terapéutico?

—Sí, claro...

Y entonces le conté —sin descender a excesivos pormenores, pues mi interlocutor, nervioso ya por la inminencia de su encuentro amoroso, zapateaba y se revolvía en el asiento— otra historia ejemplar, tan ejemplar, por lo menos, como la de Elisabeth Kübler-Ross. Cogí, metafóricamente, de la mano a Herminio y me lo llevé hasta un recóndito lugar de Córcega, casi una cueva de Drácula o de Frankenstein, pero una cueva colgada de las cumbres de una esplendorosa cadena de montañas inaccesibles e iluminada por la luz del conocimiento, por el atanor de la alquimia, por el fuego de Prometeo y por la lámpara de Aladino.

Cerca de allí nació al nacer el siglo (y allí —en la Caverna de las Ideas— se refugiaría más tarde) el doctor Bordás, un biólogo ilustre que renunció al dinero, a la fama y a la consideración de sus colegas para entregarse por completo, en alma y vida, al minucioso estudio de los gusanos de seda. Al parecer, le fascinaban y es comprensible, esos hermosos animales escrupulosamente consagrados —como el propio doctor Bordás— al cumplimiento de la no menos hermosa misión que los había traído al mundo. Fue un flechazo, seguramente recíproco. Y así, poco a poco, de deducción en deducción, de dato en dato, de detalle en detalle, de sorpresa en sorpresa, el científico llegó a la conclusión de que aquellos apacibles animales poseían una fortaleza y una capacidad de regeneración biológica verdaderamente formidables, y eso por dos motivos: uno común a todas las criaturas de su especie y otro que sólo a ellos, a los gusanos de seda, convenía.

En primer lugar —y para este viaje, ciertamente, sobraban las alforjas del estudio— sabido es que las orugas, cualesquiera que sea su género, transforman, reciclan y regeneran todas las células de su cuerpo al abandonar el estado de larvas y pasar al de mariposas.

Eso, por una parte.

Por otra, y en segundo lugar, los animalitos en cuestión, pese a su frágil apariencia, eran capaces de romper un capullo elaborado con muchas capas de seda minuciosamente entretejidas; y la seda —también sobra recordarlo— es la tela más resistente y dura de roer entre cuantas existen en el mundo.

El doctor Bordás consideró ambos hechos e infirió la posibilidad —destinada a convertirse en único norte de su vida— de que la crisálida del gusano de seda escondiese el secreto de un elixir de la eterna juventud, de una panacea de alquimista, de un regenerador celular susceptible de ser aplicado con éxito al endeble cuerpo humano. Y entonces, como Fausto al enloquecer por Margarita, quemó las naves, se enemistó con sus colegas, fue fulminante e inmisericordemente expulsado de la comunidad científica internacional —que no tuvo en cuenta la altura y la hondura del saber que le avalaba— y se encerró de por vida con una mujer, y con miles de gusanos de seda que puntualmente se reproducían año tras año, en su abrupta guarida de las montañas de Córcega.

Y allí se trasladó, movido por la curiosidad y por la voluntad de resolver cortando por donde menos duele ciertos problemas de salud, un amigo murciano —sí, precisamente murciano... *Causalidades*— de Sánchez Dragó y así se enteró éste de la existencia de aquel fantástico personaje o, mejor dicho, de su inexistencia, porque el doctor Bordás había fallecido en mil novecientos ochenta y cinco, dos o tres años antes de que mi hermano de leche y de horóscopo escuchara la historia de labios de su amigo después de zamparse los dos una espléndida comilona en el restaurante andalusí de otro murciano de singular trapío: Juan Gómez Soubrier.

—Total... —dijo Herminio interrumpiéndome. Le hervía el culo. Eran las nueve menos cuarto de la noche.

—Total —repetí yo abreviando magnánimamente su sufrimiento—: que el doctor Bordás, sin prisa y sin pausa, con paciencia de hermano lego y con minuciosidad de orfebre chino, comprobó que el extracto de crisálidas de gusano de seda curaba el herpes y la psoriasis, bajaba el colesterol, blindaba el sistema inmunológico, funcionaba como la clásica mano de santo en todas las afecciones dermatológicas, frenaba la depresión y la ansiedad, actuaba como un escudo protector frente a las radiaciones, tonificaba los músculos e intensificaba espectacularmente el rendimiento deportivo sin violar el tabú hipócrita del *doping*, cicatrizaba toda clase de heridas en un santiamén, subía la moral, rejuvenecía el ánimo, enderezaba el pito...

—¡Alto ahí! —ladró más que gritó la Princesita del Almendro—. ¿Dónde se consigue esa panacea, ese bálsamo de Fierabrás, esa purga de Benito? Quiero suministrársela en dosis de caballo percherón a mis amantes.

—Pregúntaselo a Fernando, chatita. Él sabe cómo encontrarla. Su amigo de Murcia, que está hecho una rosa y lo atribuye al extracto de marras, consiguió que el doctor Bordás, poco antes de morir, le diese o le vendiese —no lo sé muy bien— la fórmula del invento, que era y sigue siendo secretísima, y empezó a producirlo en Murcia y a comercializarlo desde allí, lo que tiene su lógica si consideramos que esa región de España fue célebre en todo el mundo hasta hace unas décadas por el extraordinario desarrollo que alcanzó en su huerta la crianza del gusano de seda (20). Luego vinieron los socialistas, se dedicaron a talar las moreras y todo se fue al garete.

—¿Y Fernando? ¿Qué hizo Fernando? ¿Comprar acciones del negocio?

—¿Acciones? ¡Qué ocurrencia! ¡Pero si mi hermanito de horóscopo presume de que nunca ha visto una letra de cambio! No, no... Ni compró acciones ni éstas se encontraban a la venta, pero se ha convertido en un defensor entusiasta del producto y se dedica a explicar y a proclamar sus excelsas cualidades por dondequiera que va. Ya le conoces: es una peste. Dentro de poco servirán vasitos de licor de gusano de seda en todas las tabernas y ambulatorios del país y de parte del extranjero. Lo suyo es como un bombardeo al *napalm*. Dice que nunca, en ninguno de sus viajes al mundo secreto de la farmacopea sagrada, ha encontrado una sustancia parecida. Y, naturalmente, predica con el ejemplo. Todas las mañanas se atiza una buena dosis, aunque no sé si es de caballo percherón, como tú la quieres.

—Pues hay que reconocer que le sienta de maravilla. Parece que tiene quince años menos de los que las habladurías le atribuyen. Porque el Dragó debe ser de la quinta de don Pelayo, ¿no?

(20) El producto existe y está a la venta. Se llama *serumdal*. *(N. del e.)*

—Gracias por la parte que me toca. Te recuerdo que él y yo tenemos exactamente la misma edad.

—Quien se pica... ¿Y es Fernando, decías, el responsable de tu conversión a los valores eternos de la sericultura?

—¡Quién si no! Lleva dos años dándome la vara con los gusanitos de los cojones. ¡Qué pelmazo! ¡Con decirte que tiene en su guardilla de la Plaza Mayor alrededor de doscientas robustas piezas metidas en cajas de zapatos con su camisita y su canesú! Aquello apesta. En fin... Nos hemos ido por las ramas. ¿Dónde estábamos?

—Te has ido *tú* por las ramas, majete, mientras mi apuesto novio me espera comiéndose las uñas por tu culpa en nuestro nido de amor. Pero vale... Voy a devolverte a la tierra. Estábamos dándonos un paseo por la Verdad y la Muerte a cuento de tu última carta del *tarot*. Tú insinuabas la posibilidad de que la *Estrella*, con su maripósita volando hacia la luz, significara lo segundo, y no lo primero, y yo estaba a punto de decirte que tienes razón, que lo uno no quita a lo otro, sino que lo corrobora.

—¿Y eso por qué?

El aire, pasado ya el desahogo de los gusanos de seda y de los niños de los campos de concentración, había vuelto a coagularse alrededor de nosotros. El tocadiscos seguía encendido, pero mudo. Se había apagado otra vela. Los ojos de Herminio fosforescían más que nunca. Oímos un maullido lejano.

—Porque la *muerte*, Dionisio, es la hora de la *verdad*, la hora de la *luz*, la hora del *conoci-*

miento. Desde ese punto de vista nada tiene de particular la asociación de ideas que has establecido. Me atrevería a decir, incluso, que responde a una lógica casi matemática.

—¿Significa eso que para encontrar la Verdad tengo que morir?

—No escojas el camino más cómodo, Dionisio. A Dios le gusta el esfuerzo... El esfuerzo que templa, el esfuerzo que purifica, el esfuerzo que enseña. Se supone que todos encontraremos la Verdad cuando muramos. Para llegar a esa conclusión no hace falta la ayuda del *tarot*. Pero ahora estamos aquí abajo, discutiendo sobre sus naipes, porque quieres acercarte lo más posible a la luz, como la mariposa de la Estrella, antes de que la muerte te alcance. ¿O no?

Asentí y cambié de rumbo.

—¿Debo, entonces, interpretar esa carta —pregunté— como un aviso de que si emprendo el viaje moriré en él?

Sonrió y comentó:

—Siempre se ha dicho que partir es morir un poco...

—Déjate de bromas. Tu maromo espera. Seguramente se estará masturbando y, cuando llegues, no te servirá para nada.

—Dionisio, Dionisio...

Alzó los ojos al cielo mientras exclamaba más que preguntaba:

—¿Hasta cuándo vas a abusar de mi paciencia? ¿Cuántas veces voy a tener que explicarte que las cartas del *tarot* no predicen el futuro ni, menos aún, nos anuncian el momento de la muerte? No te preocupes por ella, hermano. Vive mientras estés vivo y muere a pleno pulmón cuando te llegue la hora. Conocer ésta no sólo es inútil, sino también perjudicial para los asuntos de arriba y para los de abajo. La conducta a seguir es muy sencilla: obra en todo momento como si cada minuto de tu vida fuese el último.

Se interrumpió, tragó saliva, me miró con ojos centelleantes y estalló de nuevo.

—¡Pero vamos a ver! —dijo—. ¿Tengo que ser yo quien te recuerde eso a ti, precisamente a ti, que fuiste quien hace ya mucho tiempo me lo enseñaste a mí?

No parecía indignado: lo estaba.

Respiró abdominalmente en ocho tiempos —otra de mis *lecciones*—, se calmó, puso su mano sobre mi hombro y dijo mirándome fijamente:

—Dionisio, no olvides que tu séptimo naipe es la *Estrella* y que fue una estrella la que guió a los Reyes Magos hacia el Portal de Belén.

Salté en mi asiento, los testículos se me apelmazaron, el corazón se desbocó, sentí que la sangre inundaba mi cabeza y un escalofrío erizó mi cuerpo.

—¿Qué te pasa? —preguntó Herminio—. Antes estuviste a punto de desmayarte. Ahora parece como si fuera a darte una congestión.

—Nada —dije.

Y también yo respiré abdominalmente, aunque con disimulo, en ocho tiempos.

Herminio desconocía mi incierto propósito de peregrinar a tierra santa en busca de Jesús de Galilea. Sólo Kandahar lo conocía.

Y Kandahar detestaba a Herminio.

¿Cómo, pensé, podían coincidir en el espacio

y en el tiempo —en aquella habitación y en aquella conversación— tantas, tantas, tantas *causalidades*?

Se me vino a la cabeza —clichés o fichas perforadas que de repente saltan— el capítulo dedicado al fenómeno del magnetismo en mi libro escolar de física: *las limaduras de hierro —decía— se orientan todas hacia el imán.*

Y el imán, en este caso, era Jerusalén.

O lo que estaba detrás de Jerusalén: Jesús de Galilea.

Recuperé el control de la piel, de la sangre y de las vísceras, y sugerí:

—Falta el octavo naipe, ¿no? El de propina, el revoltoso, el herético, el que —según dijiste— está fuera de concurso y es resolutorio.

—Pues sí... La semana astral tiene ocho días —comentó enigmáticamente Herminio.

Y tiró la carta. Era el *Sol.*

—¡Naturalmente! —exclamó con un gesto de triunfo volviéndose hacia mí—. No podía ser otra.

Y luego, como una ametralladora, como una hilera de fichas de dominó desplomándose sucesivamente sobre la pieza contigua, añadió:

—Éxito, Dionisio, éxito, éxito, éxito. Tu proyecto, tu misión, tu viaje, tu cruzada, lo que sea, va a verse coronada por el éxito a condición, claro es, de que respetes escrupulosamente todas las reglas del juego tal y como el divino *tarot* acaba de exponértelas. ¡Al toro, hermanito! No titubees. Juégatela a estas ocho cartas. Ahora o nunca. No sé muy bien que es lo que te traes entre manos ni, aunque soy un cotilla de tomo y lomo como todos los de mi especie —me miró, al decirlo, con una sonrisa agridulce—, quiero saberlo, pero sea lo que sea, adelante. Tus naipes trazan una agudísima línea de penetración en los misterios del universo. Nunca, en todos mis años de echador de cartas, he visto una señal tan nítida. Ponte en marcha. Créeme, y ponte en marcha. No puedes desaprovechar esta ocasión. Los de arriba —apuntó al cielo con el índice— no te lo perdonarían. Pero eso sí: átate bien los machos, tú que los tienes —volvió a sonreír y yo le imité—, porque los peligros de toda índole a los que te vas a enfrentar son incontables.

Aquello sonaba a punto final. La travesía del proceloso océano del *tarot* había terminado. Lo demás fue silencio. O casi. Herminio estaba derrengado. El sudor —auténtico esta vez— perlaba su frente.

Recogió la baraja, igualó sus bordes golpeándola de canto contra la mesa, levantó la cara hacia el techo, resopló, se apoyó con fuerza sobre el respaldo de la silla y me dijo:

—Ahora vete, Dionisio. Misión cumplida. Voy a ducharme. A ver si me quito el olor a sobaquina de meiga. Mi ligue me lo agradecerá.

Me puse de pie, revolví cariñosamente su negra mata de pelo con la mano y, sin decir nada, me dirigí hacia la puerta.

A mitad de camino se me cruzó un cable perdido por alguna esquina del cerebro, me detuve, giré la cabeza hacia el brujo, que no se había movido de su asiento, y le pregunté:

—Herminio, ¿qué son, para ti, la rosa de la urna de cristal y la florecilla de las páginas del *I Ching*?

—Objetos astrales. Cuando no los necesites se volatilizarán.

Seguí mi ruta. Ya en la puerta, con una de mis manos cerradas sobre el pomo del picaporte, se me atravesó en la garganta otra pregunta.

Me giré de nuevo hacia el vidente y dije:

—¿Por qué sólo dibujaban la mariposa los niños de los campos de concentración y no los adultos que también iban a morir al día siguiente?

Herminio contestó:

—Pura lógica de espacio y tiempo. Los niños, porque acaban de nacer, y los ancianos, porque su hora se aproxima, están mucho más cerca de la luz de lo que estamos tú y yo. Los chavales la recuerdan mejor que nosotros. Los viejos la intuyen, la perciben, la huelen.

Abrí la puerta, me detuve entre sus jambas, me volví hacia Herminio por tercera vez y dije:

—Brujita, ¿conviene tomarse en serio las cosas que nos cuenta el *tarot*?

Alzó los ojos y vi en ellos la chispa de la sorpresa, pero no fue eso lo que me llamó la atención: en el fondo de sus pupilas, lo juro, revoloteaban dos mariposas.

Sería un espejismo, pero noté cómo se ensanchaba mi conciencia y se iba a su aire por la inmensidad del cosmos. La visión duró sólo un instante. En cuanto los animalillos desaparecieron, el vidente dijo:

—Ve con Dios, jabato, y no mires nunca hacia atrás.

Me sentí como Orfeo cuando precedía a Eurídice por la paramera del Hades.

Y ya no hubo nada. Salí al descansillo, cerré

la puerta a mis espaldas, encendí la luz, bajé las escaleras tan rápidamente como las había subido, pasé como un relámpago por delante del siniestro chiscón de la portera y me adentré —seguía lloviendo— en las encharcadas y desapacibles calles de aquella ciudad maldita.

Ya en casa, y entre las amistosas paredes de mi cubil de jipi nostálgico de Oriente y de escritor con vocación de lobo estepario de novela de Hermann Hesse, busqué —y milagrosamente encontré debajo de la cruz cátara de Montségur— la carta astral que unos meses antes me había enviado desde su refugio de gavilán en la sierra de Gata el hombre canoso que en mil novecientos setenta, poco después de la muerte de Cristina, me enseñó a deletrear lo que las estrellas escriben con tinta de luz en el firmamento y a creer en sus vaticinios.

¿Vaticinios? No, no, por favor. Sólo la chusma necia de las huestes milenaristas y consumistas puede pensar a estas alturas que los horóscopos predicen el futuro. Lo que Herminio me había dicho a propósito del *tarot* —*río de Heráclito, agua del Tao, danza de Shiva*— valía también para el quehacer de los astrólogos. Éstos —los de verdad, no los farsantes— eran psicoanalistas de la escuela junguiana que manejando arquetipos, proyecciones simbólicas y espirales de energía trazaban y trenzaban la red de las tendencias y líneas maestras de conducta de quienes con libertad de espíritu e imaginación creadora acudían a ellos. De todo lo demás —augures con halitosis que en nombre de la *nueva era* y aprovechándose de la debilidad y el desamparo del *homo sapiens* desvalijaban a las turbas de marujonas, criadas, horteras, ejecutivos y jefes de Estado— lo mejor era olvidarse.

El astrólogo de Gata, que se llamaba Ezequiel y era tan bondadoso como los delfines, había preparado y elaborado mi carta astral a traición, por así decir. O sea: sin avisarme y, lo que es peor, sin consultarme. Conocía en las covachuelas del Registro Civil a intachables funcionarios que por un módico precio le facilitaban la fecha, la hora y el lugar de nacimiento de cualquier cristiano, y así se enteró de los datos que necesitaba para averiguar lo que las estrellas decían de mí.

Las contempló, las estudió, las auscultó y trasladó al papel lo que le contaron, que era mucho: casi treinta folios de treinta líneas de setenta espacios llenos a rebosar. Más, mucho más, desde luego, de lo que yo —siempre en crisis con el mundo, con mi trabajo y con mi entorno— estaba dispuesto a digerir.

Después lo metió todo en un sobre de color marrón, bajó desde su atalaya al pueblo más cercano y se lo entregó al cartero, que estaba en la taberna tomándose un chupito de licor de salamanquesa, con el encargo de que me lo hiciese llegar.

Y llegó, efectivamente, allá por el mes de octubre, como si fuera un regalo de cumpleaños, y lo leí con curiosidad y detenimiento, y luego —aunque en el informe había cosas que me impresionaron— lo arrinconé diciéndome que ya lo estudiaría y me lo aplicaría más adelante, y pasó el tiempo, y se traspapeló, y me olvidé por completo de su existencia.

Pero aquella noche, después de mi larga entrevista (y lucha de amor) con Herminio, recordé tangencialmente, con las comisuras de los lóbulos de la sesera, que en la carta astral escrita por Ezequiel había un párrafo, por lo menos un párrafo, que guardaba inequívoca y sustanciosa relación con el zafarrancho de combate en el que desde el lunes, por culpa de Jaime y de la indecisión característica de mi signo del zodíaco (que era el de Libra), me veía envuelto.

Yo no recordaba con detalle el contenido de ese párrafo, pero sí sabía —quizá fue ésa la causa de que mi subconsciente lo extraviase— que su tono era de tanto elogio hacia mi persona, y tan optimista sobre lo que el futuro iba a depararme, como para sonrojar el delicado cutis de un rinoceronte lanudo y nonagenario.

Pero hay momentos en la vida, y todo hacía suponer que yo estaba enfrentándome a uno de ellos, en los que hasta el más plantado necesita que algo o alguien le dé una palmada en el hombro, le sonría y le diga que no se preocupe, que más se perdió en Cuba, que el mundo va de rechupete, que es un tío cojonudo, que sus negocios marchan viento en popa y que la felicidad está a su alcance.

De modo que puse momentáneamente entre paréntesis mi natural modestia, me miré de reojo en el espejo colgado de la única pared que no ocultaban los libros, respiré abdominalmente, hojeé con voracidad los treinta folios de Ezequiel y di con lo que buscaba.

No tenía pérdida. El astrólogo lo había señalado y requeteseñalado con tres gruesas líneas verticales de carmín de pintalabios femenino. ¿Una velada y humorística alusión a mis andanzas? ¿Un delicado toque de artista? ¿Un gesto de excentricidad más o menos esotérica? ¿Una atractiva mujer de boca carnosa y jugosa en su escarpado observatorio? Todo era posible. Mi amigo, pese a su avanzada y algo descarnada edad, aún seguía inventándose el mundo día tras día.

Me santigüé.

El párrafo en cuestión decía así (lo transcribo literalmente... Cárguense en el debe o en el haber del astrólogo las culpas o los méritos del estilo):

Entre noviembre y diciembre de mil novecientos noventa y dos te encontrarás en un momento crucial para conseguir un resonantísimo éxito literario. Debes tener muy en cuenta esa fecha, que va a misa, pues todo, absolutamente todo lo que las estrellas dicen, la avala. Pero la suerte estará a tu lado por partida triple, pues Júpiter pasará por esa posición tan favorable para ti otras dos veces, siendo su paso retrógrado, por lo que te encontrarás en unas fechas de auténtica confabulación astral a tu favor. Todo ello irá acompañado por un notable incremento de tu popularidad y de tu capacidad de comunicación. Ambas alcanzarán su clímax. Será también un período excelente para ampliar e intensificar tus relaciones y para recibir nuevas propuestas de trabajo. Tu imagen se revalorizará y brillará más que nunca. Los astros mantendrán su influencia fa-

*vorable hasta el mes de junio. No es éste un ciclo
que se produzca fácilmente y, de hecho, tardará
doce años en repetirse. Sé astuto, ten fe en la
madre astrología y despliega totalmente las velas,
por favor, en ese período en que los vientos de
la Gracia soplarán para ti con toda su fuerza, su
ventura y su bonanza.*

No había más. El horóscopo derivaba luego
hacia consideraciones más genéricas y abstractas.
Ezequiel había subrayado el *por favor* con un
enérgico trazo de carboncillo. Era una amistosa
llamada al orden y a la obediencia. Estaba hasta
la coronilla, me dijo una vez, de que sus clientes
se tumbaran a la bartola sin hacer caso de sus
recomendaciones y vinieran luego a quejársele
con el ceño torvo porque lo anunciado no se
había cumplido.

—De nada sirve pedirle ayuda a los astros
—comentó sarcásticamente en aquella ocasión—
si no te remangas la camisa y con una fiambrera
te vás al tajo. Ya lo dice el refrán, Dionisio: a
Dios rogando y... Créeme: la pereza es el peor de
todos los pecados capitales. Te lo dice un monje
contemplativo.

¿Desde noviembre de mil novecientos noventa y dos hasta junio de mil novecientos noventa
y tres? Estábamos en marzo del noventa y uno.
Eché la cuenta de la vieja y llegué en un pispás
a la risueña conclusión, quizá meramente voliti-
va (pero querer es poder), de que los cálculos salían: seis o siete meses de viaje —o menos, si las
cosas no se ponían excesivamente duras—, tres
o cuatro para aclarar y cuadrar las ideas, otro

tanto para escribir el libro y luego, por último, el tiempo que el editor tardara en publicarlo y comercializarlo. Sí, era posible —matemática y cronológicamente posible— que Ezequiel estuviese en lo cierto. Y si fuera así...

No se me disparó la adrenalina ni demostré mi júbilo con una zapateta floreada. La vida me había puesto ya muchas picas en todo lo alto y no estaba el horno para esos bollos. Me limité a recordar lo que tres días antes le había dicho al embajador plenipotenciario del editor a propósito de mi desgana, de mis temores, de mi escepticismo, del horror que me inspiraba la posibilidad de apuntarme otro éxito literario y de regresar a la cresta de la ola —nadie la confunda con el filo de la navaja de Shiva— expuesto sobre ella a la intemperie para que los tiburones, las pirañas y las gaviotas me devorasen.

Y temblé.

Pero también era verdad, qué diantre, aquello tan socorrido de que a nadie —ni siquiera a Simeón el Estilita— le amarga un dulce de elaboración casera. Mi postura seguía siendo ambigua a pesar de que estaba escaldado. Muy escaldado, pero sabido es que las criaturas racionales rara vez escarmientan. Tuve que admitirlo así, por más que la evidencia me doliese. Una cosa era huir, como los derviches, de la prosperidad —que nunca había buscado— y otra muy distinta prescindir de las pequeñas miserias y consolaciones de la vida cotidiana. Pensé, de hecho, en los críticos a sueldo del Sistema que se morderían los puños de rabia (como lo harían todos mis enemigos, que por suerte eran muchos), y en

Kandahar, y en mi madre, y en *mi chica,* y en Herminio, y en Ezequiel, y en Fernando, que exultarían.

La revancha es el mayor placer de los tarados, de los resentidos, de quienes no están seguros de lo que dicen ni de lo que hacen. Lo sabía y volví a tomar buena nota de ello, pero no me sirvió de nada. ¿Dónde habían ido a parar, me pregunté, las enseñanzas del *If* de Kipling? *Si sabes arrostrar el fracaso y el triunfo / tratando de igual modo a esos dos impostores...*

No, no me había convertido en un santo. Mi proceso de canonización no empezaría nunca.

Releí, aguijoneado por la líbido (en el peor sentido de la palabra), el texto de Ezequiel. ¿Sería, como quizá lo era el dictamen del *tarot,* una señal de las alturas o, por el contrario, una astuta añagaza del Maligno?

Me devané los sesos, me retorcí las manos, me torturé la conciencia. *Nunca pareces contento del todo,* me había dicho en cierta ocasión mi chica. Y era verdad.

—Pero —contesté yo— ¿se puede estar contento *del todo* mientras vivamos aquí, en el mundo de abajo, prisioneros de la densidad de la materia?

Frases así, que resultaban escandalosas en el contexto de una sociedad y de una filosofía de la existencia —la de los hombrecitos occidentales del siglo veinte— volcadas hacia la urgente satisfacción de todos los deseos, por estúpidos y triviales que fueran, me habían granjeado la absurda aureola de santidad e incluso de santurronería que para bien o para mal me rodeaba y que al principio, lo confieso, me divirtió, pero que ya empezaba a irritarme y a marearme.

La solución a mi dilema, como siempre, estaba en la *Baghavad Gita. Haz las cosas por sí mismas*, dice ésta, *no por sus beneficios.* Y también: *nuestra es la acción, pero no el fruto de la acción.* Y aun: *el mundo está aprisionado por su propia actividad, salvo cuando los actos se cumplen como culto de Dios. Debes, pues, realizar sacramentalmente cada uno de tus actos y quedar libre de todo apego a los resultados.*

¡Uf!, exclamé para mis adentros sin dejar de machacarme las meninges. Pensarlo y decirlo no era, ciertamente, fácil, pero mucho más difícil resultaba obrar en consecuencia.

No podía llamar a Ezequiel para preguntarle, como había hecho con Herminio en lo tocante al *tarot*, si debía o no tomarme en serio lo que las chismosas de las estrellas, sin mi consentimiento, le habían contado. Y no podía hacerlo, me pusiera como me pusiese, por la sencilla razón de que en el nido de águila del astrólogo no había teléfono ni, afortunadamente, cabría instalarlo nunca. Ezequiel era un sabio.

Así las cosas, y ante la imposibilidad de salir de dudas, opté por colocar otra vez el horóscopo debajo de la cruz cátara y junto a la rosa amarilla de Giambattista Marino, apagué la luz del cubil, salí de él, me cepillé los dientes, recorrí a tientas— y con miedo. Era algo, superior a mí, que me venía de la infancia— el largo y crujiente pasillo de la casa, me refugié en mi dormitorio, preparé un par de canutos bien cargados, los fumé mientras soñaba despierto con leones marinos —como el viejo del mar y de Hemingway— y me hundí en un estado de duermevela pegajosa, oleaginosa y algodonosa que en nada o en muy poco contribuyó a mitigar el dolor de las llagas de mi atribulado espíritu.

Alrededor de seis horas más tarde —pronto darían las siete de la mañana en el reloj del péndulo del comedor— me desperté como me había acostado: con un nudo en la garganta, con un bulto en el estómago, con un cuchillo en la ingle.

Era jueves: el primer jueves, y el primer día, de la primavera. Seguía lloviendo. Y, en lo tocante a mi vapuleada persona, lo hacía sobre mojado.

No quise ver a nadie. Me encerré en el despacho, me instalé a ras del suelo sobre el diván moruno, puse en el tocadiscos música de *sitar* (21) —una *raga* (22) detrás de otra—, cargué de incienso la atmósfera, abusé del hachís jurándome con cada buche de humo que me iba a apartar de él y pasé la mayor parte del día revisando viejos papeles sobre mi búsqueda de Jesús de Galilea, repasando los evangelios, garabateando notas, ordenando ideas, hojeando libros polvorientos (casi todos eran vetustas ediciones del siglo pasado), releyendo con ímpetu de lectura nueva el *Cuaderno de apuntes tomados en los cielos e infiernos que conozco,* de mi inefable hermanito

_____

(21) Instrumento musical de cuerda que se utiliza en la India y en sus zonas de influencia cultural y religiosa. *(N. del e.)*

(22) Composición de música clásica hindú. *(N. del e.)*

de horóscopo Sánchez Dragó, y escribiendo las primeras páginas de este verídico relato.

A media tarde di de mano, como dicen en Soria. Aunque llevaba tres días de incierta y dramática lucha con el ángel y el demonio, seguía sintiéndome incapaz de salir sin ayuda de la tupida maraña en la que estaba metido. De modo que decidí pedir árnica otra vez a quien desde el más allá (o desde el fondo de mi inconsciente) pudiese dármela y dispuse sobre la mesa, en buen orden y concierto, todos los cachivaches necesarios para consultar el *I Ching* o *Libro de las Mutaciones*. No conocía (ni, probablemente, conoceré nunca) un instrumento más adecuado que éste para escapar a la férrea trampa del dualismo que desde la noche de los tiempos caracteriza y condiciona la llamada *via antiqui* —aristotélica y escolástica... Platón se salva por los pelos— del pensamiento occidental.

Conté cuidadosamente los tallos de milenrama —no me gustaba el procedimiento de las tres monedas por considerarlo antiestético, minorativo, perezoso, utilitario y vagamente sacrílego— y corobé que eran cincuenta. Aparté uno, separé los que quedaban en dos montones desiguales, cogí un tallo del montón de la derecha, lo coloqué entre el dedo anular y el meñique de la mano izquierda, agarré con esta misma mano el montón izquierdo, lo dividí con la derecha en haces de cuatro tallos, descarté...

El método canónico era fascinante, pero laborioso. Un verdadero galimatías que hubiese puesto a prueba la paciencia de Job y que resultaba, eso sí, altamente eficaz en lo tocante a la correcta interpretación del oráculo, porque el cerebro y la sensibilidad del sacerdote que oficiaba el rito —yo, en este caso— se convertían poco a poco, y tallo a tallo, en una superficie de cera virgen, en una esponja seca y sedienta, en un desierto de arena jamás hollada por el pie del hombre, en una página en blanco para que anidaran en ella las voces del libro y las que en sordina brotaban del subconsciente del postulante. El sacerdote era sólo un intermediario, una especie de correa de transmisión.

Tardé, por ello, casi una hora en obtener la respuesta a mi pregunta. Podía haberlo hecho en quince o veinte minutos, pero el hachís me embarullaba los dedos, lanzaba continuas interferencias y embotaba las terminales nerviosas. Eran ya las siete y media —lo supe, cómo no, por el bendito reloj de péndulo del comedor. Yo nunca llevaba nada en la muñeca— cuando los tallos de milenrama emitieron su veredicto y el número exacto del hexagrama del *I Ching* que me correspondía se dibujó en mi mollera.

Herminio, de estar allí, hubiese gritado: ¡*naturalmente!*, echando sus ojos saltones y sus manos huesudas a revolar... Porque la cadena de *causalidades*, lejos de interrumpirse, seguía y parecía más consistente que nunca: me había salido el sexagesimocuarto hexagrama, esto es, el último. ¿Su rótulo? *Wei Chi*, o sea, *Antes de la consumación*.

No pude por menos de pensar en Jesús... En Jesús, sí, que no en balde dijo poco antes de morir, aún con sabor a vinagre en la boca, que *todo se había consumado*.

Ni Lucas ni Marcos ni Mateo recogían esa frase, pero sí lo hacía Juan, el discípulo amado, el gnóstico de tapadillo, el vidente del Apocalipsis, el lúcido cascarrabias que se le coló de rondón entre los evangelistas ortodoxos, al socaire del concilio de Nicea, a lo que después sería Iglesia Católica, Apostólica y Romana.

¿Acaso, pensé con cierta aprensión (pero también con un toque de resignación masoquista y de vanidosilla voluntad de martirio), estaban condenados a vivir y a revivir en su propio cuerpo y en su propia alma el proceso y el suplicio de la Crucifixión todos los cristianos que se atrevían a perseguir por caminos nuevos y por trochas jamás transitadas ante la verdad —simultáneamente luminosa y umbría— del mensaje y de la figura de Jesús de Galilea?

Congelé prudentemente la cuestión —supuse que tarde o temprano, caso de seguir dándole vueltas, me saldrían estigmas y preferí evitarlos para no asustar a mis hijos ni a mi chica ni a mis ligues— y regresé al *I Ching*.

Muchas veces a lo largo de mi vida —aunque sólo en circunstancias verdaderamente excepcionales y, además, cruciales— había consultado ese libro portentoso, pero nunca hasta entonces me había respondido el oráculo oculto en sus páginas (y en nuestro propio pecho) con el último hexagrama de los sesenta y cuatro que a través de él nos propone la rueda del *karma*, del subconsciente y del destino.

Abrí, por consiguiente, el grueso volumen —se trataba, la duda ofende, de la traducción crítica de Richard Wilhelm prologada por Jung— y me abalancé con ávida curiosidad, casi con gula, sobre el oscuro texto sagrado que describe y descifra el hexagrama.

Constaba éste de tres trazos continuos —respectivamente situados en segunda, cuarta y sexta posición contadas desde la base— y de tres líneas partidas que ocupaban todos los huecos restantes.

En el epígrafe impreso junto a la representación gráfica del signo se leía: *encima Li, Lo Adherente, la Llama; debajo K'an, Lo Abismal, el Agua*.

El comentario del traductor (que fue misionero evangelista, teólogo y gran sinólogo) decía: *este hexagrama señala el tiempo en el que todavía no se ha consumado la transición del desorden al orden. La transformación, en realidad, ya está preparada, puesto que todos los trazos del trigrama de arriba guardan relación con los del trigrama de abajo, pero éstos todavía no se encuentran en su sitio. Mientras que el signo anterior se asemeja al otoño, que configura la transición del verano al invierno, este signo es como la primavera que conduce hacia el tiempo fértil del verano partiendo del período de inmovilización del invierno. Con tan esperanzadora perspectiva concluye el* **Libro de las Mutaciones**.

El *dictamen* de los desconocidos compiladores y organizadores de esta *opera magna* del taoísmo (y monumental *suma teológica* de una concepción del mundo que no descansa sobre los principios de identidad, causalidad y contradicción, sino sobre los de complementariedad, simultaneidad, resonancia y analogía) rezaba así: *Antes* de la Consumación. Logro. / Pero si al pequeño zorro, / cuando casi ha consumado la travesía, / se le hunde la cola en el agua, / no hay nada que sea propicio.

Y el anotador comentaba este poemilla hermético de la siguiente forma: *las circunstancias son difíciles. La tarea es grande y llena de responsabilidad. Se trata nada menos que de conducir el mundo con pulso firme para sacarlo de la confusión y devolverlo al orden. El colosal esfuerzo, sin embargo, promete éxito, puesto que existe una meta capaz de reunir las fuerzas divergentes. Sólo que, por el momento, todavía hay que proceder con sigilo y cautela. Es preciso actuar como lo haría un zorro viejo al atravesar el hielo. En China es proverbial la precaución con la que caminan estos animales cuando tienen que atravesar una superficie de agua helada. Atentamente auscultan los crujidos y eligen con mucho cuidado y con suma circunspección los puntos más seguros. El zorro joven, que todavía no conoce la necesidad de actuar con esa cautela, camina con audacia, y entonces puede suceder que se hunda en el agua cuando ya casi la ha atravesado y se le moje la cola. En tal caso, naturalmente, todo el esfuerzo ha sido en vano.*

Y el sinólogo concluía: *De forma análoga, en tiempos anteriores a la consumación, la reflexión analítica y la cautela constituyen la condición fundamental del éxito.*

La leyenda del pie de la *imagen* que acompaña todos los signos del *I Ching* decía: *El fuego está por encima del agua: / la imagen del estado anterior a la transición. / Así el noble es cautelo-*

so en la discriminación de las cosas / a fin de que cada una llegue a ocupar su sitio.

No transcribiré aquí, por ser excesivamente prolijos, los comentarios de las *líneas*. Sí diré que permanecí inclinado sobre aquel rompecabezas hasta bien entrada la noche —que seguía siendo de lobos— y que llegué fatigosamente a la conclusión de que, me agradase o no, las cuentas volvían a cuadrar. Aquello empezaba a parecer una conjura. Todo me empujaba, diciéndolo con el peculiar lenguaje criptográfico del *Libro de las Mutaciones*, a *atravesar el agua* —la del Mediterráneo, evidentemente— para buscar en Jerusalén el cabo del hilo que me permitiría llegar al centro del laberinto y salir, sano y salvo, de él. De un laberinto cuyo umbral, *strictu sensu*, aún no había franqueado.

El texto del hexagrama que ponía fin a la segunda y última sección del primer y más enjundioso libro del *I Ching* terminaba con una curiosa nota de Richard Wilhelm redactada en los siguientes términos: *Así como el signo «Después de la Consumación»* —que es el sexagesimotercero— *representa la mudanza paulatina que partiendo del período de progreso y pasando por el apogeo cultural llega a la época del estancamiento, el signo «Antes de la Consumación» representa la transición del caos al orden. Este hexagrama es el último del «Libro de las Mutaciones», lo que significa que todo final encierra un nuevo comienzo.*

Amén, dije con sorna y con esperanza para mi coleto. La vida y la muerte, anverso y reverso de la misma moneda, son como un reptil que se muerde la cola. Así el *karma*, así el suma y sigue de las reencarnaciones, así la definitiva desencarnación.

El reloj de péndulo del comedor, indiferente a todo lo que guardase relación con la necesidad de dormir de los habitantes de la casa (y del edificio), atacó de nuevo: eran, si no mentía, las diez y media de la noche.

Pensé que Devi, Bruno y Kandahar estarían cenando —yo había dado órdenes de que no me molestaran— y decidí hacerles compañía. Cerré el libro, lo puse con todo el miramiento que merecía en su soporte de lujo y, rumiando distraídamente lo que sus páginas me habían dicho, me dirigí al comedor. Oí, antes de entrar, risas e insistentes tintineos de platos, cubiertos y copas. Seguro que Devi estaba haciendo payasadas. Abrí la puerta y, tal como había previsto, allí los encontré a todos. Me recibieron efusivamente y sentí que mi moral subía como el mercurio en un termómetro. Kandahar me interrogó en silencio con una mirada cómplice. Desvié los ojos —no quería lavar los trapos sucios ni ensuciar los limpios delante de mi prole— y ocupé el sillón de piel de Rusia heredado de mi abuelo y reservado desde tiempo inmemorial, de generación en generación, al patriarca de la familia. Había apetito, concordia y buen humor. Lo pasé bien. Me gustaba estar con mis hijos. Cené con ellos, metí a Devi en la cama sin atender a sus protestas y vi con los dos mayores una películos de muslos, de tiros y de millonarios en la televisión. Luego, después de las noticias, que fueron tan siniestras y tan tendenciosas como de costumbre, me fui a dormir, pero tardé por lo menos dos horas en conciliar el sueño.

La culpa del ataque de insomnio la tuvo el *I Ching*. Sus palabras, sus tropos, sus alegorías y sus conceptos danzaban alrededor de mi *futón* (23) como si fuesen marionetas de teatro javanés. La penumbra del dormitorio las disfrazaba, las descoyuntaba, las agigantaba. Vi un zorro viejo —tanto, por lo menos, como yo— que llevaba la cola muy enhiesta, y muy seca, y que miraba a todas partes a la vez con ojillos de filósofo sofista. Vi también a la personificación de la primavera: una joven pastora vestida de tirolesa que se había sentado a horcajadas —enseñándome generosamente los muslos— sobre la horquilla de un árbol. Debía de ser de armas tomar, por no decir otra cosa, pues la muy indina me sacaba la lengua, se la pasaba libidinosamente por los labios, se apretaba con dedos lúbricos y buscones las repolludas cazoletas de los pechos y me pedía, frunciendo la boca en un gracioso mohín, que la cogiera en brazos y la ayudara a vadear el agua helada del invierno, que aún soplaba, bramaba y se desmelenaba a sus pies. El espectáculo, con aquella lolita rústica instalada en su centro, me sacó de mis casillas y tuve que masturbarme. Vi luego a Fernando Arrabal, que con aspecto de energúmeno de Goya vestido de escocés blandía en mis narices un grueso libro dedicado a la teoría de las catástrofes, y —por último— cristalizó a los pies de la cama un sacerdote shintoísta

(23) Colchón japonés que se extiende en el suelo. *(N. del e.)*

—¿por qué no taoísta?, me pregunté— que ejecutaba con extraordinaria pulcritud y sentido de la armonía los movimientos circulares del *taichi* (24) y me invitaba a imitarlo. El suyo, pensé dándome fachendosamente por aludido, era el camino del guerrero. Justo lo que yo necesitaba.

Comprendí que estaba a punto de dejarme anegar y arrastrar por una ola de megalomanía e intenté evitarlo. Fue difícil. El sexagesimocuarto hexagrama del *I Ching* era mucho hexagrama: material altamente inflamable que con extrema facilidad podía subirse a la cabeza de cualquier hombre de pluma. ¿Qué escritor no ha acariciado alguna vez el sueño de publicar un libro que, *sacando al mundo de la confusión con pulso firme y devolviéndolo al orden*, se convierta en ineludible punto de referencia de toda una época de la historia humana y en íntima y reconfortante obra de cabecera para millones y millones de lectores oriundos de los cinco continentes? ¿Qué ciudadano de la república de las letras no ha querido ser Homero, Platón, Cervantes, Nietzsche, Tolstoi o Dostoievski?

No, decididamente, no era un santo. Mi *ego* seguía haciendo de las suyas. El abogado del diablo podía dormir tranquilo.

Y, sin embargo, me sentía mejor, mucho mejor que antes de consultar el *I Ching*. El diagnóstico de éste, engreimiento aparte, no me soliviantaba ni me desconcertaba como me habían desconcertado y soliviantado la conversación con Jaime, los arcanos del *tarot* y la lectura de mi carta astral. Conocía muy bien el terreno que desde esa noche

(24)   Arte marcial de origen chino. *(N. del e.)*

pisaba —no en balde me había dedicado durante más de la tercera parte de mi vida a echar el *I Ching* a todos los amigos y enemigos que me lo pedían— y no necesitaba la ayuda de un Herminio o de un Ezequiel para separar la paja del trigo leyendo entre líneas. Veinte años atrás, en un paradisíaco *bungalow* de la paradisíaca playa balinesa de Lovina, el Barón Siciliano —mi hijo Bruno se llamaba así en homenaje a su persona y a su memoria— me había enseñado a manejar y a interpretar, en la medida de lo posible, el sacratísimo *Libro de las Mutaciones* (25). Y yo le estaba agradecido por ello. Muy agradecido. En todas las esquinas peligrosas o meramente azarosas de mi vida —y sólo Dios y yo sabíamos hasta qué punto abundaban en ella las zonas calientes y las situaciones de fricción— me había sacado las castañas y los testículos del fuego alguno de los hexagramas del *I Ching*. Éste, de hecho, era (después de la *Baghavad Gita* y del *Tao te king*) el volumen que rescataría de las llamas en tercer lugar —o, posiblemente, en segundo— si, tal y como me había planteado Kandahar tres noches antes, *estuviesen a punto de quemarse todos los libros de la historia del mundo.*

Y fue en ese mismo momento cuando mi ángel de la guarda (ya hablaré de él en otra ocasión) desvió bruscamente el curso de mis elucubraciones y puso en abierta fuga a las marionetas del *I Ching* materializándose ante mí —llevaba mucho

(25)   Vid. F. Sánchez Dragó, op. cit., pp. 186 a 221. *(N. del e.)*

tiempo (meses, quizá) sin hacerlo— y preguntándome con retranca y una sonrisa burlona:

—¿Y tus libros, Dionisio? ¿Salvarías tus libros?

—No —dije con implacable sinceridad.

—¿Ninguno?

—Ninguno. Quiero morir ligero de equipaje para poder pasar por el ojo de la aguja. Y ahora, por favor, vete. No incordies. Estoy nervioso y necesito descansar.

—Sí, es cierto: lo necesitas...

Y se desvaneció en el éter.

¡Qué alivio! La única presencia que quedaba en la habitación era la mía.

Respiré abdominalmente en ocho tiempos, me di la vuelta, me subí por detrás el embozo de las sábanas, me arrebujé entre ellas y me quedé dormido.

Al día siguiente me despertó, y no precisamente con suavidad, el maldito teléfono. ¿Por qué, me dije, no lo he arrancado aún de la cabecera de la cama para tirarlo al cubo de la basura, que es el lugar que en justicia le corresponde?

Lo cogí, de todas formas, a regañadientes y conseguí balbucear un estropajoso monosílabo.

—¿Sí? —tanteé.

Era mi madre.

Me incorporé en el acto.

—¿Estabas durmiendo? —preguntó ladinamente.

—Pues sí, mamá, estaba durmiendo —reconocí—, pero a punto ya de despertarme y de saltar de la cama como un hombre de provecho para irme escopeteado al tajo a ganarme el pan con el sudor de la frente. Anoche me quedé escribiendo hasta las tantas.

—¡No me digas! —comentó con una considerable y saludable dosis de escepticismo—. ¿Y se puede saber qué es lo que escribías a una hora tan inoportuna? Algo que no admitía espera, supongo...

Si mi madre no me conociese, ¿quién me conocería?

—Una carta a mi novia —bromeé—. Me he enterado de que quiere dejarme por otro.

—Estás tú bueno —dijo—. ¿Sabes que luce un sol de justicia, que son las diez de la mañana y que ayer empezó la primavera?

Sabía únicamente lo tercero. Eché un compungido vistazo al reloj de la mesilla de noche y comprobé que lo segundo también era cierto. Las madres no mienten ni se equivocan nunca.

En cuanto a la primera noticia... Los postigos de la ventana, lógicamente, seguían cerrados a machamartillo. Ya la verificaría más tarde.

Cambié el disco.

—¿Cómo estás, mamá? —pregunté con razonable y respetuosa preocupación de hijo bien educado—. ¿Te pasa algo? No sueles llamarme a estas horas.

—No, Dioni, no me pasa nada —contestó—. ¿Y a ti?

Tenía ochenta y dos años, modales de la *belle époque*, grácil e ingenua coquetería de recién casada, encorvado el espaldar, los huesos tan frágiles y carnisecos como los de un gorrión, tan limpios y azules los ojos como el agua del Mediterráneo de su infancia levantina y la cabeza tan sólida, tan entera y tan sagaz como medio siglo antes, cuando me dio a luz en un *poblachón manchego* —Cela *dixit*— acribillado por las bombas del rojerío.

Nunca había hecho daño a nadie y con todos había practicado siempre el altruismo de la misericordia. La vida, sin embargo, había sido dura con ella: perdió a su marido —que era mi padre... Yo no alcancé a conocerle— al comienzo de la guerra civil. Tenía entonces veintisiete años y un espinoso futuro por delante. El mundo se le había puesto cuesta arriba, pero aprendió a nadar sin perder la ropa y creció, sonriendo siempre, en edad, en amor y en sabiduría.

En esa sabiduría —la única merecedora de su nombre— que no conduce a la erudición ni a la aridez ni a la petulancia, sino simplemente a la bondad.

Yo —y ahora, al escribirlo y reconocerlo en público, los ojos se me llenan silenciosa y mansamente de lágrimas— se lo debía todo y, en justa reciprocidad, todo lo hubiera dado por ella. La vida también, si me la pidiese.

Lo digo sin retórica.

Grandes y poderosos eran, por añadidura, el respeto espiritual y la estima intelectual que sentía hacia ella. La consultaba a menudo en los momentos difíciles de mi quehacer literario, sobre todo cuando la religión andaba por medio (y la religión casi siempre andaba por medio de lo que yo escribía. Lo demás había dejado de interesarme muy pronto), y procuraba seguir sus consejos. Como lectora, además, no tenía precio. Había nacido, y esas cosas calan hondo, en una remota era de la historia de la humanidad, cuando la televisión —que es el Maligno— no existía ni se colaba como Pedro por su casa y como las brujas de los siglos oscuros en todos los hogares, en los salones, en las alcobas, en los cuartos de los niños, en las cocinas, en los retretes. Los íncubos y los súcubos entraban entonces en los domicilios de los cristianos (y, con especial ahínco, de las cristianitas de buen ver y de mejor folgar) por las chimeneas y por las rendijas de los sueños; ahora —nada o poco nuevo bajo el sol— lo hacen a través de las antenas (parabólicas o no), de los cables, de los enchufes, de las pantallas y de las mellas y fisuras abiertas en la carne, en los sentimientos y en las ideas de los teleadictos por las estúpidas quimeras y las adocenadas ilusiones de color de rosa cursi que despliegan ante ellos los culebrones, los concursos, las falsas promesas de los políticos y las cuñas publicitarias.

¡Ah, el progreso y quien lo trujo!

Mal rayo los parta a ambos.

—Bueno —dije—, pues si no te pasa nada y en el frente no hay por ahora novedades de mayor cuantía, ¿a qué debo el honor y el placer de tu llamada, madrépora?

Así la llamaba de niño. Y ella, al oírlo de mi boca de adulto, se esponjaba, ronroneaba y, efectivamente, se ponía tan guapa y tan pimpante como los arrecifes de las barreras coralíferas de los atolones del Pacífico.

—Pues mira lo que son las cosas —contestó—: te llamo porque esta noche, mientras dormía, te he visto escribiendo a toda mecha, y no precisamente cartas a tu novia.

—¿Era un sueño o una aparición?

—¡Ya estás con tus tonterías! Claro que era un sueño, Dioni, y un sueño que me ha impresionado lo suficiente como para coger el teléfono y llamarte a esta hora del amanecer, corriendo el riesgo de despertarte y de que me mandaras al diablo.

—¿Cómo sabes que lo que estaba escribiendo no era una carta a mi novia?

—¡Y dale! Lo sé, Dioni. No me preguntes la razón, pero lo sé.

—¿Magia onírica?

—Quizá. En los sueños somos como dioses: omnipotentes, omnipresentes y omniscientes. Conozco, además, al dedillo todas tus costumbres y manías de escritor. ¡Cómo no voy a conocerlas! Empezaste con la matraca de la literatura cuando eras un crío. A los seis o siete años, no sé si lo recuerdas, fundaste un periódico hecho a mano cuyo único ejemplar alquilabas a los vecinos y a los parientes por cinco céntimos de peseta. Te he visto escribir poesías, novelas, obras de teatro, ensayos, trabajos escolares, artículos de prensa, programas de radio y de televisión, traducciones, panfletos comunistas y, naturalmente, también cartas, Dioni. Montañas de cartas. Cartas a tus novias, cartas a tus amigos, cartas —no muchas— a tus hijos, cartas a los bancos e incluso, aunque menos veces de las que yo hubiera querido, cartas para mí. Conozco muy bien, por lo tanto, la cara que se te pone cuando escribes y según lo que escribes.

—¿Y que cara ponía en tu sueño, mamá?

—Espera... No sé qué decirte. Todo en él era extraño. Muy extraño. Para empezar, Dioni, no escribías a máquina —tú, que siempre lo haces así—, sino a mano, aunque no estoy segura del instrumento que utilizabas. Quizá un lápiz, quizá una pluma, quizá un bolígrafo.

—Sería un *boli*. Los lápices no pasan la barrera del sonido de la posteridad y las plumas me manchan los dedos de tinta y me llenan el papel de borrones. Siempre he sido un manazas.

—Pues sí, siempre lo has sido. De niño también te sucedía.

—Sigue con el sueño. ¿Cómo empezaba?

—Es difícil responder a eso. Creo que con el apóstol Santiago, pero no me pidas detalles. No los recuerdo.

Ironizar a mi costa es uno de mis deportes favoritos. Para practicarlo pregunté con socarronería:

—¿No te equivocas de apóstol, mamá? ¿No sería, más bien, san Pedro?

—No —dijo inocentemente—. ¿Por qué iba a ser san Pedro?

Era imposible que cogiese onda.

—Por nada, mamá, por nada. Cosas que se me ocurren.

—Bueno —siguió—, pues el apóstol Santiago, como te digo, andaba danzando por allí a cuento de no sé qué y, de repente, apareciste tú.

—¿Escribiendo?

—Sí, escribiendo.

—¿Dónde estábamos?

—Tampoco lo sé, pero desde luego no era en

ninguno de los sitios donde sueles hacerlo. Escribías, escribías y escribías sin parar, como un poseso. Y yo, asombrada, te decía: *pero hijo, ¿no ves que tu mano se mueve sola? No eres tú quien escribes. Alguien lo hace por ti o, mejor dicho, tú lo haces por él. Estás escribiendo lo que te dictan.*

—¿Y quién era el mastuerzo que se tomaba tamaña libertad con el escritor más brillante y mejor remunerado del país?

—Nadie, Dioni. No había nadie.

—¿Estás segura?

—Sí.

—¿No sería el apóstol Santiago quien, abusando de sus prerrogativas, se permitía el lujo de utilizarme como secretaria y amanuense? Al fin y al cabo he escrito muchas páginas sobre él sin pedirle el *nihil obstat*. A lo mejor se sentía con derecho.

—No, Dioni, no era él. El apóstol había desaparecido.

—¿Y san Pedro? ¿No sería san Pedro?

—¿Otra vez? ¡Qué obsesión! Voy a colgar. Ya veo que el asunto no 'te interesa. Te estás pitorreando de mí.

—Eso nunca, mamá. Bromeaba. Y ahora sigue... ¿De verdad se movía sola mi mano?

—De verdad. Y te aseguro que era impresionante.

—¿En el mal sentido de la palabra?

—No. En el bueno. No te estoy hablando de una pesadilla. Era un sueño alegre, agradable y positivo.

—¿No te asustaste?

—En ningún momento. Todo me parecía muy bonito.

—Lo que me cuentas tiene nombre, mamá. Se llama *escritura automática*. Es uno de los enigmas y caballos de batalla preferidos por los parapsicólogos. Se han barajado muchas explicaciones.

—Ya lo sé. Pero lo de *automática* nunca me ha gustado. Mejor sería decir *inspirada*.

Lo insinué antes: siempre tenía razón.

Se la di y pregunté:

—¿Qué pasó luego?

—¿Luego? Nada, Dioni. Ya no pasó nada.

—¿No viste más cosas en tu sueño?

—Pues no, no las vi... O, si las había, se me han olvidado. Soy un desastre. La edad.

Me eché a reír.

—No, mamá —dije—. La edad, no. Todo el mundo se olvida del contenido de los sueños, aunque no de su intención. Los psicoanalistas aconsejan a sus pacientes que tengan siempre a mano, en la mesilla de noche, un cuaderno y un lápiz para apuntar los detalles, las situaciones y el intríngulis de lo que sueñan inmediatamente después de despertarse.

—Lo que sí recuerdo a la perfección, Dioni, y perdona que insista en ello, es que todo era bonito. Muy bonito y también muy claro. Yo me sentía a gusto, pero tremendamente impresionada. Ya te lo he dicho.

—Sí, me lo has dicho, pero no acabo de entenderlo. ¿Qué es lo que te impresionaba? Así, con la sencillez con que lo cuentas, no parece que la cosa fuese para tanto.

—Me impresionaba la certeza de que allí, en lo que escribías, estaba en juego algo muy importante. De eso, y vuelvo a decirte que no me preguntes por qué, no me cabe la menor duda.

No se dio cuenta, claro, pero acababa de propinarme otro golpe en el occipucio.

Otro golpe en el occipucio y otra llamada de atención, otro toque de fajina, otro bastonazo, otra *causalidad*...

No me atrevía ni tan siquiera a pensarlo, pero lo pensé: ¿otra señal de las alturas?

Yo también me sentía muy impresionado. Herminio hablaba en mi horóscopo de una *auténtica confabulación astral a mi favor* y, efectivamente, todo aquello —lo que desde el lunes, como en una guerra de fuego graneado, me estaba sucediendo— parecía una conjura. Una conjura o, quizá, una novela policiaca: *detective español de cincuenta y tres años se ve obligado por los dioses, por la Confederación de Fuerzas del Más Allá y por las circunstancias a partir en busca de Jesús de Galilea, predicador judío que desapareció misteriosamente en el trigesimotercer año de nuestra era. El editor más importante del país publicará el informe sobre las pesquisas y dará cuenta de sus resultados.*

Los jalones y los protagonistas de esa conjura eran Jaime, Kandahar, el hachís, Herminio, el *tarot*, Ezequiel, las estrellas, el Barón Siciliano, el *I Ching* y ahora, para remate, mi madre.

Lo que faltaba, me dije.

Jung lo sabía muy bien y se molestó en explicárnoslo: los sueños de las personas ancianas casi siempre dan en el clavo.

Decidí tantear un poco el terreno.

—Mamá —dije—, desde hace algún tiempo me ronda por la cabeza la idea de escribir un libro sobre Jesús, quizá una especie de novela, y me gustaría conocer tu opinión al respecto. ¿Estoy o no estoy loco? ¿Qué te parece la ocurrencia?

El auricular del teléfono enmudeció. Hubo por lo menos diez segundos de silencio. Y éste, supongo, se habría prolongado aún más si yo no me hubiese decidido a romperlo.

—¿Mamá? —indagué cautelosamente, como si fuera un zorro viejo atravesando una superficie de agua helada.

—Estoy aquí, hijo —contestó.

—¿No tienes nada que decirme?

—Demasiadas cosas. Por eso me callo.

—Empieza por la que más rabia te dé.

—No te gustaría.

—Mis espaldas son fuertes. Sobreviviré. Recuerda que me fui a la guerra del Vietnam con una mochila y un ejemplar del *Quijote*, y volví ileso.

—Cuando llegaste allí ya no llevabas el *Quijote*.

—Cierto. Él solo pesaba más que el resto del equipaje. Tuve que abandonarlo a su suerte en un hotelucho de Estambul (26).

—Sí, Dioni. Me acuerdo muy bien. Y yo conseguí enviarte a Saigón, y que lo recibieras, un paquete de turrones de Mira (27) y un décimo de lotería para el sorteo de navidad.

(26)   Vid. F. Sánchez Dragó, *El camino del corazón,* pp. 40 a 42. *(N. del e.)*

(27)   Antigua pastelería madrileña situada en la Carrera de san Jerónimo. Sus turrones llevan fama de ser los mejores del mundo. *(N. del e.)*

—Año de mil novecientos sesenta y nueve y resaca del mayo francés. Aquello fue algo más que un gesto, mamá. Fue una verdadera proeza que no he olvidado y que nunca olvidaré. Eso sí: te precipitaste un poco. Recibí el envío en octubre.

—Lo planifiqué con mucha antelación. ¡Todo era tan difícil entonces! Y menos mal que me curé en salud y que tomé precauciones, porque antes de que terminara el mes, tan culo de mal asiento como siempre, ya estabas en Camboya.

—El penúltimo paraíso. Tuve suerte en alcanzar a verlo. Luego, nada más irme, llegaron los *jemeres* rojos, y adiós. Por cierto: el turrón, que estaba algo pringosillo por culpa de la calorina del trópico, me supo a gloria.

—Sí, pero en justa contrapartida no te tocó el gordo.

—Ni el gordo ni la pedrea.

—De todas formas, Dioni, no tienes por qué agradecerme aquello. Reserva tu gratitud para los padres franciscanos. ¿Recuerdas que fuiste a recoger el paquete a una de sus misiones? De ellos fue el mérito del milagro.

—De ellos y tuyo, mamá. Había que hilar muy fino para que yo pudiese tomar guirlache y mazapán de Mira en el corazón del sudeste asiático, rodeado de guerrilleros, de *napalm* y de B-52 por todas partes. No sé si vas a creerme, pero te aseguro que aquel turrón y aquel billete de lotería fueron la prueba de amor más fuerte que he recibido en mi vida.

—Nos hemos desviado del asunto principal.

—Eso tiene fácil arreglo. Te he formulado una pregunta y sigo esperando la respuesta, aunque tu silencio me obliga a suponer que no estás por la labor.

—No me hables en *cheli*, hijo.

—Perdona. Se me ha escapado. Yo también lo odio. Bruno, Devi y Kandahar me pegan sus expresiones. Entre los tres van a conseguir que hable como un macarra.

—Tu proyecto me asusta, Dioni. No quiero desanimarte, pero es así.

—Ya me lo olía yo. Por algo no querías responderme. Pero no te preocupes, mamá. Lo entiendo. A mí también me asusta escribir ese libro. Y por curiosidad, sólo por curiosidad: ¿qué es lo que tanto miedo te da en él?

—Tú, Dioni. Me das miedo tú. Me dan miedo tus puntos de vista, tus excesos, tus laberintos mentales, tu extravagancia, tu empeño en parecer original, tu sarampión orientalista...

—... que es ya enfermedad crónica e incurable, mamá. Se me declaró hace más de veinte años.

Pasó por alto el inciso. Se había embalado.

—Y me asusta —dijo— tu vocación de *enfant terrible* a cualquier precio y caiga quien caiga. Ya vas siendo mayorcito, Dioni. Puedes hacer todas las piruetas y malabarismos que se te antojen en tus obras de invención. Estás en tu derecho y, además, así debe de ser. La literatura es un puerto franco y un territorio libre de cualquier jurisdicción. Cuanto más chisporrotees en él, mejor. Tus lectores te lo agradecerán y todos saldremos ganando. Pero con Jesús no se juega, hijo mío. Existen cientos de millones de personas, aquí y también allí, en Oriente, para las cuales es lo más serio que hay en sus vidas. No lo olvides. Tu responsabilidad es grande y algún día te pedirán cuentas.

Hablaba con una energía impropia de su edad. Era una mujer muy fuerte, aunque casi nunca sacaba las uñas. Sólo lo hacía en determinados momentos y siempre por causas nobles o en defensa de *los* suyos, pero no de *lo* suyo. El egoísmo y la injusticia le eran tan ajenos como la modernidad, la posmodernidad y el microondas.

—¡A quién se lo dices, mamá! —protesté con escaso fuelle—. ¿Por qué crees que te he pedido consejo y que llevo años dándole vueltas al asunto sin tomar una decisión? Soy consciente de todos los riesgos que señalas. Tanto que no sé por dónde tirar ni a qué clavo agarrarme ni a qué Virgen ponerle velas.

—Déjate de historias y escribe una novela de aventuras. Es lo que mejor te sale. Zapatero, a tus zapatos.

—Me alegra que lo digas, porque eso es justamente lo que quiero escribir: una novela de aventuras.

—¿Sobre Jesús?

—Sí, sobre Jesús. El personaje se presta, ¿no crees? Hay en su vida misterio, viajes, tensión, incertidumbre, emboscadas, buenos y malos, mujeres hermosas y mujeres piadosas, traidores, exotismo, ocultismo, tiranos, luchas políticas y religiosas, entrechocar de espadas, conspiraciones, Reyes Magos, leprosos, prostitutas, adúlteras, amor, dolor, muerte y hasta una resurrección. ¿Qué más se necesita? Están todos los ingredientes de las películas de Indiana Jones. Mi libro podría titularse *La más hermosa historia jamás contada*. ¡Lástima que Kipling se me anticipara y me robase el título!

—¿Historia contada o *por contar*, Dioni?

Su olfato era infalible. Me había pillado. Tuve que reconocerlo.

—Por contar, mamá —admití.

Lo que equivalía a confesar que no me fiaba de nadie, ni siquiera de los evangelistas, y que mi propósito en lo tocante a Jesús era ponerlo todo patas arriba.

En ese mismo momento —mi quinqué también funcionaba— supe lo que a renglón seguido iba a escuchar de sus labios.

—Ya —dijo—. Te veo venir, Dioni. Eres un herejote y no. tienes arreglo. ¿Para qué sirve menear ciertas cosas? Hazme caso: déjalas estar. Tu vida es cómoda. No te busques líos.

Eché mano de todo mi valor, que en aquel momento no era mucho, y me atreví a meter en danza uno de los argumentos que había utilizado en mi conversación con Jaime Molina.

—Las iglesias. oficiales e institucionales —dije— funcionan como el consejo de administración de una multinacional: ven en Cristo una materia prima, lo explotan, lo monopolizan, lo acaparan, creen que han comprado la exclusiva y que, en consecuencia, tienen derecho a percibir y a reinvertir todos los dividendos. Algún día —y si no, al tiempo— veremos a los católicos, a los ortodoxos y a los protestantes dirimiendo sus querellas y esgrimiendo sus respectivos títulos de propiedad ante el Tribunal de La Haya. Tendríamos que denunciarlos por apropiación indebida, por robo sacrílego y por secuestro de persona. Papas, popes o pastores: ¡qué más da! Todos son cómplices en el mismo delito, aunque la intensidad de su participación en él sea diferente en cada caso, y todos ordeñan la misma ubre. ¿Vamos a seguir indefinidamente así? ¿Vamos a estar eternamente cruzados de brazos ante una situación que —nunca mejor dicho— clama al cielo? Alguien tendría que explicar a la gente que la religión es un hecho estrictamente personal, que para hablar con Dios basta quererlo, que la luz del Espíritu no brilla sólo en el sagrario y que las Iglesias pueden ser, en el mejor de los casos, órganos consultivos, pero no legislativos ni ejecutivos ni, menos aún, judiciales. Alguien debería denunciar lo que sucede y tomar cartas en el asunto. Alguien tendría que liberar a Cristo del *zulo* en el que lo metieron hace casi dos mil años y devolvérselo al pueblo, a la gente sencilla, a las beatas que bisbisean en sus reclinatorios y a los carboneros que se dan golpes en el pecho con fe ciega, a ti y a mí, a quienes aún no han oído hablar de él, a quienes le niegan o le minimizan, a quienes le buscamos, a quienes le rezamos, a quienes le necesitamos, a quienes le amamos, veneramos y adoramos.

—Y tú eres la persona llamada a hacerlo, ¿no?

Tiraba con bala, y no precisamente de fogueo. Me defendí atrincherándome en el humor.

—Digamos —apunté con una sonrisilla de perro apaleado que mi interlocutora no vio— que podría formar parte del heroico comando al que se le encargara esa misión. Los *geos* del Espíritu o algo así. ¿Tú qué opinas? ¿Me viene ancho el papel o tengo suficiente musculatura para pegar un patadón en el tabique del *zulo* e inmovilizar a los secuestradores?

—¡Ay, hijo mío, qué cosas tienes! —se limitó a argumentar mi interlocutora—. ¡Siempre corriendo delante del toro de la vida!

Comprendí que estaba en el buen camino y seguí en la brecha.

—¿Qué significa ese agudo comentario? —dije—. ¿Sospechas, acaso, que tu primogénito no está a la altura de lo requerido por las circunstancias? ¡Mujer de poca fe, abre tus ojos y toca mis bíceps! Su tamaño y su dureza te convencerán de lo contrario.

—Mira, Dioni —me dijo como quien espanta una mosca—: lo que yo opine o deje de opinar es indiferente. Te conozco, porque te he parido, y sé que la tentación es superior a tus fuerzas. ¡Ahí es nada! ¡Convertirte en abanderado, en cronista y en punta de lanza de la nueva cruzada que desbaratará las tropas clericales y la conjura del oscurantismo religioso para poner a Jesús en el lugar que le corresponde! Pronto te oiré decir, si es que no lo has dicho ya sin que yo lo sepa, que eres la reencarnación de Pedro el Ermitaño. Está en tu línea y en la línea de esa dichosa *nueva era* de la que tanto hablas y en la que tú y los que son como tú nos queréis enredar a todos. Confiemos en que no mueras de peste, como San Luis, frente a las murallas de Túnez. Rezaré por ti, y ya es bastante. Pero no me pidas consejos ni juicios ni orientaciones, porque sé que terminarás haciendo, como siempre, tu santa voluntad. Ahora bien: me gustaría que, caso de embarcarte por fin en la aventura, me prometieras una cosa.

—¿Sólo una?

—Sólo una.

—¿Qué quieres pedirme?

—Qué actúes con cabeza, con sentido común y con tiento para no ofender a nadie. Piensa que no todo el mundo es como tú. ¿Conoces a mucha gente que haya estado en Saigón? Tenías nueve encantadores añitos, Dioni, cuando te llevaste un buen rapapolvo de tu padrastro porque te pilló leyendo la *Biblia* sin expurgar traducida por Cipriano de Valera (28).

—Era la única que había en casa.

—Sí, pero tus amiguitos no leían esas cosas. Se conformaban con las aventuras de Guillermo o de Juan Centella.

—¡Qué más querría yo que no ofender a nadie! Pero será difícil, muy difícil. En cuanto alguien, cristiano o no, se atreve a decir en público, y no digamos por escrito, lo que sinceramente y sin ningún ánimo de sembrar cizaña piensa sobre Jesús, y lo hace saliéndose del carril de la más estricta, putrefacta, aborregada y gazmoña ortodoxia, mil o dos mil millones de personas sedientas de sangre se rasgan las vestiduras y se le tiran directamente a la yugular. De todas formas, y no sólo porque tú me lo pides, mamá, sino también por la cuenta que me trae, puedes estar segura de que seré exquisitamente respetuo-

---

(28) Vid. F. Sánchez Dragó, *Las fuentes del Nilo*, Ed. Planeta, Barcelona, 1986, pp. 36 y 37. *(N. del e.)*

so y me andaré con pies de plomo para que nadie se dé por herido ni por ofendido. Te doy mi palabra de que si aún estoy deshojando la margarita del libro sobre Jesús es, entre otras cosas, porque no quiero turbar a nadie. *A nadie*, mamá, ni siquiera a mí mismo. No te olvides de que yo también entro en el cupo ni de la edad que tengo ni del colegio donde, por decisión tuya, estudié el bachillerato. Lo digo porque salta a la vista que cuando un españolito de mi generación y de mi formación se pone a hurgar en la vida y en las obras de Jesús, está hurgando en su propia infancia. Se remueven dentro muchas cosas, mamá. Muchas. Es, casi, como psicoanalizarse. O peor. Y nunca me han gustado los psicoanalistas.

—A mí tampoco —dijo con un hilo de voz.

Pensé que la había convencido.

—Y ahora, si te parece —concluí—, demos carpetazo al asunto y celebrémoslo con una buena comida en *Edelweiss*. Hace muchísimo tiempo que no vamos a tu restaurante favorito. Los camareros se habrán olvidado de nosotros.

—Quieres engatusarme, Dioni.

—Pues sí: quiero engatusarte. ¿Hay algo de malo en ello? Y te autorizo, además, a que entre plato y plato sigas leyéndome la cartilla. ¿Te queda algo de pólvora en las cartucheras? ¿Sí? Pues ceba el fusil y hiere. Ya sabes que tus opiniones, tus reconvenciones y tus pescozones siempre son bien recibidos.

—Te cojo la palabra al vuelo y te confieso que, efectivamente, me queda algo dentro.

—No seas avariciosa. No te lo guardes para ti. Te escucho.

—No soy quién para decirte esto, pero quiero recordarte que la mejor literatura, en contra de lo que pensaba el pobre Oscar Wilde, es la que se hace con buenos sentimientos.

—Por descontado, mamá. Lo sé muy bien.

Y era cierto. No estaba bailándole el agua ni siguiéndole la corriente. Me había costado mucho trabajo y no pocos sinsabores llegar a esa conclusión en el seno de una preceptiva literaria tan esnob, tan pueblerina y tan tendenciosa como lo era la imperante en mi país, en mi hemisferio y en mi época, pero por fin, sudando tinta, lo había conseguido. Y ahora, al soplar mi madre sobre el rescoldo de aquellas cenizas juveniles y no tan juveniles, pensé con una sensación de creciente ahogo —pero también con solidaridad y con misericordia (una virtud que a *ellos*, tan petulantes siempre, los espantaría)— en todos los buenos escritores que habían malgastado su talento y sus denarios, a veces muy copiosos, emborrachando sus almas, embotando sus sentidos y envenenando sus plumas con el vino de esa falacia, tan extendida, según la cual los buenos sentimientos están reñidos con la alta literatura. La lista era estremecedoramente larga y también lujosa, sobre todo a partir de la revolución francesa: Lord Byron, el propio Oscar Wilde, Baudelaire, Lautréamont, Sartre, Simone de Beauvoir, Joyce, Kafka, Truman Capote, Norman Mailer, Alberto Moravia, Aragon, Günter Grass, Tom Wolfe, Burroughs, un abarrotado etcétera e incluso, poniéndonos ropa de andar por casa, Francisco Umbral. ¿Trenzó acaso Cervantes la urdimbre del *Quijote* —o Virgilio la de la *Eneida*, o Montaigne la de

sus *Ensayos*, o Dante la de la *Divina Comedia*—
con el hilo de la maldad, con el huso de la per-
versión o con la rueca de los bajos instintos?

Estaba a punto de despedirme y de colgar,
dando por terminada la conversación hasta que
ese mismo día nos reuniéramos en el restaurante, cuando llegó a mis oídos (y me apeó de las
nubes) la voz de mi madre que decía:

—Dioni...

—¿Sí? —pregunté tanteando otra vez el terreno.

Pero mi temor era infundado. Ya no había
casus belli.

—Recuerda —dijo— que Jesús fue amor y
que el amor es la belleza. No existe otra verdad.
Guíate por ella y procura escribir un libro en el
que Jesús sea *cristiano* —entrecomilló la palabra— y, por lo tanto, ecuménico de verdad. Basta
de catolicismo.

¿Y me lo decía *ella*, que era casi de comunión
diaria y que estaba a partir un piñón con los
franciscanos de la esquina de su calle? Algo muy
similar había sostenido yo durante mi encontro-
nazo con Jaime.

Anoté la lección, que lo era de libertad, de
ecuanimidad y de magnanimidad, y pensé —a
propósito de lo que me había dicho al sesgo,
como quien no quiere la cosa, sobre la Verdad,
el Amor y la Belleza— que Platón, Schelling y
Keats hablaban por su boca, aunque era poco
probable que ella lo supiese.

Mi madre, por lo demás, parecía dar por
hecho que mi decisión estaba ya irreversiblemente tomada *sub rosa*, para bien o para mal, y que

la columna de humo que salía de mi chimenea
—*habemus papam*— era tan afirmativa, tan inquebrantable y tan blanca como a los ochenta y
tres años seguía siéndolo su espíritu.

O sea: se había resignado y estaba dispues-
ta, dentro de ciertos límites, a colaborar conmigo y a facilitarme la tarea.

Eso, por una parte.

Por otra, sin embargo, parecía reticente y no
ocultaba su escepticismo hacia un proyecto del
que, a su juicio, no podía derivarse nada bueno
para mi persona ni para el mundo. Sólo ella, de
hecho, y absolutamente nadie más, había intentado disuadirme de mis titubeantes propósitos y
convencerme de que la tentativa de escribir el
libro número doscientos mil uno sobre Jesús de
Nazaret (o de donde rayos fuese), era, sencillamente, una locura.

Pero al mismo tiempo, y por encima de cualquier otra consideración optimista o pesimista, de
todo aquel palique y floreo telefónico sólo seguía
repiqueteando con fuerza en mis oídos —y me
impresionaba, y me importaba, y también, ay, me
importunaba— el clarísimo mensaje inscrito en
el sueño que aquella mañana la había empujado
desaladamente a telefonearme y a despertarme.
Si lo que en él había visto y *sentido* —nítidamen-
te dibujado sobre la pantalla de la inconsciencia
(o, quizá, superconsciencia) onírica— no era un
fiat caído del cielo, un *nihil obstat* otorgado por
las alturas, una patente de corso extendida por
las autoridades aduaneras del más allá, un dis-
paro de salida en la línea de arranque de mi alo-
cada carrera de obstáculos hacia Jerusalén, ¿qué

diantre era? ¿Una simple *casualidad,* que no *causalidad?*

Demasiado retorcido para ser cierto. Carambolas así no existen ni en las novelas.

¿Podía desatender esa llamada?

Dejé la pregunta en el aire.

La voz de la autora de mis días, lejanísima, llegó otra vez hasta el auricular, que seguía indolentemente apoyado en mi oreja.

—Un beso, hijo —oí, a duras penas, que decía.

Y colgó.

El sábado —seguía luciendo el sol, correteando la primavera bajo la piel de los adolescentes y soplando desde el Guadarrama un airecillo serrano y zumbón que alborotaba la ropa de las mujeres y despabilaba los malos pensamientos de los hombres— cogí en volandas a mis tres hijos, los embutí quieras que no en el puñetero Mercedes de color gris metalizado (que pesaba sobre mis hombros de jipi venido a menos como debían de pesar los cilicios, las cadenas y los capirotes morados en la cintura, en los tobillos, en las cervicales y en la conciencia de los disciplinantes de las procesiones de Semana Santa) y me los llevé a comer cochinillo asado a Segovia, a pasear por los barbechos y trigales de Castilla, y a dormir en una vieja casa rural habilitada para acoger a huéspedes bucólicos, andariegos y extravagantes en un pedregoso villorrio del término de Sotosalbos. Las chicas, como de costumbre, no pusieron pegas y Bruno, que casi siempre hacía rancho aparte, accedió por una vez a integrarse en la comitiva sin demasiadas protestas ni aspavientos.

La expedición prolongó sus trabajos y sus días hasta el domingo por la noche. Fueron dos jornadas memorables y, a pesar de la sombra del Galileo (que flotaba permanentemente sobre mí con el dedo índice engarabitado, como si quisiera arrastrarme hasta no sé qué huerto, quizás el de Getsemaní), casi perfectas. Llevaba yo mucho tiempo sin sentirme tan a gusto dentro de mis zapatos, tan bien avenido con mi conciencia, tan armónicamente instalado en las bajuras del microcosmos. El clima no se encabritó pese a lo veleidoso e incierto de la fecha. El cochinillo estaba en su punto, crujiente, sabroso y rezumante de colesterol. Los caldos de la zona vitivinícola de Rueda pusieron cordialidad, color, calor y entusiasmo en las mejillas y en los corazones. El paisaje rojizo y amarillento de Castilla nos ensanchó el alma, con todas sus potencias y atributos, a los cuatro —sin excluir a Devi, que no echó de menos la televisión ni los videojuegos de marcianitos comilones ni la compañía roquera y jaranera de sus amigas— y los arreboles del lentísimo crepúsculo que se abatió, borrándola, sobre la llanura de pan llevar nos transportaron a secretas regiones del espíritu en las que no cabía la incredulidad ni la dualidad ni la maldad. Dormimos a pierna suelta no sin embaularnos antes una copiosa cena vegetariana —convenía neutralizar los excesos del almuerzo con brócolis, alcachofas, ajos, verdolaga, arroz integral, frutos secos y mucho aceite de oliva— y el domingo, de buena mañana, alquilamos después de desayunar como reyes de taifa una reata de mulas viejas y recorrimos a horcajadas de sus espinazos un desfiladero lleno de oquedades y espeluncas en cuyas paredes brotaban como si fueran líquenes y setas imágenes confusas y confusos latinajos de carácter místico y erótico. Y, para colmo y copete de tanta bienaventuranza, el regreso a Madrid en la tarde del domingo por una abominable autopista teóricamente llena de palurdos con utilitario y minicámara de vídeo y de yupis al volante de sus bólidos no resultó tan duro como pensábamos. Por todo lo cual, y por lo que perezosamente me dejo en el tintero, Bruno, Kandahar, Devi y yo volvimos a casa mucho más unidos, relajados y risueños de lo que lo estábamos en el momento de salir.

Me reconcilié —falta me hacía— con mi familia y alabé en mi fuero interno la sabiduría demostrada poco antes de morir por el cineasta John Huston cuando dijo que, si le permitieran volver a empezar, rectificaría cuatro errores —sólo cuatro— de los muchos sistemáticamente cometidos a lo largo de su barroca y asendereada existencia. A saber: bebería vino y no licores, no se gastaría el dinero antes de ganarlo, pasaría mucho más tiempo con sus hijos y...

Francamente: la cuarta enmienda a la totalidad se me ha olvidado. La vida es así, la arterioesclerosis avanza y los roedores de Alzheimer mordisquean ya los lóbulos de mi cerebro.

—Bueno, pues yo también —me dije—. Yo también voy a pasar a partir de ahora mucho más tiempo con mis hijos. Pero antes, eso sí, tengo que resolver el contencioso que me traigo con Jesús.

Y me fui a la piltra más contento que unas pascuas celebradas con torrijas, zurracapote, licor de arándanos y bizcochos de soletilla.

Pero antes pasé por mi guarida de escritor alobadado, cogí el *I Ching* y me lo llevé al dormitorio. Quería revisar su sexagesimocuarto hexagrama prestando especial atención a la lectura del texto de cada línea y al movimiento inscrito en éstas. Es ahí, concretamente, donde con más claridad se pone de manifiesto el sentido de la mutación que se avecina.

Lié un porro con la hierba exquisita —cosecha del noventa— que un par de meses antes me había enviado por valija diplomática el Barón Siciliano desde su feudo sículo y, entre bocanada y bocanada, repasé con ojillos de mangosta los versos y los comentarios que glosaban el signo. Lo hice descuidadamente, deprisa y corriendo, pues durante la sesión del jueves me había aprendido aquellas cinco páginas casi de carrerilla, pero al llegar al *seis en la quinta línea* frené en seco mientras el corazón se me disparaba. Allí, para decirlo con la sonora voz del pueblo, había tomate.

Releí y volví a leer dos o tres veces lo que en ese punto estaba escrito. Empecé, lógicamente, por el poemilla original —*Seis en el quinto puesto significa / que la perseverancia trae felicidad. No hay arrepentimiento. / La luz del noble es verdadera. / ¡Ventura!*— y terminé por el escolio que lo acompañaba y que lo explicaba en los siguientes términos: *Se ha conquistado la victoria. / La*

fuerza de la constancia no se vio defraudada.
Todo anduvo bien. Los escrúpulos se han supe-
rado. El éxito ha dado la razón a la acción. Bri-
lla nuevamente la luz de una personalidad noble
que se impone entre sus semejantes y logra que
crean en esa luz y la rodeen. Ha llegado el tiem-
po nuevo y, con él, la ventura. Y así como des-
pués de la lluvia el sol alumbra con redoblada
belleza o como el bosque, después de un incen-
dio, resurge de las ruinas carbonizadas con mul-
tiplicado frescor, así el tiempo nuevo se recorta
con acentuada luminosidad sobre la miseria del
tiempo que pasó.

Volví a sentirme intrigado, reconfortado y,
malhaya, halagado. El *I Ching* hablaba insisten-
temente de *victoria* (¿a costa, quizá, de alguien?),
de *éxito*, de *nobleza*, de *ventura*, de *triunfo de la*
luz sobre la miseria, de *tiempo nuevo* o *nueva*
era —la misma, posiblemente, en la que yo, según
mi madre, pretendo enrolar a tirios y a troyanos— y, sobre todo, porque eso era lo más significativo, hablaba entre líneas, pero con rotunda
claridad, de *la difusión del mensaje de Cristo*
entre los hombres y de su *aceptación por parte*
de estos.

¿Sería ese, de verdad, el destino que me esperaba y que esperaba a mis sueños de apostolado si me decidía a enfrentarme a la prueba del
laberinto, a apencar con el envite y el albur del
encargo de Jaime, a sacar un billete de avión para
Jerusalén y a empezar desde allí mi búsqueda de
Jesús de Galilea?

Sí, no, sí, no, sí, no, sí...

Cerré el libro de golpe y apagué la luz. La

margarita ya no tenía más hojas. La suerte parecía echada.

Recé un padrenuestro. Me santigüé. Cinco minutos más tarde me había dormido.

Y a todo esto, ajena a cuanto me sucedía y al avispero que durante su ausencia se había desencadenado en Madrid, mi chica —¿se estaría convirtiendo, como todas mis mujeres anteriores, en una señora?— seguía de viaje de placer o de lo que fuese por los lunáticos valles del territorio de Babia.

Lo primero que hice al día siguiente, nada más despertarme, fue coger un folio y escribir lo que sigue:

Un ser humano viene al mundo. Ante él se despliega un laberinto: el de la vida. Hay que recorrerlo —y que apurarlo hasta la hez— para llegar a la hora de la muerte con la cabeza levantada y con los ojos inundados por la luz del más allá.

—¿Es ésa, entonces, la **prueba del laberinto**?

—Sí. Quien alcanza el centro de éste y se instala en él, como lo hizo Teseo, se **centra**... *Vale decir: se convierte en el ónfalo de convergencia de todos los puntos de la Realidad, que es esférica y se divide en dos hemisferios contiguos: el del microcosmos y el del macrocosmos, el del Valle de Lágrimas y el del Reino de los Cielos, el del mundo denso y el del mundo sutil. Estar* **centrado** *significa estar* **equilibrado**, *ser un hombre armónico y completo. Teseo lleva en la diestra*

una espada —el **yang**— y en la zurda el cabo del hilo que le ha entregado Ariadna (o sea: el **yin**). La suma de esos dos **complementarios** le permite encontrar el camino del centro, sortear las trampas que se le tienden, superar todos los obstáculos, dominar el miedo y la fatiga, arrostrar el peligro, enfrentarse al Minotauro (o a los monstruos del subconsciente individual y del inconsciente colectivo) y darle muerte. La vida, a partir de ese momento, deja de ser un problema. La felicidad y la certeza de la inmortalidad sustituyen a la zozobra. Desaparece la angustia y el ritmo de la respiración se incorpora a la música de las esferas.

—¿Tiene todo eso algo que ver con la Tauromaquia? Lo pregunto porque hay quienes dicen que Teseo y Hércules fueron los inventores y fundadores del arte de Cúchares.

—La plaza de toros es el laberinto y el torero es el hombre que resuelve el criptograma de la existencia retando y matando al Toro en el centro de la plaza. No se olvide usted de que las grandes faenas se hacen con las zapatillas plantadas en la boca de riego del albero.

—¿Quiere añadir algo sobre este asunto?

—Sí. Me gustaría señalar que el torero es, seguramente, el último héroe vivo.

—¿Y cuál es la función del héroe?

—Servir de cordón umbilical entre el microcosmos y el macrocosmos, por una parte, y enseñarnos el **camino del centro**, por otra.

—¿Qué sucederá si los anglocabrones y otras yerbas del mismo pelaje se salen con la suya y consiguen prohibir las corridas de toros?

—*Sucederá que todos nos quedaremos* **descentrados**.

Puse el punto final, firmé, me fui hacia la fotocopiadora, multipliqué el texto por siete, abrí uno de los cajones de mi mesa de trabajo, saqué seis sobres, distribuí entre ellos —quedándome yo con el original— las copias de lo que acababa de escribir, los cerré y se los di a mi secretaria con el encargo de que setenta y dos horas más tarde los repartiera —uno para cada uno— entre Jaime, Kandahar, Herminio, Ezequiel, el Barón Siciliano y mi madre. En el reverso de cada sobre, como único remite, había cuatro palabras: *la prueba del laberinto*. A buen entendedor...

Siempre me había gustado ser misterioso o, como mínimo, parecerlo. Me consideraba obligado a ello por mi condición de escritor. *Oscuro, para que todos atiendan. / Claro como el agua, claro, / para que nadie comprenda* (29).

Desayuné con apetito, leí el periódico con una sonrisilla irónica —las mentiras y las medias verdades de la prensa siempre me producían reacciones encontradas de irritación, indignación, frustración y resignación—, puse a mi secretaria al tanto de lo que sucedía (sin entrar en detalles engorrosos) y le di las instrucciones pertinentes, saqué de la biblioteca el segundo volumen de la monumental *Historia de las creencias y de las ideas religiosas*, del maestro Mircea Eliade, y me senté en el orejudo y despellejado butacón de cuero del cuarto de estar con el libro ante los

(29)   Antonio Machado. *(N. del e.)*

204

ojos y a mi lado, en una mesita de bambú comprada en Shanghai, un servicio completo de té hervido en leche con aroma de clavo y cardamomo.

Puse también el teléfono al alcance del oído y de la mano. Estaba seguro de que no tardaría en sonar. Era lunes —lunes de autos— y Jaime brillaba, como todos los perros de presa y de empresa, por su precisión, por su corrección y por su puntualidad.

No me equivocaba. El telefonazo fatídico se produjo a eso de las once. Descolgué y escuché, tal como me esperaba, la voz razonable, competente y obsequiosa de la secretaria del buitre. Éste no tardó ni diez segundos en ponerse al aparato.

—Buenos días —dijo.

—No son malos —contesté.

—Habías prometido...

—Sí —le corté—, había prometido que hoy te llamaría para comunicarte mi decisión.

—Y no lo has hecho.

—No, efectivamente no lo he hecho. Tómalo como una deferencia. Prefería que fueses tú quien diera el paso.

—¿Y eso por qué? —preguntó con recelo—. ¿Vas a decirme que no aceptas el encargo de escribir el libro?

—Tranquilízate. Durante los últimos siete días me han pasado muchas cosas y el viento sopla ahora en otra dirección. Me siento como una frágil barquichuela danzando en la pupila del ojo de un huracán.

—¡Alirón! Eso significa, si no me equivoco de

medio a medio, que tu sangre guerrera sale al fin por sus fueros y que te vas al frente cantando *Lili Marlen.* ¿Acierto?

—Conmigo no te equivocas nunca, Jaime. Eres mi comadrona literaria. Doy a luz mis libros, que casi siempre son sietemesinos por culpa de tus prisas, gracias a ti. Me has liado una vez más. ¡Qué le vamos a hacer!

—¡Lo sabía! ¡Sabía que no podías fallarme! Y me alegro, Dionisio, me alegro de verdad y no sólo por mí. También por ti. Y por el editor, claro. Y por los lectores. Todos contentos.

—Quiero que quede claro para ti y para el editor que no me estoy comprometiendo a escribir el librito de marras, sino simplemente a intentarlo.

—Observación de Perogrullo, Dionisio. Si no te sale, qué se le va a hacer. La literatura es así.

—No se trata de eso, Jaime. Me he explicado mal. Quiero decir que con fecha de hoy me pongo en movimiento hacia lejanas tierras de la geografía y del espíritu, y que hasta mi regreso no decidiré, en función de lo que allí haya encontrado y de lo que en ese momento me ronde por la cabeza, si arrimo el hombro o si me salgo por la tangente.

—¿Y cuándo será eso?

—¿Me preguntas que cuando volveré? Lo ignoro, Jaime. No tengo ni la más mínima idea. Ya conoces mi forma de viajar. Soy un *traveller*, no un *tourist* (30). Sé dónde y cuándo empiezan mis viajes, pero no cuándo y dónde terminan.

(30)   Vid. F. Sánchez Dragó, *El camino del corazón*, pp. 133 a 136. *(N. del e.)*

—Me entran ganas de darte una bofetada. Por chulo, Dionisio, y por niño bonito. No podemos esperarte toda la vida. Una editorial, además de milagro, es industria.

—Me consta, Jaime, me consta —dije sarcásticamente—. Y tómate una taza de tila antes de meter la cuarta. Sabes que soy una persona relativamente razonable. Acaba de empezar la primavera de mil novecientos noventa y uno. Antes del veinticuatro de diciembre de este año tendrás mi respuesta definitiva. Fecha límite, Jaime. Si entonces considero que el libro es factible y que yo soy la persona indicada para apechugar con el muerto, adelante con los faroles. Y ni que decir tiene que, en ese caso, como de costumbre, me enclaustraré, me ataré a la pata de la mesa, tiraré el hachís por el retrete y tomaré bromuro con cafeína para trabajar a matacaballo de forma que podáis sacar el libro en octubre, de cara a la *rentrée* y a las navidades. Ya sabes que siempre tardo más en los preparativos que en la ejecución. ¿Hace o no hace?

—Hace, Dionisio, hace... Tienes la sartén por el mango y te aprovechas. ¿Algo más?

—Por mi parte, no. ¿Y por la tuya?

—Una cosita aún... ¿Por qué te vas de viaje? ¿Qué andas buscando? ¿No sería mejor que le quitases la capucha a la máquina de escribir y te dejases de gaitas? Si de verdad, como me dijiste el otro día, llevas veinte años largos dándole vueltas a este libro y leyendo todo lo que se ha escrito y se escribe sobre Jesús, ¿qué necesidad tienes de más datos?

—No son datos lo que busco, Jaime, aunque

tampoco me vendrían mal, sino vivencias y evidencias. Lo que va de lo pintado a lo vivo. Creo que también te dije el otro día que la erudición no es un buen camino para acercarse a Jesús. De modo que voy a seguir el ejemplo de santo Tomás y...

—¿Renuncias a ser san Pedro?

—Vete al carajo. Te decía que tengo la intención de seguir el ejemplo de santo Tomás y de meter directamente los dados en todas las llagas posibles.

—¿Y eso qué significa?

—Significa que me voy a Jerusalén con pan, con vino y con devoción. Y cuanto antes. Hoy mejor que mañana.

—Otra diablura. No se te puede dejar solo un momento.

—Eso me han dicho siempre las mujeres.

—No seas chuleta. ¿Y hacia dónde vas a encaminar tus pasos después de Jerusalén? Supongo que no pretenderás tirarte allí un año. Dicen que es una ciudad insoportable.

—Así haré penitencia. No me vendrá mal.

—Contéstame.

—¿Después de Jerusalén? *¿E chi lo sa*, Jaime? La aventura es la aventura. Ya veremos. Como comprenderás, tengo que comenzar mis investigaciones por el lugar del crimen. Es lo que siempre hace la policía.

—Has visto muchas películas.

—Pues sí. Como todos los chicos de mi generación. Y algunas, incluso, las he protagonizado en la vida real.

—Veo que sigues firme en tu decisión de parecer un chuleta. ¿Puedo darte un consejo de editor y de amigo?

—Y también dos.

—Sugerencia aceptada. Ahí va el primero: no escribas un ensayo ni una biografía más o menos académica ni un libro de historia mejor o peor documentado. Todo eso está muy visto y no conduce a ninguna parte. Escribe una novela.

—Consejo recibido y calurosamente acogido, pero inútil, Jaime. Ya estaba en ello. Si alguna vocación tengo, es la de contar historias. Todos mis libros son novelas. Novelas disfrazadas o novelas en pelota, pero novelas. No sirvo para otra cosa. Me chifla decir *érase una vez*.

—Segundo consejo... Y estoy seguro de que lo seguirás, porque no soy yo, sino uno de tus poetas favoritos quien te lo da.

—Su nombre, por favor.

—Ya salió a relucir el otro día: Omar Kheyyam.

—Omar Kheyyam no era un poeta, Jaime. Era un maestro, un gurú, un *bodhitsava*, un iniciado sufí. Pero dejémoslo correr. ¿Qué decía?

—Escucha... *Más allá de la tierra, más allá del infinito, / envié mi alma en busca del cielo y del infierno. / Ahora ha vuelto para decirme: infierno y cielo están en mí.*

—Tomo nota, Jaime. Ya lo sabía, pero lo tendré en cuenta. Seguro que voy a necesitar ese consejo.

—¿Me permites que añada a lo dicho otra respetuosa sugerencia?

—Aunque no te lo permita, me la harás.

—No vuelvas a escribir *El camino del cora-*

209

zón. El éxito puede ser una trampa y nunca segundas partes fueron buenas.

—Con excepción del *Quijote*. Pero descuida. Habíamos quedado en que esta vez escribiré *El camino de Damasco*.

—Me parece perfecto. ¿Todo en regla, Dionisio?

—Todo en regla.

—Buen viaje. Escríbeme, aunque sólo sea una postal de pascuas a ramos.

—Será difícil, tiburón. Bastante tengo con el libro. Cuídate.

—Adiós, Pedro —dijo.

—Adiós, Judas —dije.

Y colgué.

El jueves veintiocho de marzo, día de santa Esperanza, llegué al caótico aeropuerto de Barajas con una mochila al hombro en la que previamente había metido —además de lo estrictamente necesario, que no era mucho, para hacer mis abluciones matinales y nocturnas, para no interrumpir mi régimen dietético de santón de la *nueva era* obligado a predicar con el ejemplo y para cubrir sucintamente mis carnes y mis vergüenzas— un libro que recogía, en la medida de lo posible, todos los evangelios habidos y por haber: los canónicos, los apócrifos propiamente dichos, los papiráceos, los dualistas y los gnósticos. No pensaba leer nada más a lo largo de mi viaje, cualesquiera que fuese la duración de éste y excepción hecha de los documentos relativos a Jesús que el azar, el destino, la buena o mala suerte y mi olfa-

210

to pudieran poner ante mis ojos. Nada, he dicho, ni —a ser posible— la prensa. Quería concentrarme en lo esencial, quería coger el toro por los cuernos, quería volcarme a volapié sobre los morrillos del Minotauro. Que el mundo, el demonio y la carne, por unos meses, dejaran de existir. Jesús de Galilea y yo, Dionisio Ramírez, solos, de tú a tú, cara a cara, codo a codo, frente a frente. Sin intermediarios, sin curas, sin teólogos. Sin madres, hijos ni esposas. Sin ideas previas ni propósitos preconcebidos. A pelo. Con la verdad y nada más que la verdad por delante, pues sólo ella —lo decía el discípulo amado y yo lo había aprendido, gracias a Dios y a la inscripción que adornaba el pórtico del colegio del Paular (31), durante mis años infantiles— nos haría libres.

Libres y, valga la redundancia, verdaderos.

Para subir al avión tuve que someterme a un registro tan minucioso, tan estúpido, tan humillante y tan *intestino*, por así decir, que tentado estuve de armar la marimorena, de gritar a pleno pulmón que le tocaran los huevos al hijoputa de su padre y de presentar una airada protesta ante la Comisión de Derechos Humanos de las Naciones Unidas. Pero cuando ya estaba en el disparadero lo pensé mejor, me callé, tragué, sonreí e, indudablemente, acerté.

Acerté, entre otros motivos, porque llevaba sesenta y tres gramos de hachís *cero cero* de las montañas del Rif embutidos en un condón de triple refuerzo en la punta y metidos a fuerza de

(31) Vid. F. Sánchez Dragó, *Las fuentes del Nilo*, p. 280. (*N. del e.*)

perseverancia, aguantoformio y mucha vaselina en el agujero del culo.

Todo, por fin, se arregló. Los sabuesos de los servicios de seguridad israelíes, que parecían nazis, llegaron a regañadientes a la para ellos triste conclusión de que yo no formaba parte de ningún comando palestino y me permitieron subir al *Boeing 737* que en cosa de cinco horas, si todo iba bien y no nos secuestraban, me depositaría sano y salvo —aunque con el trasero ligeramente desportillado y francamente dolorido— en las ramplonas y modernísimas instalaciones del aeropuerto de Tel Aviv.

Ya dentro del avión, y moviéndome por sus pasillos con los muslos bien prietos y sin levantar los zapatos del suelo para que no se saliera el hachís, le guiñé el ojo a una azafata que parecía haberme reconocido y conseguí que me adjudicara —desentendiéndose olímpicamente de lo que decía mi tarjeta de embarque— un asiento de ventanilla en la última fila de butacas. Siempre procuraba hacerlo así. Alguien, muchos años atrás, me había explicado sigilosamente —como si los dos fuéramos masones, templarios o cartujos— que en caso de choque, de despiste del piloto o de avería los pasajeros instalados en la cola del avión tenían muchas más posibilidades de salvar el pellejo que sus compañeros de vuelo y de catástrofe. Probablemente era falso, pero en la duda...

Me acomodé en el angosto asiento con un vivo gesto de dolor procedente de las posaderas, abrí al azar el libro de los evangelios —me salió el capítulo decimosexto de Mateo, que se titulaba

(¡vaya por Dios!) *La piedra fundamental de la Iglesia* — y miré de reojo y con algo de angustia la torre de control del aeropuerto mientras los motores del *boeing* rugían y el asfalto empezaba a deslizarse bajo sus ruedas.

Eran las doce y veinticinco de la mañana, hacía sol, soplaba con fuerza el viento y yo me sentía como si fuese Stanley cuando en mil ochocientos setenta y uno salió de París para buscar en Tanganika al doctor Livingstone y, sobre todo, para encontrarse con su destino.

II.   Eucaristía

*(Palestina, Egipto y la India,
primavera y verano de 1991)*

CUADERNO DE APUNTES

Hoy, antes del alba, subí a la colina, miré los cielos apretados de luminarias y le dije a mi espíritu: cuando conozcamos todos esos mundos y el placer y la sabiduría de todas las cosas que contienen, ¿estaremos tranquilos y satisfechos? Y mi espíritu dijo: no, ganaremos esas alturas sólo para seguir adelante.

WALT WHITMAN

Los espartanos no preguntaban cuántos eran los enemigos, sino dónde estaban.

ANÓNIMO

Yo soy un moro judío que vive entre los cristianos y no sé cuál es mi Dios ni quiénes son mis hermanos.

CHICHO SÁNCHEZ FERLOSIO

Jerusalén
Viernes 29 de marzo de 1991

¿ME DISPONGO A ESCRIBIR UNA NOVELA y es ésta su primera línea? No lo sé aún. El tiempo lo dirá

217

y las Alturas —los administradores e intendentes del *karma*— lo decidirán después de echar un vistazo a la balanza del *debe* y el *haber* relativos a las malas y buenas acciones realizadas por mí a lo largo de esta reencarnación y de todas mis vidas anteriores. Pero sí sé que, en cualquier caso, no voy a escribir de momento —eso ya se andará, si es que se anda— un libro sobre Jesús de Galilea, sino sobre un novelista en crisis absoluta con el mundo que quiere y no quiere escribir un libro sobre Jesús de Galilea.

Quiere, no quiere, puede, no puede, debe, no debe, sabe, no sabe...

Nací bajo el signo de Libra. Soy, por ello, como el asno de Buridán: un indeciso crónico que se moriría de hambre si tuviese que elegir entre dos parvas de heno del mismo tamaño o entre dos besugos de idéntico trapío. Aprendí a nadar sólo porque el gracioso (o hijoputa) de turno me tiró de un empujón a una piscina cuando yo era niño. Sin aquel estimulante aguijonazo, que me obligó a tragar dos litros de agua con cloro y pis de los bañistas, sería hoy un marinerito en tierra, un aventurero de secano.

Son las once de la mañana, hace sol y estoy sentado en la terraza del hotel *King David* —que parece una fortaleza del tiempo de las cruzadas, y en cierto modo lo es— frente a un triste servicio completo de té anglocabrón *sin* aroma de clavo y cardamomo. El suelo, recién baldeado, está húmedo. Los camareros trajinan entre las mesas. Desde mi sillón de mimbre veo las murallas de la ciudad vieja y, al parecer, santa. Aún no he entrado en ella. Ayer por la tarde recalé en este hotel de ricachones y de empleados de compañías aéreas —me trajo, de hecho, la azafata del *boeing*... Infinita fue mi torpeza al guiñarle el ojo— y aquí seguiré hasta pasado mañana. Ya he conseguido alojamiento, gracias a los buenos oficios de mi madre, en la *Casa Nova* (y albergue de peregrinos) de la orden franciscana, que está en el barrio cristiano de la ciudad vieja, a muy corta distancia de la Puerta de Jaffa. Pero hasta el mediodía del domingo, con indescriptible falta de entusiasmo, tengo que quedarme aquí. La azafata, que para mayor recochineo de los dioses se llama Verónica, así me lo ha pedido. ¡Qué cruz! Y, encima, en Jerusalén. Jaime dirá que soy un chulo por insistir en ello, pero —efectivamente— mis novias tienen razón: no se me puede dejar solo un momento. Bien empezamos. ¿Voy a pasar el resto de mi vida (y de este viaje) saliendo, como siempre, de Málaga para entrar en Malagón? Dios no lo permita. Si el sexo me aburre, me desvía y me desgasta, ¿por qué una y otra vez embisto como un chicuelo a todos los trapos que me ponen delante? Es casi, por ridículo que parezca, como un gesto mecánico de buena crianza: los modales que de niño me enseñaron en el colegio del Paular me obligan a aceptar las provocaciones, los desafíos y las guerras sexuales. No se desaira a las señoras. Y si están tan ricas como la azafata del *boeing*, menos. Tetas voluminosas, tobillos y muñecas estrechos, cintura juncal, culo poderoso y ni un soplo de aire entre los muslos: ¿cabe pedir más? Sí, cabe, pero rara vez van juntas la belleza, la sensibilidad y la inteligencia. La perfección

219

no es de este mundo. Y, por otra parte, tampoco es necesario ni conveniente convertir la cama en una sucursal de la escuela de Atenas bajo Pericles.

¿He dicho que el sexo me aburre? Pues rectifico a escape: ¡ojalá fuera así! Me ahorraría muchos quebraderos de cabeza, ganaría tiempo y escribiría mis obras completas.

No, lo que me aburre no es el sexo, sino sus inmediaciones, sus prolegómenos, sus postrimerías. El *antes* y el *después*, el galanteo, el pavoneo, las miradas y las palabritas tiernas, el peligro de que la cosa vaya a más y de que el *otro* —la *otra*, en este caso— se crea con derecho a instalarse en tu casa, en tu cuenta corriente y en tu vida. ¡Uf! ¿Por qué no sabemos hacer el amor con la limpieza, la dureza, la rapidez y el desapego (en el sentido que la *sabiduría perenne* del budismo, del taoísmo y del hinduismo confiere a esta palabra) con que lo hacen los animales? ¿Estará, acaso, el infierno en lo que Darwin llamó *evolución de las especies* y será el cielo un retorno a la condición primordial del ser humano? ¿Cómo copularían, si es que copulaban, Adán y Eva? Secreto divino. Y no soy yo, ciertamente, la persona llamada a desvelarlo.

Una duda: ¿me estaré convirtiendo o me habré convertido ya en un cínico de la entrepierna? No me gustaría.

Y otra: ¿podré encontrar a Jesús de Galilea si mientras lo busco no estoy en gracia de Dios?

A esta pregunta sólo cabe responder negativamente, de modo que más me vale ir pensando en ponerme y apretarme el cinturón de castidad.

Y retiro lo que he dicho de Verónica. No es tan guapa ni tan zote como he dicho. *Mea culpa.*

Y ahora, señor Ramírez, al grano.

Acabo de estrenar el cuaderno de tapas de arpillera que me he traído de Madrid. Será el receptáculo de todos los apuntes que tome al hilo de este viaje sin brújula en pos de Jesús de Galilea. Pero ojo: he dicho *apuntes* y no *diario* ni *memorias* ni nada que se le parezca. La puntualización tiene su importancia. Mis pretensiones son humildes: concisión, estilo telegráfico, economía de temas, desnudez de lo esencial, raspa de la sardina y, en todo momento, derechito al grano. No me extenderé. No me desparramaré. No haré literatura. Esta, si acaso, vendrá luego, cuando regrese —exultante o con el rabo entre las piernas... Eso no lo sé— a los campamentos de invierno y me ponga a escribir el libro que Jaime me ha pedido y que mi sistema inmunológico, hasta ahora, no rechaza. Pero insisto: tengo que contenerme, tengo que huir —por muchos motivos que no sería prudente mencionar en estas páginas— de las tentaciones retóricas. Ni una sola metáfora, ningún adorno, ninguna figura de dicción. Lo que aquí escriba, si soy capaz de refrenarme y de meter en cintura mi tendencia a la locuacidad y a los excesos barrocos, me servirá de memorándum, de carnet de baile, de *caja negra*, de hoja de ruta.

Y, además, intentaré ser críptico. Utilizaré sólo medias palabras, cabos sueltos, pistas misteriosas que resulten ininteligibles para quienes de reojo, y sin mi consentimiento, echen un vistazo a estas páginas. Podría —Dios no lo quiera— extraviar el cuaderno, podrían robármelo, podrían...

A Hemingway le birlaron el manuscrito de su primera novela en un tren. Infinitas son las rendijas por las que se cuela el Maligno.

Una de la tarde. Verónica debe estar al caer. Comeremos aquí, porque —según dice ella, y me resisto a creer que sea un truco de lagarta— la parálisis forzosa del sábado judío empieza el viernes a la hora del almuerzo. No fueron, no, los ingleses quienes inventaron la macana del *weekend*. En todas partes cuecen tonterías.

Acerté: ahí viene la azafata meneando el trasero y con un escote de escándalo. ¡Qué santa Teresita del Niño Jesús me proteja!

Shalom.

Lunes 2 de abril

¡Por fin solo! Verónica y el *boeing* ya están de regreso en Madrid. Se fueron ayer por la tarde. Lo malo es que ella —no el *boeing*— vuelve el próximo jueves; y lo hace, según me ha dicho, con la deplorable intención de que siga la juerga. Supongo que los franciscanos se echarán al quite y no le permitirán que se instale en mi habitación. Yo, desde luego, no pienso trasladarme otra vez a la pijotería del *King David*. Aquí estoy tan ricamente: silencio, frugalidad, bóvedas de piedra de sillería, pasillos interminables, un buen cuarto de baño, una sólida mesa —sobre cuya superficie garrapateo estas líneas— y unos precios de la época de las cruzadas. Y todo eso, para colmo, en la yema de la ciudad santa. Sería un perfecto idiota si renunciara a semejante momio en nombre del fugaz y repetitivo placer de la carne compartida. ¡Vade retro!

En cuanto a Jerusalén... Dejémosla estar, de momento. No me gusta escribir sobre lo inmediato. Eso es lo que hacen los periodistas. Allá ellos.

Son las seis y media de la mañana. Madrugar es algo que siempre me ha puesto de buen humor. Una ducha, y a la calle. La ciudad me espera.

Martes 3 de abril

¿Primera impresión? Pienso en aquel cura de Boccaccio que intentaba disuadir a su sobrino, también —si no recuerdo mal— sacerdote, de que peregrinase a Roma con el argumento de que, si lo hacía, perdería la fe.

Yo no voy a llegar tan lejos. No diré que los cristianos corren el riesgo de convertirse en unos perros descreídos si visitan Jerusalén. Jesús es un valor estable no sujeto a fluctuaciones y sobrevive siempre a cualquier tentativa de aniquilación u oscurecimiento de su persona. Lo sé, entre otras cosas, porque lo he intentado...

—¿Tú, Dionisio?

—Sí, yo. Lo intenté cuando tuve el sarampión comunista, allá por mis años mozos, y también más tarde, en 1969, cuando Brahma, Shiva y Vishnú me derribaron del caballo de Occidente en las escalinatas del Ganges a su paso por Benarés (1), pero todos mis esfuerzos en ese sentido —ya fueran de carácter agnóstico, ya fideísta— se revelaron inútiles. Jesús siguió donde estaba.

Había empezado a decir —¿y mis propósitos de laconismo?— que a los visitantes cristianos de Jerusalén les resultará difícil conservar la devoción después de presenciar lo que aquí sucede. Mal asunto no para Cristo, sino para las tres Iglesias. Sobre todo para la católica. Y conste que lo siento.

Jueves 5 de abril

Decía Quevedo: *buscas en Roma a Roma, ¡oh, peregrino!, / y en Roma misma a Roma no la hallas...*

Llevo aquí cuatro días y sé ya perentoriamente, sin la más mínima posibilidad de acogerme al dulce y frágil beneficio de la duda, que esta fantástica, poderosa e irrepetible *ciudad de oro* es una colosal engañifa, una máscara, un tinglado de mercaderes para sacar dinero a los incautos, un montaje turístico de cartón piedra y quizá, inclusive, una contrahechura o caricatura de la fe firmada por Satanás.

Anotación al margen: no hay mal que por bien no venga. Gracias al genocida Bush y a su títere de cachiporra Sadam Hussein, respaldados el uno y el otro por el instinto de cobardía de casi todos

(1)   Vid. F. Sánchez Dragó, *El camino del corazón*, pp. 79 a 82. *(N. del e.)*

224

mis semejantes, no se ve un alma extranjera por estos pagos de Dios. Ni peregrinos ni *travellers* ni *tourists*. Estoy más solo que la una. La ciudad entera es para mí. Alabado sea el Señor.

Viernes 6 de abril

Pues sí: soy un perfecto idiota y, además, un corderito. ¡Beeee, beeee! Ayer me llamó por teléfono la azafata y hoy he amanecido (casi a la hora del almuerzo) en su habitación del *King David*. Suma y sigue: otra vez la misma trampa... Acaba de empezar el sábado judío, los restaurantes están cerrados, tomemos algo aquí mismo, cuánto te he echado de menos, mua mua y bla bla bla.

Jesús debería de retirarme su confianza, si es que la tengo. Y mi chica, no digamos.

Sábado 7 de abril

La azafata se ha ido de excursión a no sé dónde y yo, para purgar mis culpas, me he venido a mi refugio de la *Casa Nova* —al que no había renunciado— con la intención de pasar en él todo el día hojeando papeles, ordenando impresiones y haciendo un poco —sólo un poco— de literatura. Sin que sirva de precedente. El cuerpo me la pide y los sábados, en esta ciudad (y supongo que en todo el país), no se puede ir a ninguna parte.

De modo que afilo la pluma después de tomarme un plato de *hummus* (pasta de garbanzos aliñada con zumo de limón y aceite de oliva. Es grandioso) en el chiringuito del chaflán, que milagrosamente estaba abierto, y...

Hace un par de días asesté una puñalada trapera en el hoyo de las agujas de esta ciudad de lidia a la que los creyentes consideran unánime tabernáculo e indiscutible epicentro de las tres grandes religiones monoteístas.

Hoy, cuarenta y ocho horas después, sigo pensando lo mismo, pero me gustaría matizar las cosas y aclarar que el objeto de mi furia no es ni por asomo la Jerusalén histórica y humana, sino la *civitas* mitológica y presuntamente divina.

En cuanto a la primera, ¡qué prodigio! *Ciudad de oro*, sí, ciudad de mármoles y alabastros, de roca virgen y de piedra de sillería, de metales preciosos y hierro forjado, de ágata y lapislázuli, de incrustaciones y taraceas, de cúpulas, de espadañas, de torreones, de almuédanos, de púrpura de sultanes y de sandalias de franciscanos, de rastrillos y mazmorras, de callejones angostos (y angustiosos) y de repentinas explanadas luminosas, de cruces, de lunas en cuarto menguante y de estrellas de seis puntas.

Sentarse a contemplarla desde las laderas del Monte de los Olivos cuando el sol asoma por levante o desaparece por poniente equivale a convertirse en observador privilegiado de uno de los mayores espectáculos del mundo.

Perderse en ella es jugar a Excalibur entrando en su vaina de granito, perseguir inútilmente al Minotauro por entre los chiqueros y estaciones de su vía crucis, ver y no ver los destellos del Grial en los regates de las esquinas y en el duermevela de la penumbra de los templos.

¡Oh, Jerusalén! Te he vivido y te he bebido como si fueras un sacramento, una yerba sagrada, un cáliz de *soma*, un afrodisíaco, una epifanía, un alucinógeno.

Mandan los cánones que se considere *peregrino* al hombre que va a Compostela, *romero* —perogrullescamente— a quien rinde viaje en Roma y *palmero* (ay, domingos de ramos de mi niñez perdida) al trotamundos que sólo admite un puerto de arribada, un oasis y una meta: tú, Ciudad de Oro, de mármoles y alabastros, de roca virgen y de piedras de sillería, de ágata y de lapislázuli, de...

Y yo, que viví en Roma y que luego encontré en Santiago de Compostela el *aleph* y la clave de mi religiosidad, soy ahora *palmero*.

Porque tú, oh Jerusalén, me has convencido y, por lo tanto, me has vencido, pero quede constancia de que lo has hecho con las armas y las razones de la Belleza y de la Grandeza, no de la Fe ni de la Esperanza ni de la Caridad.

Eres hija del abominable mundo moderno y en el fondo de ti nada queda —quizá nunca lo hubo— de lo que cimentó tu renombre, tu aureola y tu prestigio.

Dime, Jerusalén, de qué presumes y te diré lo que no tienes.

Pero son las seis de la tarde y quiero ver una vez más tus arreboles desde las laderas del Monte de los Olivos.

Seguiré mañana.

227

Domingo 8 de abril

Jerusalén o las antípodas del mestizaje: una ciudad dividida en cuatro barrios o sectores —el de Alá, el de Iahvé, el del Cristo romano y el del Cristo ortodoxo— que se dan la espalda, que se ignoran y que, a menudo, se desprecian, se insultan y se aborrecen.

Lo confieso: esta ciudad armada hasta el entrecejo me confunde y me escandaliza. Soldaditos de Israel que patrullan por las calles con el fusil en ristre, *gudaris* de Palestina que cachean a los peregrinos en la puerta de acceso al fantástico recinto de la Mezquita de la Roca, matones de las tres razas que se sientan en los cafetines del zoco y de la ciudadela con pistola al cinto, detectores de metal en todos los vomitorios del Muro de las Lamentaciones, chalecos blindados y *motorolas* o *walkie-talkies* por doquier.

La violencia es aquí moneda cotidiana ya casi sin valor. Los dioses llevan estrellas de generales. Nadie está seguro. Todos contra todos y sálvese quien pueda. Las criaturas apedrean los coches, los terroristas lanzan bombas a los autobuses que circulan por Jericó, cualquier loco de la vida puede apuñalar a una australiana entre los sagrados y milenarios olivos del huerto de Getsemaní (sucedió, me cuentan, hace unos meses) o pinchar por la espalda a un italiano con un cuchillo de carnicero (sucedió hace tres días junto a los torreones de la Puerta de Damasco. Yo vi y olí la sangre unos minutos después).

Y además de la violencia, por si ésta no bastase, la huelga general y permanente que desde hace casi cuatro años convocó la *intifada* y que todos los días, a partir de las doce de la mañana, convierte la ciudad en un cementerio, en un teatro de sombras, en un planeta sin habitantes. Pocos son los tenderos que se toman la molestia de levantar los cierres y fierros de sus locales. Comer, lo que se dice comer, es —por ejemplo— casi imposible, aunque gracias a Alá cabe sobrevivir picoteando albóndigas de *felafel* (otra especialidad moruna elaborada con pasta de garbanzos) y platitos de *hummus* en las freidurías y tenderetes del barrio árabe.

Por lo demás, y lo subrayo en rojo, *todas* las reliquias son falsas y los celebérrimos Santos Lugares —de ubicación, por lo general, más que dudosa— duermen su sueño de siglos bajo una espesa e infranqueable costra de edificios, cuchitriles, pavimentos y adoratorios levantados por los unos y por los otros con posterioridad al batiburrillo de las cruzadas. La devoción deriva a superstición. La piedad no se tiene en pie. La ética sufre. La estética se resquebraja. Y en cuanto a la fe... Ya lo dije: la fe se mantiene incólume, sí, pero sólo porque Dios es grande.

¡Qué locura y cuán monstruosa abyección!

No hay otro comentario posible.

Homo homini lupus. Entorno la mirada y recuerdo con desánimo y zozobra aquel terrible verso de Neruda: *Sucede que me canso de ser hombre...*

Martes 10 de abril

Esta ciudad, dígase lo que se diga, es musulmana, y quien asegure lo contrario, miente.

Musulmana en el corazón, musulmana en la vida menuda de las calles, musulmana en sus trajines cotidianos, en los ruidos, en los olores (aceitunas, especias, humo de carbón de parrilla), en los colores, en los sabores (¿qué se comería en Israel si no fuese por los moros?), en la abundancia de gatos, en la arquitectura laberíntica, en la simpatía y la extraversión de la gente, en la vitalidad de los zocos, en las calmosas tertulias organizadas alrededor de los narguiles, en los ojos y el recato de las mujeres, en la dignidad de los varones, en la inteligencia de los arrapiezos, en el ritmo del ocio y del trabajo, en las *cufiyas*, en los dulces de miel y en los frutos secos, en los *jipíos* de los almuecines, en la tolerancia, en...

Bucra, shway shway, insh'allah. O lo que tanto monta: *mañana, despacito, si Dios quiere*.

Ésa es también mi filosofía.

O, por lo menos, debería serlo.

Y que nadie se ofenda. No lo digo en nombre de la religión. Ni de la política. Ni de la guerra. Ni del racismo.

Lo digo en nombre de la vida y en el de mi voluntad soberana.

Miércoles 11 de abril

¿Y por qué deberían de ofenderse los cristianos por lo que escribí ayer? El Islam, al fin y al cabo, es sólo la respuesta al trinitarismo dada por quienes no podían ni querían renunciar a la concepción unitaria de Dios.

Actitud lógica, por otra parte. ¿A santo de qué iban a ser trinitarios los árabes? Para quienes nacen, viven y mueren en el desierto —donde el mundo es horizonte y no hay formas en las que apoyar la vista para que la luz del entendimiento transforme la abstracción en concreción— el monoteísmo es una exigencia del cuerpo y del alma a la que no cabe renunciar.

Hablo del monoteísmo a rajatabla, sin fisuras, sin concesiones, sin coartadas filosóficas, sin regates dialécticos.

Y en el mismo caso, y por la misma motivación de *habitat* desértico y economía espiritual, se encuentran los judíos.

Ni los unos ni los otros pueden admitir las argucias, las piruetas, los sofismas y los laberintos mentales manejados por la Iglesia para justificar un concepto que desde la perspectiva del ya mencionado determinismo étnico y geográfico carece de justificación posible.

Estoy convencido de que sin ese *casus belli* a Mahoma nunca se le hubiera ocurrido ponerse a predicar una nueva religión.

La Iglesia, inicialmente, creyó que el Islam era

una herejía más del cristianismo análoga a la desencadenada por Arrio.

Me pregunto si los católicos, los protestantes y los sarracenos de hoy saben esto. Pero quiá: no lo saben. Ni a los obispos ni a los ulemas les interesa explicárselo. A lo mejor dejaban de darse mamporros y se unían todos en un solo haz de fe común.

El trinitarismo viene de Oriente o, si acaso, de la Tradición primordial, aunque no esté yo muy seguro de lo último.

Anoche —*casualidades, causalidades*— encontré el primer libro publicado por mi hermanito de horóscopo Sánchez Dragó en la biblioteca de la *Casa Nova* (los franciscanos son imprevisibles) y me puse a hojearlo. Transcribo a continuación el sorprendente párrafo con el que me topé en una de sus páginas.

Dice así: *¿Algún cristiano conoce hoy la interpo lación practicada en el capítulo quinto de la Primera Epístola de san Juan? Su séptimo versículo* —«*tres son los que dan testimonio (de Cristo) en el cielo: el Padre, el Verbo y el Espíritu Santo»*— *constituye la única referencia bíblica a lo que por error y apresuramiento se convirtió en principio irrenunciable de la ortodoxia católica: el dogma de la Trinidad. En 1806* —*aunque Servet ya lo había dicho y murió por ello*— *pudo comprobarse que la frase no figuraba en ninguno de los manuscritos griegos anteriores al siglo* XV. *Se trataba de una addenda occidental, fechada en el siglo* IV *y acaso imputable al español Prisciliano, que el Papado se negó a aceptar como tal aduciendo la tautológica coartada de que jamás* el Espíritu Santo, guía y senescal de la Iglesia, hubiese tolerado la perdurabilidad de un falso concepto en la edición oficial de las Sagradas Escrituras. El 13 de enero de 1897, el Índice —con la venia de León XIII, papa que se las daba de intelectual— prohibió poner en duda la autenticidad del versículo. Lo gracioso es que la idea de un dios ternario arrancaba de Hermes Trismegisto y había pasado a todas las religiones iniciáticas, paganas y orientales. Cristo, ciertamente, se había hecho eco de la misma, aunque no de cara a la parroquia plebeya. Y esto, la existencia de un nazareno oculto y reservado para pocos, era postulación gnóstica que los vaticanistas ignoraban o fingían ignorar. Así quedó encastillada la cosmogonía trinitaria entre quienes se habrían mesado los cabellos de conocer su linaje. No es la primera vez que, para evitar la herejía, Roma lleva a Roma la herejía (2).

Jueves 12 de abril

Éramos pocos y parió la bisabuela: he ligado con una mora. Me gusta a rabiar. Tiene los ojos como granos de café, lleva el potorro depilado, usa lencería occidental de encaje fino y vertiginosas transparencias debajo del caftán (o como se llame el ropón que lleva puesto), es atea, se las da de marxista, habla español —estudió románicas en la Uni-

---

(2) F. Sánchez Dragó, *Gárgoris y Habidis. Una historia mágica de España*, Ed. Planeta, Barcelona, 1985, 2.º tomo, p. 158. (*N. del e.*)

versidad de Zaragoza con una beca de no sé qué Caja de Ahorros)— y su trabajo consiste en guiar y pasear a los turistas y peregrinos de mi país, y de Iberoamérica, por los vericuetos de la Ciudad Santa.

La he invitado a comer un cuscús —en castellano deberíamos decir alcuzcuz, que además suena mejor— y después...

Cosas que pasan.

Freud diría que ha sido una treta de mi subconsciente para evitar el acoso de la azafata. Su *boeing* —¡qué pesadilla!— habrá aterrizado esta tarde en Tel Aviv. Mañana me dirán los benditos padres franciscanos si ha vuelto al ataque por teléfono o incluso, que a tanto llega su hambruna erótica y su desfachatez, presentándose en la *Casa Nova*.

Pero yo, naturalmente, he tomado precauciones: no voy a dormir allí. Mi novia mora, como todos los de su raza, conoce y practica a la perfección el arte de la hospitalidad.

Mañana, por cierto, estoy citado con un yemenita ciego de barba blanca en la Cúpula de la Roca o Mezquita de Omar, junto al Pozo de las Almas en el que —según quiere la leyenda— se cruzan las voces de los muertos con el fragor del agua de los ríos inferiores del paraíso que desembocan en la eternidad. Encima de ese feroz abismo escatológico se encuentra el sacro pedrusco elegido por Abraham o por Iahvé sobre el que Isaac estuvo a punto de morir sacrificado. Su rugosa superficie, por si lo dicho fuera poco, sirvió de pista de despegue para el Viaje Nocturno de Mahoma. Se trata, a todas luces, de lo que los

chamanes amerindios llaman un *lugar de poder*.
¿Por qué me habrán citado ahí?

El yemenita tiene sesenta y dos años, ha sido profesor de *Historia Comparada de las Religiones* en la Universidad de Damasco, acaba de volver de La Meca y dice que va a quitarme un puñado de telarañas de los ojos.

Ya veremos.

Viernes 13 de abril

La Cúpula de la Roca y la explanada que la rodea —sobre la que surge como un jardín de piedra y mármol la mezquita de El Aksa— configuran el paisaje más alto, más profundo y más hermoso de la geografía jesubea. Devoción, emoción y silencio. Luz filtrada y matizada por celosías que no parecen de este mundo. Prodigiosos techos artesonados que me recuerdan los de la Alhambra. Pájaros en el interior de la mezquita. Ropas manchadas por la sangre de los mártires de octubre de mil novecientos noventa y exhibidas como hito de la memoria de lo que allí pasó. Calma, calma, calma. El estrés, la depresión y la ansiedad —que son los males del siglo— aún no han llegado al imperio de Mahoma. Suerte que tienen sus súbditos.

¿Por qué el integrismo musulmán asusta tanto a los occidentales? Sus valedores son, en definitiva, los únicos seres humanos que se atreven a reivindicar el modus vivendi del mundo antiguo en medio de la cochambre y de la _podredumbre generalizadas de la modernidad.

Y el mundo antiguo —sí, sí, ya sé que soy un troglodita, un reaccionario, un destructor de cuanto huele a economía, a tecnología y a futuro cibernético— era infinitamente superior en todos los sentidos a lo que la actualidad nos propone.

Que la ondulen.

¿Nunca aprenderemos los cristianos a respetar los usos y costumbres de quienes no lo son?

El único fundamentalismo que me asusta es el norteamericano. Y también, últimamente, el europeísta. Tanto los unos como los otros creen que todo les está permitido en nombre de la democracia. Ése es el nuevo fascismo, el nuevo colonialismo, el nuevo intervencionismo.

El encuentro con el yemenita ha sido fructífero. Fructífero y, en cierto modo, espeluznante. He anotado cuidadosamente lo que me ha dicho sobre Jesús y he enviado mis apuntes a Kandahar para que, sin leerlos, los ponga a buen recaudo en una caja de seguridad. Podrían, incluso, matarme por jugar con fuego. Eso, al menos, asegura el yemenita y a mí no me parece un dislate. Los creyentes acérrimas son así, la religión todo lo justifica a sus ojos y hay demasiados intereses en danza.

Ahora puedo decir que estaba en lo cierto al maliciarme que mi buen Jesús es el personaje más manipulado y falsificado de la historia. Su doctrina y sus obras tienen muy poco que ver con lo que machaconamente nos han contado. Las confidencias del yemenita, que me parecen razonables y verosímiles, son de aúpa. Pero chitón: la prudencia me obliga a guardar silencio y a encunarme en tablas. Todo se andará y se dirá a su debido momento.

Sábado 14 de abril

La mora, que se llama Jadiya, me tiene sorbido
el seso y otras partes más o menos pudendas de
mi baqueteada anatomía. No doy abasto. La gracia santificante se aleja.

Domingo 15 de abril

Recibo dos cartas: una es de Kandahar; la otra,
de mi madre. Todo tranquilo en Madrid.

Lunes 16 de abril

Otra carta. *Mi chica*, al parecer, ha vuelto de los
valles de Babia y se ha encontrado con la sorpresa de que *su chico* no la estaba esperando con
una caja de bombones y los calzoncillos limpios.
Tendremos gresca, pero ahí me las den todas: el
Mediterráneo, que está por medio, me sirve de
cinturón sanitario y de chaleco antibalas.

Martes 17 de abril

He fundido la mañana recorriendo los lugares
donde la tradición pretende que anduvo san Pedro. Jaime, si me hubiera visto, se habría desca-
charrado. Lo he hecho por si las moscas: nunca
se sabe... Pero ni flores. No he sentido nada es-

pecial. Nadie se me ha aparecido envuelto en una nube. Ninguna voz me ha hablado desde dentro. La música de las esferas no ha acariciado mis oídos. El cosmos seguía su curso. Ni siquiera se me ha puesto la piel de gallina.

Eso sí: como de costumbre, no hay mal que por bien no venga. Dios da con una mano lo que quita con la otra. Gracias a mi vergonzante excursión parapsicológica he podido conocer en la iglesia de San Pedro de Gallicanto a un individuo verdaderamente fuera de lo común. Estaba yo sentado en un rincón del jardincillo que rodea el absurdo monumento de estilo paleofuturista, muy metido en mis cosas, respirando abdominalmente en ocho tiempos y con la sesera en blanco, cuando he oído que alguien hablaba cerca de mí en español floreado con inequívoco acento bonaerense. Era un guía judío que pastoreaba por los alrededores de la iglesia a un grupo de compatriotas suyos de origen sefardí. Mi concentración y mi devoción se han ido instantáneamente al carajo. Soy novelista: me gusta ir por el mundo tomando notas y metiendo la nariz en corral ajeno. De modo que he arrimado la oreja. El argentino hablaba como Castelar y decía cosas interesantísimas. Aquí va un botón de muestra: *Dios es Uno, sí* —explicaba a sus atónitos borregos—, *pero cada rabino lo describe de forma diferente. Y ahí está la gracia, porque si definiéramos al Todopoderoso, lo encerraríamos, lo agotaríamos, lo mataríamos.*

No he esperado a oír más. Me he levantado, me he acercado disimuladamente al grupo, he merodeado alrededor del cicerone, le he abordado cuando se disponía a salir del recinto al frente de su rebaño, nos hemos *reconocido* el uno al otro y le he invitado a comer en un espantoso *self service* de genuino sabor americano abierto en el Monte de Sión, cerca de la Tumba de David, por un cocinero de su raza.

El almuerzo ha dado mucho de sí. Bastante más de lo que yo esperaba. El informe pertinente ha salido ya rumbo a Madrid. Confío en que Kandahar siga al pie de la letra mis instrucciones, no lo comente, no lo lea, no lo enseñe, no lo traspapele y no tarde quince días en llevarlo a la caja de seguridad.

Miércoles 18 de abril

Ver a los soldados del ejército israelí paseándose chulescamente por las calles de la Ciudad Santa es como recibir un derechazo salvaje en la boca del estómago de la sensibilidad.

Los políticos, los militares, los guardias de la porra del *nuevo orden mundial* y los curas guerreros de las tres religiones monoteístas tendrían que estar encerrados de por vida en un manicomio con bozal, manoplas, camisa de fuerza, gafas oscuras y cinturón de castidad. No me gusta la soldadesca de Israel, pero tampoco me gusta el terrorismo de Palestina. Haya paz, señores. Cada mochuelo en su olivo y Dios con todos. ¡Mal *karma* histórico y geográfico deben de tener estos parajes en los que no ha reinado un momento de tranquilidad desde la última destrucción del Templo!

Dice Heráclito adelantándose a Platón: *quie-*

nes están despiertos viven en un mundo común, pero los que duermen viven en mundos separados.

La segunda parte de esta luminosa sentencia conviene por igual a todos los habitantes de los cuatro sectores en los que el fanatismo religioso ha troceado el casco viejo de Jerusalén. ¿Cuándo nacerá aquí un Gandhi cristiano, moro o judío capaz de imponer su *ahimsa* (3) en medio de tan descabellada situación?

Jueves 19 de abril

Anoto en una ficha la frase de Srimad Bhagavatam que luego citaré y se la envío a mi madre.

Jornada movidita... Tendré que distinguir tres partes, y tres episodios de muy diferente índole, en ella.

Vamos con el primero.

Por la mañana, a la hora del desayuno, he conocido en el bullicioso mercado del sector musulmán —el único que sabe vivir— a un madrileño de mi quinta, más o menos, del que ya me siento hermano de sangre y amigo del alma. ¿Su nombre? Zacarías. El apellido no importa. Jerusalén me ha enseñado a ser discreto.

Nos habíamos sentado los dos —cada uno a su aire— en un aguaducho y por casualidad o por causalidad habíamos pedido lo mismo: un enorme zumo mixto de naranja, lima, limón y pomelo. Éramos, además, los únicos *rostros páli-*

(3) Teoría y práctica de la no violencia. *(N. del e.)*

240

dos visibles en la zona. Ni los cristianos ni los judíos suelen adentrarse en ella. El miedo —a mi juicio absolutamente injustificado (¿pero hay, acaso, algún tipo de miedo que esté justificado?)— se lo impide. ¡Caguetas!

Demasiadas coincidencias, ¿no? El encuentro ha podido ser una cita organizada con segundas por cualquiera de los tres dioses oficiales de la ciudad. O, si me apuran, por los tres al tiempo.

Cada loco con su tema. Ya estoy otra vez con mi manía megalómana de ver en todo lo que me ocurre una señal de las alturas. Herminio, Ezequiel y el Barón Siciliano tienen la culpa. Cuando vuelva a Madrid, si es que vuelvo, visitaré a un psiquiatra. Nunca lo he hecho. Puede ser una experiencia divertida.

Era, por lo tanto, inevitable: el desconocido y yo hemos pegado indolentemente la hebra, pero la conversación ha ido en seguida a más, porque de nuevo (y es la segunda vez que me sucede en menos de cuarenta y ocho horas) nos hemos *reconocido*.

Siempre lo he pensado, a menudo lo he dicho y nunca me cansaré de repetirlo: *la vida es el arte del encuentro*.

Zacarías viste de blanco, con ropa hindú, y se dedicaba —¡cómo no!— a servir de guía y de Virgilio a los peregrinos y turistas españoles por el infierno de la ciudad y del resto del país. Vive, me ha explicado, en un puebluco de la provincia de Guadalajara con un presupuesto de cuatro perras al mes, se gana la vida tocando el *sitar* (4) —la *sitar*, dice él, que la (o lo) co-

(4)   Vid. nota 21 de la p. 156. *(N. del e.)*

241

noce mejor que yo. Los instrumentos de los ángeles no tienen sexo— en conciertos organizados por las cajas de ahorros y otras instituciones similares con el noble e inconfesado propósito de atontar y guindar a su clientela, tiene mujer y tres criaturas del sexo débil a su cargo, detesta el mundo occidental, fue sucesivamente yupi y jipi (por ese orden), pasó once años de su vida —ahora anda por los cincuenta— ejerciendo la mendicidad sagrada y aprendiendo música clásica hindú en Benarés, levantó luego a pulso —con sus manos, con sus uñas, con su espíritu— la casa de piedra en bruto que hoy le sirve de hogar y a veces, muy de tarde en tarde, cuando ya no le queda un maldito duro en el bolsillo, acepta sin ganas el encargo de remolcar por los vericuetos de cualquier país exótico (preferentemente la India, que es el que mejor conoce y el que más le gusta) a una comitiva de horteras y paniaguados que sólo viajan para sacar fotos, hacer compras y enviar postales.

Y en esta ocasión, por suerte para mí, le ha tocado venir a Israel.

Afinidades más o menos electivas, vidas relativamente paralelas. Zacarías es, como lo soy yo, un superviviente de la Década Prodigiosa.

Nuestra amistad ha estallado instantáneamente, como si los dos hubiéramos pisado al mismo tiempo una mina enterrada en el desierto del Sinaí. Flechazo, cortocircuito, complicidad, simultaneidad. Nos hemos ido a un lugar discreto, hemos liado un par de porros y hemos pasado revista a la existencia, a los seres humanos, a la sociedad, al mundo y a las galaxias. A la hora de comer, tras casi cinco horas de conversación apasionada (y ligeramente pirada), el peso de las circunstancias nos ha separado. Él tenía que recoger a sus pupilos en la puerta del Santo Sepulcro para llevárselos en un autobús a Jericó. Van a dormir allí y mañana visitarán el Mar Muerto. Yo había quedado con Jadiya para ir al Santuario del Libro, que forma parte del Museo de Israel y en el que se conservan algunos de los trascendentales pergaminos esenios casual o causalmente encontrados por un pastor y contrabandista beduino —se llamaba Mohamed el Lobo— en una cueva de Qumran.

Pero Zacarías y yo nos hemos citado dentro de unos días en la oficina de turismo de la ciudad galilea de Tiberíades. Tengo la corazonada de que ese encuentro va a traer cola. Mi viaje ya no ha sido en vano.

El segundo episodio de esta jornada memorable se inscribe en mi visita al Santuario del Libro: un lugar verdaderamente curioso por obra y gracia de su arquitectura. Tradición y plagio se funden en ella.

Allí, mientras inspeccionaba unas vitrinas, se me ha acercado un individuo de mediana edad y de barbita puntiaguda que parecía un intelectual askenazi de la Praga de entreguerras y que inmediatamente, sin presentarse y sin molestarse en decirme por qué lo hacía, ha querido saber quién era yo, qué buscaba en aquel lugar y por qué me interesaban tanto los documentos protegidos por una gruesa luna de cristal blindado que en ese preciso instante tenía ante los ojos.

El desabrimiento, la agresividad y la chulería

de su abordaje —es ésta la palabra que mejor define lo sucedido— me ha desconcertado, primero, y después me ha indignado. ¿Estaba ante un agente de los servicios secretos israelíes al que había llamado la atención la presencia de una muchacha palestina en aquel emporio y tabernáculo del saber judío, y de las señas de identidad del judaísmo, o acaso habían empezado ya, y así, los *problemas* sobre los que me había puesto en guardia dos días antes el profesor yemenita?

Abrevio... La conversación tan amablemente planteada por el presunto intelectual —que en efecto, como supe después, lo era— se ha ido enconando poco a poco, y grito a grito, y al final ha degenerado en una trifulca que parecía de verduleras no, ciertamente, por el asunto que la motivaba, sino por los berridos, aspavientos e insultos que se cruzaban en ella. No nos hemos tirado del moño porque el askenazi llevaba un solideo y yo, por incordiar y porque me gustaría ser como Lawrence de Arabia, una *cufiya* idéntica a la que luce el líder palestino Arafat en todas sus apariciones públicas. No bromeo: la agarrada ha sido muy seria y podía haber terminado como el rosario de la aurora. A mí, ciudadano de un país amigo, poco o nada cabía hacerme. Pero a la pobre Jadiya, que se sentía carne indefensa de cañón en aquel zafarrancho de combate ajeno, un color se le iba y otro se le venía. Menos mal que en el último momento, cuando todos nos creíamos condenados a dirimir nuestras diferencias en la comisaría más cercana, han intervenido *manu militari* los ujieres del museo y, por así decir, nos han dispersado.

¡Qué escandalera! Al final, refunfuñando, el askenazi ha hecho mutis por la izquierda mientras yo, bufando, lo hacía por la derecha.

Jadiya trotaba detrás de mí con los ojazos llenos de lágrimas. Soy una mala bestia.

¿Por qué nos hemos peleado? Pues por dos motivos principales. Uno: lo que el energúmeno decía y lo que yo pensaba (y sigo pensando) acerca de los manuscritos de Qumran, de la secta de los esenios y de la relación existente entre éstos y Jesucristo. Y dos: la *campaña de imagen* —así la he calificado con dos cojones y sin dejarme intimidar por el estupor y el furor de mi contrincante— organizada a todo trapo y sin regatear una pelucona por los judíos con el fraudulento propósito de recuperar, nacionalizar y capitalizar a Jesús metamorfoseándolo por arte de erudición, manipulación, falsificación, filología y birlibirloque en un rabino más, y punto.

Confieso que esa sórdida conjura —porque conjura es— me solivianta. Durante mil novecientos años de historia universal, y me quedo corto, todos los doctores, investigadores y pensadores del judaísmo militante se han dedicado con verdadero encono a ignorar a Jesús (negando, incluso, su existencia) o a ponerlo de chupa dómine, y sólo ahora, mira por dónde, conscientes al fin de que el Galileo es invulnerable y de que sus maquiavélicas asechanzas no pueden con él ni con la fascinación que ejerce sobre miles de millones de seres humanos, deciden cambiar de táctica, pasan de los insultos a los elogios, se despepitan publicando decenas y decenas de libros en los que con rara unanimidad y no escaso in-

245

genio se ilustra la tesis de que el hombre crucificado por sus tatarabuelos fue el último profeta de Israel y un rabino casi ortodoxo, y vuelcan todos sus medios materiales e intelectuales en apoyo de esta sutil maniobra de agitación y propaganda digna de Goebbels cuyo anzuelo han mordido ya *urbi et orbi* muchas personas de buena fe judías y no judías. A este paso, si nadie —jugándosela, claro— se atreve a pararles los pies, pronto oiremos decir que Jesús, efectivamente, fue el Mesías. Y entonces...

Pasmoso, ¿no?

Pero he dicho que iba a ser breve y acaban de dar las once y media de la noche: una hora verdaderamente audaz para estos pagos. Aquí todo el mundo se va a la cama con las gallinas y se levanta con los teatinos.

Y aún tengo que hablar del tercer episodio de esta jornada brava. Adelante con él.

Jadiya se ha empeñado en presentarme mañana por la mañana —viernes y, por lo tanto, día de asueto musulmán— a toda su familia: padre, madre, dos abuelas, un abuelo (el otro murió de tifus en la guerra de los seis días), cinco hermanas, tres hermanos y una caterva de tíos, primos, sobrinos y parientes de menor cuantía. Sólo de pensarlo me pongo a sudar. Todos, al parecer, están de acuerdo en que el carnicero de la esquina sacrifique el mejor cabrito de su redil para homenajearme.

La morita me lo ha soltado a quemarropa frente a una taza de té sin clavo ni cardamomo ni perrito que me ladre —estábamos en Ben Yehuda St. (que es la calle del chicoleo, del caracoleo y del cachondeo) quitándonos el susto, ella, y yo el berrinche por el incidente con el cabrón del askenazi— y si no me he caído redondo al suelo de un patatús es porque conozco a las moras.

Progres o chapadas a la antigua, de Ghadaffi o de Jomeini, comunistas o fundamentalistas, analfabetas o licenciadas en románicas, con *chador* o con minifalda de cuero y *chanel* número cinco... No importa. Todas son iguales, todas buscan lo mismo, todas quieren llevarte al huerto del matrimonio coránico, todas están rodeadas (en el sentido bélico, y belicoso, del participio) por una horda de familiares dispuestos a perseguirte hasta el catre por los cinco continentes con la cimitarra desenvainada y enarbolada.

Tendré que poner pies en polvorosa. Bien que lo siento. Jadiya me gustaba. Me gustaba (y me gusta) tanto que hubiese podido vivir una historia de amor con ella. Pero el instinto de conservación no se aviene a pactos ni desciende a negociaciones. ¿Cómo se dice adiós en árabe coloquial? ¿*Asalam al laicum*? Pues eso, jovencita. *Sic transit gloria mundi*. Y ojalá volvamos a encontrarnos en cualquiera de los dos paraísos: en el de los musulmanes o en el de los cristianos.

Es la última noche que paso aquí. He alquilado un *suzuki* de bolsillo con doble tracción en una pequeña agencia de viajes gobernada por un sefardí simpatiquísimo que nació en Salónica y que habla perfectamente ladino, y mañana pondré el morro del coche hacia Jericó, Qumran, el Mar Muerto y la fortaleza de Massada.

Arrivederci, Jerusalén. Me has dado algún que otro disgusto, pero también me has enseñado más, mucho más, de lo que esperaba. Me voy con las manos simultáneamente llenas y vacías. Que la paz, si es posible, sea alguna vez contigo.

Jesús de Galilea no anda por aquí ni es ésta su ciudad. Probablemente no lo fue nunca. Tendré que buscar en otro sitio menos devastado por las galernas de la historia.

Sólo me queda una cosa por hacer: transcribir la frase de Bhagavatam que esta mañana le he enviado a mi madre.

Dice así: *igual que una abeja que recoge miel de distintas flores, también el hombre prudente acepta la esencia de las distintas escrituras y ve sólo lo bueno de todas las religiones.*

Amén.

Jericó
Viernes 20 de abril

Cuentan que aquí, en medio de este impresionante oasis, surgió la primera ciudad del mapamundi. Es, en cualquier caso, uno de los lugares más hermosos de la madre tierra.

Si alguna vez tengo otra hija, la llamaré Jericó. Estoy seguro de que con ese nombre será guapa, exuberante, generosa, pacífica, feraz y abierta a todo. Habrá vientos y dátiles en su mirada. Ayudará a los viajeros, sembrará trigo, plantará árboles, se moverá como las palmeras y conocerá el lenguaje de los pájaros. Nunca ofenderá a nadie ni nadie se atreverá a ofenderla. Será mujer de un solo hombre, me dará nietos, cantará villancicos por nochebuena delante del belén y estará a mi lado el día de mi muerte.

Son las seis de la tarde y empieza a anochecer. Escribo estas líneas sentado sobre un poyete en un puesto de frutas. Me rodean las sandías y los melones, los racimos de uvas, las cestas de manzanas, de higos, de picotas y de ciruelas. Parezco un cuadro de Archimboldo.

No me he molestado en buscar un hotel. Quiero pasar la noche al raso en la cumbre del Monte de la Tentación. Allí es donde la leyenda sitúa dos de los tres encuentros de Jesús con el Maligno. Hay un monasterio ortodoxo plantado sobre la vertical del vacío y edificado sobre la cueva en la que el Nazareno ayunó durante cuarenta días y se negó a convertir las piedras en panes. Tengo la intención de tomarme un ácido (5) en ese lugar —falta sólo un día para el plenilunio— y a ver qué pasa. Quiera Dios que acuda el Demonio con mayúscula. No escurriré el bulto.

Dice el *Libro de los Proverbios*: *donde no hay visiones, el pueblo perece* (6). Quizá radique ahí el problema de Israel.

Llevo todo el día de hoy preguntándome qué carajo pensaban y cómo llenaban su tiempo, su devoción, su apostolado, su fe y su liturgia las comunidades cristianas anteriores a la redacción y divulgación del primer evangelio. En ese espacio vacío, que duró décadas, podría estar la clave de casi todo lo que ignoramos. Es el período de la historia del cristianismo que más me interesa

(5)   En lenguaje coloquial, LSD. *(N. del e.)*
(6)   Op. cit., 29, 18. *(N. del e.)*

y voy a hacer lo posible y también lo imposible para desandar lo andado y remontarme hasta él.

¿Se puede?

Sí, claro que se puede. Pero no diré —todavía— cómo.

El monte, el demonio y la luna me aguardan. Ojalá tenga suerte. Seguro que la voy a necesitar. Jericó forma parte de los Territorios Ocupados y el punto al que me dirijo es de los que llaman *off limits*. He sobornado con treinta dólares de vellón al hermano lego que tiene la llave de la puerta trasera del monasterio. Ahí, al parecer, está el sésamo que se abre al escenario de las tentaciones de Jesús. Ha debido de parecerle una enormidad, porque se le han puesto los ojos como dos platos soperos. Lo mismo cree que le quiero dar por la retambufa. No me extrañaría. El *ars amandi* zaguero es una honrosa tradición monástica (sobre todo intramuros de la Iglesia oriental) cuya solera no cabe poner en duda. Mi cómplice, de hecho, desprende un tufo de maricona con lunares y pelos en la pechuga que tira para atrás. Procuraré darle esquinazo en cuanto me facilite el acceso al lugar de autos.

Horrible sospecha: ¿y si es él quien pretende llevar la iniciativa y darme por el trasero a mí? Según la ley de Mahoma... Cosas más raras se han visto, y no digamos por estas latitudes. Bien podría ser ésa, en lo que al hermano lego se refiere, la cuarta tentación de Satanás. Y entonces... ¡Menudo lío y qué escena tan gratificante! El desierto de Judea a nuestros pies, el ermitaño persiguiéndome con el borde inferior del hábito de estameña a la altura de las rodillas, Lucifer danzando por allí entre fosforescencias y nubes de azufre, yo con el culo y el alma en trip de ácido lisérgico, y la luna mirándolo todo con cara de boba. Una película de los Hermanos Marx, una comedia de enredo escrita por Dalí, un retablo del Bosco.

Es tarde. Ya no hay suficiente luz para seguir escribiendo. Al toro...

Sábado 21 de abril

El hermano lego no era maricón, sino espía a sueldo del ejército israelí. ¡Anda y que lo folle un pez! A eso de la medianoche, cuando yo llevaba alrededor de tres fantásticas horas de tripi y andaba muy cerca del quinto cielo, diez o doce soldaditos de mierda armados hasta la tonsura y capitaneados por un sargento cincuentón con ojos de loco y huevos de pantera me rodearon, me iluminaron y cegaron con sus potentísimas linternas mientras me gritaban en arameo (digo yo) y me apuntaban con sus metralletas, me zarandearon, me esposaron y me llevaron en *jeep* al cuartel.

Y allí he pasado el resto de la noche, que lo ha sido de Walpurgis. Interrogatorios cruzados, insultos, amenazas, vejaciones psicológicas y careos con el dueño del tenderete de fruta, con el soplón que me ha vendido (ahora caigo en la cuenta de que le di la soldada de Judas: treinta monedas) y con el sefardí de la agencia de viajes. Al pobre lo han traído hasta aquí desde Jerusalén —menos mal que la distancia entre las dos ciudades es de unos cuarenta kilómetros—

sacándolo de la cama a la hora en la que don Quijote salió de la venta. O antes.

Yo, a pesar de los zarpazos y tarascadas del LSD (que todavía me bulle en la sangre), no he perdido en ningún momento la cabeza ni el dominio de la situación. Lo único que en realidad me preocupaba era el riesgo de que encontrasen la bola de hachís y mi cuaderno de apuntes, de que leyeran éste con lupa —tienen intérpretes y traductores de todas las lenguas— y de que se enteraran de mi afición a los alucinógenos, de mis contactos con el yemenita, de mis tradicionales lazos de amistad con el mundo árabe y del cisco con el askenazi hidrófobo de la barbita puntiaguda.

Pero de los escarmentados nacen los avisados. Padezco, desde mis verdes años de militancia antifranquista, lo que entre bromas y veras llamo el *síndrome de la clandestinidad*. De ahí que anoche, antes de subir al monasterio, envolviera en una bolsa de plástico el chinón de hachís y el cuaderno de apuntes y lo escondiese todo debajo de un pedrusco. Por eso no dieron con él al registrar el *suzuki*. Hoy, en cuanto termine de escribir esta croniquilla, meteré el cuerpo del delito en un sobre resistente y se lo enviaré por correo certificado a Kandahar. Se acabaron los riesgos inútiles. No quiero comprometer a nadie —¿por qué, pese al síndrome de la clandestinidad, he mencionado en estas páginas mis amores con la palestina y los dos petas que me fumé en un rincón del zoco con Zacarías?— ni levantar antes de tiempo la liebre de la orientación que imprimiré a mi libro sobre Jesús.

En fin... A eso de las diez de la mañana, después de comprobar llamando por teléfono a la embajada española que efectivamente soy —ésa fue mi principal coartada— un novelista en busca de vivencias místicas y crísticas, mis carceleros me dejaron en libertad sin pedirme perdón ni invitarme, a modo de desayuno, a un mal puñado de aceitunas con pan ácimo y queso de cabra. ¡Viva la hospitalidad!

Por enésima vez se ha demostrado que el Maligno no pierde comba. ¡Y yo que quería verme las caras con él en la mismísima yema del Monte de la Tentación! Alguien, sin embargo, escuchó y atendió mi ruego, porque el Demonio (con más mayúsculas que nunca) acudió, en efecto, a la cita, aunque lo hizo multiplicándose por diez y disfrazándose de militarote en pie de guerra. ¡Puah!

Son las tres de la tarde. El Mar Muerto me espera.

¡Ojalá volvamos a vernos en mejores circunstancias, Jericó! Y así será, porque no en vano te llamas como una de mis futuras hijas. Ella, cuando nazca y se haga grande, querrá verte y me traerá hasta ti. Palabra de tuareg.

Qumran
Martes 24 de abril

Llevo aquí tres gloriosos días de borrachera mística, histórica y geográfica, hundido hasta el pescuezo en uno de los parajes más sugestivos de la tierra.

A un lado, el Mar Muerto, que hace honor a

su nombre. Su belleza es tan grande, y tan extraña, que no parece de este mundo.

Al otro, el desierto de Judea: un jardín zoológico petrificado y habitado por formas que remedan fósiles de fragmentos de animales anteriores al Diluvio. Su geografía, arrugada y descoyuntada por los espasmos geológicos y los rigores climatológicos, dibuja gibas de dromedario, patas de mamut, caparazones de tortuga, testuces de mastodonte, espinazos de armadillo, crestas de iguana.

Y todo el paisaje pintado con colores sobrios, suaves, mates, ambiguos. Nada, excepto la fuerza del sol, hiere la vista.

El agua del inmenso lago, al evaporarse, revela la urdimbre vibratoria del universo. Vale decir: Dios, como Jesús en la tempestad del Tiberíades, camina a diario sobre la superficie del Mar Muerto.

Extraños seres —poliomielíticos, escleróticos, eccematosos, tullidos, contrahechos, mutilados y afectados por toda clase de enfermedades nerviosas y dermatológicas— chapotean (o, más bien, flotan quieras que no) en sus aguas salutíferas y milagreras.

Hacer el muerto en el Mar Muerto... ¡Hopla!

Se entienden muchas cosas desde aquí. Muchísimas. En ningún otro lugar de la tierra ha llegado hasta mí con tanta nitidez la música de las esferas.

En cuanto al yacimiento arqueológico de Qumran y las cuevas de los esenios...

Estoy escaldado: en boca cerrada no entran moscas ni sargentos cincuentones ni askenazis de solideo y barbita puntiaguda.

Se trata de un asunto verdaderamente delicado. ¿Por qué la mafia judía ha hecho mangas y capirotes, sin rubor alguno, y no se ha parado en barras a la hora de conseguir —sabe Dios cómo— que los microfilmes de los manuscritos esenios (depositados casi todos, si no todos, en la Universidad de California) no puedan circular libremente entre los estudiosos? ¿Qué oscuro e inconfesado objeto del deseo justifica el enjuague y a qué viene ese tabú, ese carpetazo, esa extemporánea calificación de *top secret*, esa dura ley del silencio?

No parece exagerado pensar que el contenido de los rollos del Mar Muerto desautoriza inapelablemente muchas de las patrañas que nos han contado sobre Jesús de Galilea, sobre los orígenes del cristianismo y sobre la historia del pueblo errante. Alguien, algún día, pondrá los cojones sobre la mesa, romperá el círculo hermético y publicará los microfilmes (7). La verdad siempre se abre camino hacia el corazón.

A lo largo de los tres últimos días he vivido experiencias sagradas verdaderamente imborrables, pero no voy a consignarlas por escrito. Israel es una nación policial en estado de guerra. Podrían detenerme otra vez.

Llenaré el hueco con lo que mi hermanito de

(7) Unos meses después, en el verano de 1991, las autoridades de la Universidad de California dieron la razón a Dionisio y decidieron poner los *archivos esenios* a disposición de todos los investigadores, cualesquiera que fuese su raza, su fe religiosa y su nacionalidad. El director del Santuario del Libro y la *intelligentsia* judía montaron en cólera. El asunto está *sub iudice. (N. del e.)*

horóscopo escribió hace veinte años a cuento de las comunidades esenias y de su relación con Cristo. Dice así (fotocopié este texto, que suscribo de la cruz a la bola, en la biblioteca de la hospedería de los padres franciscanos): *Jesús no recibió la iniciación a los antiguos misterios de labios mitraicos, mazdeístas, órficos o tibetanos. Faltaban hierofantes de esas religiones en las aldeas palestinas. Muy cerca, en cambio, merodeaban los solitarios del Monte Carmelo y el Mar Muerto, los ebionitas y nazarenos de Cilicia, los terapeutas del Tauro... En una palabra: los esenios, extraños seres que repudiaban el matrimonio (y cuyo número se mantenía estable por los peregrinos que hasta ellos llegaban y no por los hijos engendrados en su seno), depositarios de la verdad hermética, taumaturgos, únicos habitantes de la tierra que —según Plinio— parecían haber alcanzado la felicidad en ella.*

Conocían las íntimas y esquivas propiedades de las plantas, el significado alquímico de cada piedra o mineral, sus valencias, sus índices mercuriales, sus disolventes, sus márgenes de alotropía, su iridiscencia en noches de plenilunio, el peso metálico de sus almas. Huían de las ciudades y vivían cara al desierto en habitaciones de troglodita, comunitariamente, sin esclavos ni leyes ni propiedades. Imponían tres años de oscuras pruebas al neófito que deseaba convertirse en hermano y, cuando ya lo era, le exigían perpetuo silencio sobre lo que había visto, escuchado y aprendido. Su liturgia comprendía ágapes, abluciones, plegarias al amanecer y obligación de llevar vestiduras de lino. Sólo algunos escudriñaban el cielo y se asomaban a las esquinas del porvenir, pero todos podían curar enfermedades físicas y morales. No buscaban adeptos, no los rechazaban. Hermes, Pitágoras y Samuel seguían viviendo en ellos. Meditaban. Miraban sin ver las arrugas y las dentelladas salitrosas del paisaje. Pasaban meses enteros en el fondo de sus cuevas, rodeados de encausto, cálamo, rodillo, tintero y pergaminos, y allí sus ojos brillaban como cúpulas de antiguos templos que nadie conocía. Graves y dulces, cultivaban las artes de la paz: eran tejedores, carpinteros, orfebres, músicos, gentes de poda y arado, pero nunca hacían comercio ni forjaban armas. Nómadas de siempre, solían concentrarse con talante eternamente provisional alrededor de dos descarnados focos: el lago Moeris, en Egipto, y la aldea de Engaddis, en Palestina, junto al Mar Muerto. Ambos lugares pudieron servir de refugio y santuario a Jesús antes de su bautismo en el Jordán. Uno de ellos lo fue de fijo. Años de clausura, de estudio, de ayuno, de mortificación, de gimnasia, de férrea castidad, de alimentos mágicos ingeridos en el curso de hermosas ceremonias. Y por fin, una noche, la mano del mistagogo, su silencio, el paseo hasta el lugar exacto, la bóveda del cielo y la revelación. Termina ahí el aprendizaje de un **cristo**. Que nadie busque aclaraciones en los evangelios. Éstos mencionan a todos los grupos religiosos que a la sazón actuaban en aquellos campos, pero ni una sola vez aluden a los esenios. También los apóstoles tenían la boca sellada por una complicidad inquebrantable. Hijos del Hijo de Dios, discípulos de un adepto. Para el curioso hay, sin embargo, *caminos de conocimiento e investigación que no obligan a correr la aventura iniciática* (8)...

No me sorprende lo que decía Plinio. Yo también sería absolutamente feliz si viviera de esa forma en el corazón de este paisaje. Aunque fuese en una gruta.

Si alguna vez me pierdo (¡ojalá sea pronto y para siempre!), que me busquen aquí.

O mejor aún: que no me busquen en ninguna parte.

Miércoles 25 de abril

¿Fue Jesús un esenio? La lógica responde que sí. Y la magia, no digamos.

Cuestión de olfato y de sensibilidad: hay un aroma común, una actitud paralela, una sangre compartida.

¿Cabe ignorar lo que el corazón dice? ¿No son, acaso, significativos los factores y elementos que concurren en la vida y en la doctrina de Jesús, por una parte, y en lo que poco a poco se va averiguando acerca de la comunidad de los esenios, por otra?

Veamos: ayuno y abluciones (bautismales o no), desapego material y sentimental en la línea de Buda, distinción entre el reino de la Luz y el de las Tinieblas, elogio del celibato, práctica del ágape, renuncia al derecho de propiedad privada, solidaridad con los humillados y ofendidos,

---

(8) F. Sánchez Dragó, *Gárgoris y Habidis. Una historia mágica de España*, tomo 1.º, pp. 172 y 173. *(N. del e.)*

curanderismo (en el más noble sentido de la palabra), preocupación escatológica y anuncio del Fin de los Tiempos...

Etcétera.

Creo que Juan el Bautista también perteneció a la comunidad de los esenios y no me parece imposible que Jesús ocupara en ella el cargo de Maestro de Rectitud o de Justicia.

Pero queden, de momento, las espadas en alto. Algún día —pronto, pero no antes de que Él me lo indique— diré lo que pienso, revelaré lo que he averiguado, tiraré de la manta y saldré corriendo hacia cualquier escondrijo inexpugnable.

Jueves 26 de abril

¿Escondrijo inexpugnable? Hoy he visitado la fortaleza de Masada, esclarecido emblema y último bastión histórico de la dignidad judía. Allí se encerraron los *zelotas* o *abertzales* de Israel cuando Roma, adelantándose a Hitler, decidió aplicar la *solución final* a los hebreos y todos los sitiados, menos dos mujeres y cinco niños, prefirieron el harakiri a la rendición. No hay en el mundo pueblo que no tenga su Numancia.

El lugar sobrecoge por su altura, por su entorno, por su belleza y por su historia. En él, y con él, terminó la presencia judía en Palestina. Hasta las trapisondas de hoy, se sobrentiende, que poco o nada tienen que ver con las de entonces.

Y allí, en Masada, junto a la Puerta del Camino de la Serpiente, he *reconocido* —tercer encuentro carbonario y gibelino del viaje— a un individuo de los que no entran dos en docena. ¿Sus señas de identidad? Cordobés de Argentina, iconoclasta, rebelde, ario, mujeriego, viperino, extraordinariamente culto, novelista de cierta fama con seis novelas en su pedigrí —me ha regalado una sobre los nazis refugiados en Paraguay y Bolivia para que mate el tiempo— y embajador de su país en Israel. Tiene tres años más que yo y está pasando unos días en el *kibbutz* de 'En Gedi. Viene por aquí, me ha dicho, para descansar y, sobre todo, para fisgar.

Hemos comido juntos y juntos hemos visitado por la tarde el lugar donde alguna vez estuvieron las ciudades de Sodoma y de Gomorra. El embajador quería presentar sus respetos a la señora de Lot y sonsacarla discretamente. Sería, ha insinuado, un buen personaje para urdir en torno a él una novela o, quizá, una tragedia. Pero nos hemos perdido en las montañas y no hemos dado con la estatua de sal que perpetúa su memoria.

Volveremos a intentarlo. Palabra de embajador y de tuareg.

Viernes 27 de abril

Anoche escondí la china y el cuaderno (en el que ya sólo figuran las anotaciones de los tres últimos días) debajo de otro pedrusco, subí gateando como un *sherpa* a la gruta madre de Qumran y pernocté allí. O, mejor dicho, intenté vanamente pernoctar, porqué mi gozo terminó en el pozo de costumbre: volvieron a detenerme, a interrogarme y... Sin comentarios.

Salí indemne del follón, que fue mayúsculo, gracias al embajador de Argentina.

Aquí terminan mis apuntes. A partir de ahora —lo juro— no anotaré en sus páginas ninguna frase coherente y transparente que pueda servir de carnaza a los ojos y las bocas indiscretas. Sólo datos irrelevantes, fechas, topónimos, naderías y gilipolleces, con alguna que otra alusión cifrada y acotación cabalística que me ayude a hacer camino y a refrescar la memoria.

No oculto, sin embargo, mi legítima satisfacción al comprobar que el ejercicio de la literatura entendida como apuesta de libertad y de conocimiento (o de conocimiento en libertad) sigue obligándome —hoy como ayer... Eso, al menos, no ha cambiado— a llevar una *vita pericolosa*.

Bienvenida sea. Mi crisis existencial y climatérica se está esfumando. Soy otro hombre: el segundo, salvando las distancias, que resucita en Jerusalén. Jaime no me reconocería.

A mí la legión.

Galilea
Sábado 28 de abril

Sigue la *vita pericolosa*. Y más que nunca. ¡Qué fácil es pasárselo bien cuando hay una guerra por medio!

Ayer me lapidaron (sí, me lapidaron... Tómese al pie de la letra) como si fuera una mujer adúltera sometida al peso de la ley coránica. De seguir así, si el crescendo no se interrumpe, pronto me crucificarán. ¡Menuda carrera llevo desde que cogí el *boeing* de Verónica en Barajas! Tres mujeres (de la tercera no he dicho nada), una zapatiesta en un museo, dos detenciones *manu militari*, el misterioso y peligroso profesor yemenita, una horda de moros calderonianos persiguiéndome con el alfanje en ristre y un apedreamiento de vitola bíblica. No sé si me olvido de algo. La vida es folclore, Indiana Jones existe y el que no se divierte es porque no se moja el trasero.

Soy un bocazas, pero lo sucedido me obliga a faltar a mi juramento: un lance así no puede quedar sin comentario... Esta vez, de todas formas, no corro riesgos ni hay peligro de indiscreción. Quienes salen malparados del episodio son los palestinos. Y los palestinos —me apresuro a dejar constancia de que no les guardo rencor alguno— no van a detenerme ni a interrogarme ni a registrarme. No es su estilo, no están para esos trotes y no tienen razones ni medios ni poderes para ello.

Debo reconocer que la culpa es exclusivamente mía y no de mis agresores. Me he ganado la lapidación a pulso por engreído y por cabezota. ¿A quién se le ocurre atravesar —iba camino de Nazaret— los Territorios Ocupados bien sentadito al volante de un *jeep* de aspecto paramilitar alquilado en una agencia judía de Jerusalén? Un vistoso rótulo bilingüe estampado en las dos portezuelas del coche anunciaba (y denunciaba) a todo bicho viviente el origen, la propiedad y la nacionalidad del vehículo.

La sarracina se ha producido cerca del emporio árabe de Nablus, en un lugar desolado del que prefiero no acordarme. Así olvidaré también mi estúpida bravuconada.

Y eso que los idus de marzo (y los de abril) estaban en alerta roja. Mucha gente me había avisado del riesgo al que me enfrentaba, pero yo —farruco— me encogía de hombros y desoía los consejos y las advertencias. El embajador de Argentina, entre otros, me había pedido que contara hasta diez antes de dar el paso, porque en su opinión —autorizadísima, bien lo sé— estaba a punto de hacer *algo realmente muy peligroso*, pero ni él ni el resto de mis informadores sabían que ese adjetivo, lejos de disuadirme, me aguijoneaba.

Y tenían razón. Lo he comprendido y lo he admitido al percatarme de que acababa de entrar en territorio *cherokee*. No era necesario ser muy perspicaz, porque saltaba abrumadoramente a la vista: esqueletos de coches calcinados en las cunetas, miradas torvas y corvas —como gumías— saliendo de la penumbra de los cafetines de la carretera, animales despanzurrados sobre las gibas de la calzada, rebaños, silencios, soledades y *omertà* de mafiosos sicilianos.

Me había metido hasta el entrecejo en la Palestina profunda.

Y allí, al atravesar un pueblo de calles aparentemente desiertas, zas: el primer cantazo... Una experiencia que no le deseo a nadie.

Hice lo único que se podía hacer: mirar con asombro hacia la izquierda y hacia la derecha, apearme cautelosamente y examinar los desperfectos causados por la feroz pedrada en la carrocería del coche. El proyectil debía ser de a puño y férreos los músculos del brazo que lo lanzó. Respiré abdominalmente en ocho acojonados tiempos que no se terminaban nunca y encomendé mi alma a los tres dioses, que probablemente me escucharon, pues no tardó en hacer acto de presencia una patrulla del ejército israelí. La formaban tres chicos muy jóvenes, que me miraron con asombro al comprobar que era extranjero y me preguntaron que si estaba loco. Les dije que sí, se echaron a reír y me explicaron que aquel cochambroso pueblecillo era uno de los santuarios más batalladores de la *intifada*. Acto seguido se pusieron en contacto con el cuartel por medio de un *walkie-talkie* y a los dos o tres minutos apareció un *jeep* expresamente enviado para escoltarme y sacarme del avispero. Respiré hondo, musité una jaculatoria, crucé los dedos, subí al coche y lo puse en marcha. El corazón perdió velocidad, dejó de temblarme el pulso y las rodillas recuperaron parte de su firmeza.

Pero el remedio fue infinitamente peor que la enfermedad. Mis invisibles agresores, al verme protegido por sus verdugos, se multiplicaron y se ensañaron. Decenas de manos anónimas surgieron de todas partes y cada una de ellas escondía una piedra en el puño. El tiroteo fue graneado y certera la puntería. El único cristal del coche que salió milagrosamente indemne fue el del parabrisas. Me sentí ridículo, torpe, maniatado e indefenso. No podía hacer nada, no podía ni siquiera decirles que era español, que venía de la tierra de sus antepasados andalusíes y que mi corazón y mi pluma estaban con ellos. La escolta me

acompañó hasta la salida del pueblo y el cabo
que la capitaneaba me dijo que hundiese la cabeza entre los hombros y que acelerase, porque aún
me quedaban por delante quince kilómetros de
territorio en pie de guerra y de *intifada* en bruto.

Luego me estrechó la mano y me deseó suerte. La tuve, gracias a Dios, porque sólo recibí otra
pedrada, ya en la linde del mundo roturado y presuntamente civilizado. Volví a respirar abdominalmente en ocho tiempos y poco a poco fui re-
cuperando la serenidad.

Tomo nota. Ha sido una de las experiencias
más duras y menos gratificantes de mi vida de
escritor aventurero. Y esta vez sin el consuelo de
los turrones de Mira y del decimito para el *gordo*
de navidad. Lo digo porque ni siquiera en Saigón durante la ofensiva del *Tet* —que desenca-
denó la fase álgida de la guerra del Vietnam—
me sentí tan deshabitado, tan asustado, tan fuera
de mi quicio, de mi norte y de mi alma. Es cierto: el mundo se ha vuelto loco. ¿Dónde venden
pasajes para volar al territorio de la cordura? De
sobra sé que en ninguna parte, pero a pesar de
ello me voy allí. Hasta nunca.

Domingo 29 de abril

Paso el día en Nazaret.

Un poblacho. No sé por qué he venido a verlo.
Todo lo que se nos ha dicho sobre este lugar *dejado de la mano de Dios* (sic) es falso. Pésimas
vibraciones. Mezquindad. Intereses creados de,
por y para la clerigalla. No busques aquí a Jesús,

peregrino. Ni lo encontrarás ahora ni estuvo nunca. O, si alguna vez vino, fue de paso. Como yo.

Desgracia llama a desgracia: un guardia municipal (judío, naturalmente) se ha insolentado conmigo y me ha puesto una multa por aparcar el coche a la remanguillé delante de la Basílica de la Anunciación, que es un adefesio arquitectónico de notable envergadura. Lo que me faltaba. Cojo el portante y tomo el olivo no sin reiterar lo que dije ayer: hasta nunca.

Lunes 30 de abril

Días de poco, vísperas de mucho. El tiempo ha cambiado y todos los vientos son favorables. Estoy en Safed: un nido de ave migratoria acurrucado en las montañas. A sus pies, Galilea: tierra dulce, tierra de pan llevar, tierra de labrantíos, de guerreros, de colinas y de horizontes infinitos. Me recuerda en muchas cosas a Castilla y yo, en Castilla, siempre me encuentro bien y a menudo soy feliz.

Aquí, en Safed, se refugiaron ciento ochenta y tres familias sefardíes cuando la barbarie étnica, religiosa, ideológica y cultural de los Reyes Católicos segó en flor el vergel de las tres Españas y expulsó de un país que era tan suyo como nuestro a los moros y a los judíos.

Aquí, en Safed, instalaron los cabalistas españoles la primera imprenta que funcionó en el continente asiático.

Aquí, en Safed, sobrevive hoy lo mejor del microcosmos israelí al arrimo de un lugar encantado e hibernado en el que sólo tienen cabida el estudio, la fe, la oración, la calma y el recogimiento.

Aquí, en Safed...

Cielos altísimos y purísimos, empinado laberinto de calles y plazuelas adoquinadas, patios de sabor andalusí, edificios de cal y canto colgados de las faldas de la cordillera, pintores, escritores, investigadores, místicos, numerólogos, hermeneutas y guardianes de sinagogas que hubiesen enamorado a Fray Luis.

Y en una de ellas, entre rollos, librotes, cartapacios y escrituras de abrumadora antigüedad, me topo con un cabalista askenazi y bonaerense —es el tercer argentino que se me cuela en los apuntes de este cuaderno— que vive aquí desde hace más de una década, alejado del mundo y entregado al estudio de la cábala y al cultivo de su huerto. Tiene cuarenta y siete años, se llama Jacobo, es tímido y suave, habla con un hilo de voz, no gesticula, se interesa sólo por lo que el ojo no ve y esconde, pese a ello, una vivacísima mirada de roedor detrás de unas gafitas redondas de montura de carey. Sus opiniones y sus revelaciones sobre el Galileo —apodo de Jesús que frente a estos parajes aumenta de estatura y alcanza su verdadera dimensión— están ya metidos en un abultado sobre que mañana enviaré a Kandahar.

Me encuentro a gusto. Pasaré aquí unos días. He descubierto un hotel mínimo y fantástico, de los que ya no quedan, en el cogollo del Barrio de la Sinagoga. Se come mal, como en todas partes, pero esta noche me resarciré en casa de Jacobo, que ha tenido el detalle de invitarme a cenar.

¿Habrá bife de chorizo? ¡Mmmm! Salgo escopeteado hacia allí.

Martes 1 de mayo

Del monte en la ladera / por mi mano plantado tengo un huerto, / que con la primavera, / de bella flor cubierto, / ya muestra en esperanza el fruto cierto.

Safed me hace pensar en Fray Luis. Sus heptasílabos y endecasílabos se me vienen una y otra vez a la memoria y a la punta de la lengua.

Anoche estuve paseando con Jacobo hasta que las estrellas empezaron a apagarse. Me dijo muchas cosas, yo también se las dije a él y confluimos los dos en una ínsula quijotesca, imaginaria, lateral y sacramental en la que no se oía el tictac del tiempo.

Allí, en un momento dado (y fijado, seguramente, por Aquel que en todo nos sobrepasa), Jacobo se colocó en silencio detrás de mí —yo estaba sentado, como Pedro, en una piedra y frente a nosotros se abría el abismo—, extendió sus afiladas manos de artista sobre la parte superior de mi cabeza, sin tocarla, y al cabo de unos instantes dijo como si Moisés hablara por su boca:

—Aquí dentro hay un laberinto, amigo Ramírez. Recórralo y vuelva luego a su país, compre un trocito de tierra junto a un río, si no lo tiene ya, y construya en él, con macizos de flores, pasto y arbustos, otro laberinto, esta vez visible y tangible. Procure que sea una fiel reproducción del que ahora tiene en la cabeza y recórralo a menudo, siempre que pueda, especialmente por la tarde, cuando el sol empieza a declinar. Le garantizo que, si lo hace, será feliz, entenderá el sentido de la existencia y encontrará lo que anda buscando.

Curioso, verdaderamente curioso, porque yo no le había hablado de mi obsesión por el laberinto ni de la relación existente entre la búsqueda de su centro y mi viaje.

Seguiré el consejo de Jacob. En sus palabras se percibía el latido y el centelleo de la verdad, de lo que no se discute, de lo que *es*. Y, por añadidura, dispongo efectivamente de un huertecillo que Fray Luis no hubiese desdeñado en el término burgalés de Covarrubias, a orillas del Arlanza. Allí plantaré mi laberinto.

Eran más de las cuatro de la mañana cuando nos fuimos a dormir. En el fondo del firmamento sólo brillaba ya el planeta Venus, oscurecido por la luz difusa y lechosa del amanecer. Yo estaba como ido, como arrobado, como... Recé un padrenuestro y me acordé —con una sonrisa de incredulidad, de extrañeza y de piadosa repulsa— de las hordas de energúmenos sindicalistas y peseteros que en tal día como hoy, uno de mayo, se echarían a las calles y plazas del ruedo ibérico y occidental para defender con gritos coléricos e infantiles las sinrazones de quienes creen que sólo se vive de pan.

Fray Luis, a quien esa sórdida filosofía habría repugnado, escribió al respecto: *a mí una pobrecilla / mesa de amable paz bien abastada / me basta...*

Y a mí también. Lo juro por la salud de mis tres hijos poniendo la mano y el corazón sobre el *I Ching*.

Miércoles 2 de mayo

Jacobo me ha hecho un regalo de incalculable valor. Anteanoche, mientras paseábamos por las calles de esta ciudad no sometida a las leyes del tiempo y del espacio, salió a relucir mi ángel de la guarda —Sócrates y la cultura griega lo llamaban *daimon familiar*— no recuerdo ahora a santo de qué. Y al explicarle que su nombre es Jay (9),

(9) En *Las fuentes del Nilo*, novela —ya citada en varias ocasiones— que cuenta la infancia y la primera adolescencia del protagonista de este libro, se lee lo que sigue: «El sarampión empezaba a ceder. Dionisio pasó el resto de la enfermedad, convalecencia incluida, platicando y discutiendo una hora tras otra, y un día tras otro, con su mejor amigo, que se llamaba Jay y era persona —o duende— notable por muchos motivos: por su edad indefinida e indefinible, por lo diminuto de su tamaño o de su falta de tamaño (residía habitualmente debajo de la lengua de Dionisio), por su invisibilidad o transparencia (que lo era —tajante— para todo el mundo, menos para el niño, capaz de verlo a veces —sólo a veces— en forma de chiribitas o burbujas de colores), por su sabiduría prácticamente universal y algo socrática, por su voz inextinguible e inaudible (que sólo Dionisio percibía), por su lealtad a toda prueba y por su condición de cuerpo o entidad gloriosa que nunca necesitaba dormir ni comer ni descansar ni menos aún inventarse Alicias para entrar en el mundo del espejo. Cualquier observador imparcial o futuro psicoanalista —América aún no los exportaba— hubiese pensado que Jay era Dios en persona o, en defecto de éste, una proyección embellecida de la conciencia de Dioni (o quizá de su extravagancia), pero el niño sabía —y lo decía, puesto que Jay nunca fue un secreto para nadie— que no, que su amigo formaba parte de la creación, existía por sí solo y estaba alojado en el tiempo. De ahí, precisamente, su carácter maravilloso» (op. cit., p. 82). Vid. también p. 175 en la presente obra. *(N. del e.)*

mi interlocutor abrió desmesuradamente sus sagaces ojillos de mangosta de Kipling, se quitó el solideo para rascarse la coronilla con visible turbación y manifiesta emoción, y me explicó —enésima *causalidad*— que así, Jay, se denomina en hebreo una de las cuatro letras que forman el *tetragrammaton* o nombre innominable de Dios. Significa, dijo, *el Viviente*. Y no añadió nada más, pero se le veía muy impresionado.

Hoy, de hecho, me ha traído una reproducción de esa letra fabricada en oro por un orfebre amigo suyo y acompañada por una cadenita del mismo metal para que pudiese colgármela del cuello, cosa que me he apresurado a hacer. E inmediatamente me he sentido mejor.

Dios me ha dado ese talismán y Dios me lo quitará algún día, cuando ya no lo necesite. Siempre ocurre así. Son ya muchos los amuletos que han entrado misteriosamente en mi vida y que no menos misteriosamente han salido de ella sin avisar. De momento, y hasta nueva orden, lo llevaré encima a todas horas y no me lo quitaré ni siquiera para irme a la cama, solo o acompañado.

Y, naturalmente, recordaré su presencia junto al *chakra* del corazón y percibiré su energía cada vez que recorra el laberinto de mi huerto al atardecer.

Viernes 4 de mayo

Mar de Tiberíades, Cafarnaúm, Iglesia de la Multiplicación de los Panes y los Peces, Iglesia de la Primacía de San Pedro, Monte de las Bienaventuranzas...

Y punto culminante, hasta ahora, de mi peregrinación en busca del Rey de Reyes. Aquí estuvo, está y estará por los siglos de los siglos mi buen Jesús de Galilea. Aquí se le siente, se le respira, se le toca. Aquí se iluminan todos los rincones oscuros, ambiguos y contradictorios de su mensaje. Aquí se encuentra el cristiano —no sé el católico— como pez en el agua.

He tenido suerte. Me alojo, desde ayer, en el Hospicio del Monte de las Bienaventuranzas, establecimiento delicadamente gobernado por las monjitas de la Orden de San Francisco. Podría quedarme aquí mil años, si la vida y el Señor me los concedieran. Desde la ventana de mi habitación veo el lago, el horizonte y los árboles que rodean las ruinas de Cafarnaúm. Anoche, sin poderlo evitar, visualicé —¡vaya! El argot de la Nueva Era ataca otra vez— algunos de los episodios más significativos de los evangelios, localizados casi todos en las proximidades de mi atalaya. A saber: la multiplicación de los panes y los peces, el paseo de Jesús sobre la superficie del lago, el comienzo de su vida pública y de las lecciones recibidas e impartidas en la sinagoga, la primera alusión al sacramento de la eucaristía, los milagros del leproso, del criado del centurión, de la madrastra de Pedro (que, según los *maestros ascendidos*, también lo fue mía), del paralítico y del endemoniado, y —sobre todo, sobre todo, sobre todo— el Sermón de la Montaña, que es a mi juicio el pasaje más significativo de las Sagradas Escrituras y el momento más importante —después de la creación *ex nihilo*— de toda la historia universal.

Domingo 6 de mayo

Sor Margherita es veneciana, pasó la edad del pavo y la adolescencia en Perú, ingresó hace la friolera de cuarenta y dos años —tenía entonces dieciocho— en la orden franciscana, habla perfectamente español, fue misionera en Uganda bajo el régimen de Idi Amin y ahora vive, medita, reza y trabaja en este convento. Es una persona verdaderamente angelical, de esas que te reconcilian —por muy amargado que estés o muy escéptico que seas— con el mundo, con tu rostro en el espejo, con tus semejantes y, en este caso, con la Iglesia.

Es culta y abierta, sensata y emotiva, tiene piel de adolescente, nada de lo humano ni de lo divino le es ajeno y sigue a rajatabla las normas del camino del corazón, que se parecen mucho a las leyes de la andante caballería.

Le gusta hablar en español y siempre se sienta a mi lado durante la cena en el refectorio del hospicio para contarme lances, anécdotas e historias de su aperreada y maravillosa vida. *Paese che vai, gente che trovi* (10), dicen sus compatriotas. Escucharla es para mí un premio, una delicia, un bálsamo, un ejercicio de hipnosis. Lo haría durante horas. Con diez personas como ésta habría salvado Lot las ciudades ·de Sodoma y Gomorra. La aventura de la vida y el noble arte del

(10)   En todos los sitios te encontrarás con gente. *(N. del e.)*

encuentro con el prójimo animan, articulan y sostienen sus palabras. Sor Margherita y yo somos (y nos sentimos) cristianos de la misma sangre y de la misma escuela. Gracias, hermana. No te olvidaré nunca.

Martes 8 de mayo

Increíble, sencillamente increíble: llevo dos noches encontrándome de tapadillo con una monja de piel de nácar en la penumbra de mi dormitorio. Y lo que te rondaré.

Tiene la edad de mi hija mayor: veintiún años. Su belleza y su pureza son tan grandes como su fogosidad, su imaginación y su lascivia.

Nunca me había sucedido nada igual. Había soñado con ello, sí, pero platónicamente, como soñaba Segismundo en su cueva.

¿Qué he hecho yo para que los dioses me recompensen de esta forma?

Y ni una palabra más. Soy un caballero.

Viernes 11 de mayo

Anoche vi a Jesús y Jesús me habló. Es la primera vez que me sucede.

Fue en el Monte Tabor, a quinientos ochenta metros de altitud sobre el nivel del Mar de Tiberíades y con toda la geografía de Galilea alrededor de las plantas de mis pies.

Había subido hasta allí con una linterna, un saco de dormir, el libro de los evangelios y la firme voluntad de *transfigurarme* siguiendo los pasos del Maestro. Nada menos que tres evangelistas —quórum más que suficiente— cuentan que vieron en esta cumbre (cuyo topónimo significa *ombligo*, porque está en el centro de Galilea y del mundo) al Hijo de Dios charlando de tú a tú con los profetas Moisés y Elías. Dice, verbigracia, Mateo: *Su rostro —el de Jesús— se puso resplandeciente como el sol y sus vestidos blancos como la nieve* (11). Y añade: *Todavía estaba Pedro hablando, cuando una nube cegadora vino a cubrirlos; y al mismo tiempo resonó desde la nube una voz que decía: Éste es mi querido Hijo, en quien tengo puestas todas mis complacencias* (12).

Hasta los más incrédulos entre los incrédulos reconocerán, supongo, que tres testigos son muchos testigos. Ni siquiera el apóstol Tomás se atrevería a poner en tela de juicio su palabra.

Decía... Decía que anoche se me apareció Jesús de Galilea.

Y punto. En boca cerrada no entran moscas ni por ella salen las que ya estaban dentro.

Sábado 12 de mayo

Un restaurante moro plantado frente al agua del Mar de Tiberíades. Pido un *pez de San Pedro* —así lo llaman. Es la especialidad gastronómica de la región— cocinado a la parrilla. Me lo traen,

(11)   Mateo, XVII, 2. *(N. del e.)*
(12)   Ibídem, 5. *(N. del e.)*

hinco en él el tenedor y los incisivos, e inmediatamente empiezo a sentirme aprendiz de caníbal. De lo mío gasto, ¿no? Eso pensarán los *maestros ascendidos*.

Practicar la antropofagia con uno mismo, aunque sea disfrazado de pez de agua dulce y filtrado por diecinueve siglos de demora kármica debe de ser una especie de incesto con tres circunstancias agravantes: el onanismo, la gula y la necrofilia.

O sea: lo que me faltaba. Nunca he sido menos santo que en este viaje hacia la santidad. Drogas y mujeres a tutiplén. Y hasta un polvo, no sé si sacrílego o sagrado.

¿Un polvo? Una ristra de polvos, quería decir.

Eso sí: esta vez llevaré en el pecado la penitencia, porque seguramente no volveré a ver nunca más a la monja lasciva del Monte de las Bienaventuranzas. Otros peregrinos llegarán y me sustituirán. Ley de vida... ¡Malhaya!

Una de las mayores barbaridades perpetradas por la madre Iglesia (y por casi todas las iglesias con minúscula laicas o religiosas) es la identificación del placer sexual con el pecado. ¡Qué dislate y cuán inicua, inútil y contraproducente provocación! Entre dos cuerpos adultos todo está permitido, *todo*, a condición de que sus respectivos propietarios lo acepten y lo deseen.

¿Habrá que repetir lo mismo —que Dios nos ha dado la líbido y los órganos sexuales para que los utilicemos a fondo— mil millones de veces antes de que el Vaticano nos escuche?

Más le valdría hacerlo, y pronto. Es posible, si no, que el papa y todo lo que el papa representa desaparezcan del escenario del mundo, de la humanidad y de la historia sólo por culpa de la peculiar y obsesiva interpretación dada por la iglesia de Roma al sexto mandamiento. Las tensiones internas y externas provocadas en el cuerpo y en el espíritu de los creyentes por este error de bulto son ya insoportables. Su estallido es inminente y causará más víctimas que la erupción del Krakatoa. El Maligno, en el ínterin, se frota las manos.

¡Escucha el clamor del sexo reprimido, Wojtyla! Te lo dice un amigo.

Otra cosa es que algunos hombres y mujeres renuncien voluntariamente al ejercicio de la concupiscencia animados por el propósito de no desperdiciar el cupo de energía necesario para subir al Monte Carmelo por la escalera de la mística y convertirse en puras llamas de amor divino. *Eunucos hay* —dijo Jesús— *que se castraron en cierta manera a sí mismos con el voto de castidad a mayor gloria del Reino de los Cielos. Aquel que pueda ser capaz de eso, séalo* (13).

Yo, por desgracia, no lo soy. Ya me gustaría, pero...

Y, en cualquier caso, ¿qué importa lo que digan los *mandamientos*? Todos ellos proceden del mundo bíblico, no del cristiano.

—¿Cómo dices? ¿He oído bien? Repítelo, por favor.

Es Jay.

—Sí, has oído bien. Y no te escandalices ni me escandalices, porque tú sabes más que yo de todo esto.

(13)   Mateo, XIX, 12. *(N. del e.)*

—¿Qué es lo que sé?

—Que Jesús no vino para actualizar ni enmendar ni revisar el Antiguo Testamento, sino para combatirlo, para desenmascararlo, para borrarlo de la faz de la tierra. Hay que elegir: o el Galileo o Iahvé. No son compatibles. La doctrina del uno excluye a la del otro. Y ahí está el busilis: la Iglesia, al presentar los evangelios como una prolongación de la Biblia, se equivocó de medio a medio, confundió dramáticamente las aguas, hizo un flaco favor a su propia causa y desvirtuó por completo el mensaje y las enseñanzas de Cristo. ¿Quieres que te lo repita? Pues te lo repito: o se está con Jesús o se está con Iahvé. Y yo, Jay, estoy con Jesús.

—¡Pero Jesús era judío!

—No, no lo era. Empecé a sospecharlo hace mucho tiempo. Ahora lo sé. Lo sé y lo demostraré en mi libro. Y no creas que se trata de una simple intuición, de un deseo o de una corazonada. No. Tengo datos, mucho datos, y a su debido momento los haré públicos, aunque me maten por ello.

—¿De dónde era Jesús?

—Era un galileo, Jay. Y en Galilea, cuando él nació, los judíos no pasaban de ser una exigua minoría. La población estaba muy mezclada. Había en ella griegos, caldeos, nabateos, egipcios, fenicios y gentes de paso. Lo de costumbre: el recuelo, la eterna olla podrida y cosmopolita del Mediterráneo y del Oriente Medio. Jesús nunca se encontró a gusto en Jerusalén. Eso salta a la vista, al oído y al tacto. Su tierra, su gente, su mundo estaba aquí. Y aquí volvía una y otra vez, y se paseaba, y predicaba, y se sumergía en baños de multitud incluso cuando su cabeza estaba puesta a precio en el resto del país. Y nadie se atrevía a hacerle nada, ni siquiera sus más acérrimos enemigos, que eran siempre —sin una sola excepción— de raza hebrea.

—Los judíos pueden matarte por decir eso.

—Ahora, sí. Hace cincuenta años me habrían concedido la laureada del rey Salomón. Pero lo chusco es que también podrían matarme los cristianos.

—¿Y si te equivocaras? ¿Y si tus datos se revelan erróneos? ¿Y si la Galilea que describes fuese un sueño literario?

—Lo dudo, pero Jesús sería en ese caso un hombre sin ascendencia, sin linaje, sin raza, sin patria, sin herencia y sin condicionamientos de ningún tipo. Literalmente caído del cielo. Mejor aún, ¿no?

Jay, meneando la cabeza, me abandona a mi suerte y se desmaterializa. Yo, después de enfrascarme durante unos minutos en la contemplación de la raspa del pez de San Pedro, recupero el hilo perdido de la monjita ninfómana, que se consideraba cristiana a carta cabal y no tenía ningún sentimiento de culpa. ¿Por qué iba a tenerlo? Todo lo que hicimos fue noble, valiente, sincero, bonito, natural y estimulante no sólo para el cuerpo. Gurdjeff decía que únicamente son pecaminosos los actos superfluos, porque lo indispensable siempre está permitido. Y el placer sexual era para sor Lujuria —lo sé yo y nadie podrá quitármelo de la cabeza— un desahogo absolutamente necesario y exigido por su naturaleza.

En fin... Dicen los italianos, y tienen razón, que *una perduta, dieci trovate* (14), pero —con todo y con eso— partir esta vez es morir un poco más que las otras veces.

Jadiya, Verónica, monjita de mis bienaventuranzas: *conmigo váis, mi corazón os lleva.*

Golfo de Acaba
Domingo 13 de mayo

Sobrevuelo el desierto del Negev. Ni rastro de azafatas peligrosas en el avión que dentro de veinte minutos, si los palestinos no lo secuestran, me dejará en Eilat, a orillas del Mar Rojo. Pasaré allí un par de días de descanso y reflexión, cruzaré luego a pie enjuto la frontera con Egipto y me adentraré en autostop, en autobús, en tartana o como sea en esa tierra de Dios, de todos y de nadie que es la península del Sinaí. Quiero perderme en el laberinto de la biblioteca del convento fortificado de Santa Catalina y trepar a las cumbres de las montañas santas de los judíos —allí, en la llanura, acamparon éstos durante el éxodo capitaneado por Moisés— para volver a *transfigurarme* en ellas, si el Altísimo me concede otra vez ese don.

La biblioteca del convento —que sólo cede en cantidad y en calidad, por lo que a la historia del cristianismo se refiere, a la del Vaticano en Roma— guarda secretos importantes. Así lo creo

(14) Por cada una que pierdas encontrarás otras diez. *(N. del e.)*

yo y así me lo indicó en el autoservicio de la fortaleza de Masada el embajador de Argentina en Israel. Algunas de las herméticas pistas suministradas con cuentagotas por el profesor yemenita avalan también esta dramática y sinuosa línea de investigación. Tres mil quinientos manuscritos griegos, árabes, siriacos, armenios, georgianos, coptos y eslavos dormitan allí, del salón en el ángulo oscuro, esperando la llegada de un pensador libre (que es lo contrario de un librepensador) capaz de despertarlos y de arrancarles con su mano de nieve las notas de una sinfonía incompleta jamás escuchada antes.

¿Seré yo el afortunado mortal que peche con esa tarea? ¿Y a qué precio? ¿Cuántas detenciones e interrogatorios me costará la broma?

No he mantenido mi palabra. No he conseguido limitar los apuntes de este cuaderno a lo estrictamente informativo y telegráfico. Pero ahora sí que se acabó la copla: desde Eilat enviaré todo lo que he escrito durante los últimos días a mi estafeta clandestina en Madrid y cruzaré la frontera limpio de polvo y paja en lo que atañe a mis investigaciones, elucubraciones y apariciones crísticas. Bastante tengo con la bola de hachís, a la que no le quedará más remedio que volver a pedir asilo político en mi esfínter. La cosa no será tan dura como lo fue al salir hacia Israel, porque la circunferencia de la china ha mermado considerablemente. Y no sólo por mi culpa. Verónica y Jadiya son unas fumonas de las de antes de la desbandada jipi. A sor Lujuria, en cambio, únicamente le interesaba el sexo duro y puro en todas sus infinitas variantes.

281

Y hasta aquí hemos llegado. No habrá más notas ni apuntes en el resto del viaje. Las cartas que pueda enviar, si me pongo a ello, y la corteza y los lóbulos del cerebro serán los únicos depositarios de lo que descubra, de lo que intuya y de lo que me suceda. La literatura, al fin y al cabo, es la tentativa de describir la realidad filtrada, matizada y deformada por el recuerdo.

Tendría que apartarme durante una temporada del hachís, de sobra lo sé, pero el caso es que lo necesito para dos asuntillos de índole muy diferente: para hacer el amor (¡es tan distinto!) y para seguir buscando a Jesús entre la hojarasca de la historia del cristianismo. Los alucinógenos permiten ver la *transrealidad* —lo que alienta en el reverso de los seres y las cosas. Seguro que don Quijote fumaba petardos. No olvidemos que Cervantes estuvo preso en Argel— así como el tejido conjuntivo que ocupa y llena las rendijas del dudoso mundo que los sentidos nos transmiten. Y ése es, quizá, el mejor sistema para acatar de una vez por todas el imperativo categórico de Baudelaire que desde hace cuarenta años me obsesiona: *¡al fondo de lo desconocido para encontrar lo nuevo!*

Lunes 14 de mayo

Estoy sentado bajo la sombra de un cañizo en una de las horripilantes playas de este golfo del infierno y medito sobre la pasión y muerte de Jesús.

Y me pregunto, mientras todo se estremece

dentro de mí, si el Galileo murió de verdad, *realmente*, en la cruz y si, caso de que así fuera, resucitó.

Sé muy bien que estoy jugando con fuego, que me enfrento a un tabú, que no conviene abrir la caja de Pandora, que más vale no meneallo, que toda la religión y la revelación cristiana gira en torno a ese quicio, y que el entero tinglado clerical y litúrgico se vendría estrepitosamente abajo en un amén si pusiéramos en tela de juicio la resurrección del Galileo.

Y, desde luego, no es ése mi propósito ni me atrevo por ahora a dar una respuesta. Supongo que en Egipto y en la India, que son las próximas (y, seguramente, últimas) etapas de mi viaje, encontraré nuevos datos y escucharé nuevas revelaciones que contribuyan a aclararme las ideas.

La lógica, sin embargo, nos dice —o, por lo menos, *me* dice— que hasta la brusca aparición de Pablo en la historia del primer cristianismo nadie, dentro de éste, postulaba la tesis de la resurrección como un hecho probado, comprobado e innegociable. Las noticias sobre la muerte córam pópulo de Jesús fácilmente podrían ser una interpolación posterior nacida del convencimiento pagano de que *el dios debe morir para que el hombre viva*. Pablo —que fue el fundador, el organizador y el primer gestor de la multinacional eclesiástica (o sea: el hombre que proyectó la figura y la doctrina de Jesús mucho más allá de las fronteras de Israel)— tenía ante sí, en el ámbito del Mediterráneo y de sus regiones aledañas, una situación religiosa que se caracterizaba por la feroz competencia existente entre los distintos credos. Los cultos mistéricos —y sobre todo, entre ellos, el de la diosa Isis— brindaban a sus seguidores la certeza de la inmortalidad del alma, lo que constituía una novedad absoluta respecto a la oferta de las religiones anteriores. Consecuencia impepinable: había que llegar más lejos —Pablo lo comprendió en seguida— si se aspiraba a arrebatar, como en efecto sucedió, parte de esa clientela (si no toda) a los hierofantes de los misterios paganos.

Y para ello, en principio, sólo existía una fórmula: prometer a los posibles catecúmenos no sólo la inmortalidad del alma, sino también la del cuerpo.

Así, como una ramplona cuestión de *marketing*, pudo surgir la idea de lo que andando el tiempo se convertiría en dogma simultáneo de la resurrección *carnal* de Cristo y de todos los mortales.

La segunda hipótesis es un desbarro de tal calibre que no voy a molestarme en discutirlo. Si se es reencarnacionista, y yo confieso que lo soy a machamartillo [también lo eran, por cierto, los primeros cristianos —con Orígenes a la cabeza— hasta que un grupo de sátrapas más preocupados por las cosas del César que por las de Dios declaró herética la doctrina del transmigracionismo y la preexistencia de las almas en el segundo Concilio de Constantinopla (15)], ¿cómo hacer cuadrar la creencia en la resurrección de un determinado cuerpo físico con la evidencia de que el alma que en su día lo habitó fue también habitante de otros cuerpos?

(15)   Se celebró en el 553. *(N. del e.)*

284

Y en cuanto a la primera hipótesis, la de la resurrección corporal de Jesús de Galilea, ¿por qué le damos tanta importancia a algo que no quita ni pone ni añade absolutamente nada al mensaje evangélico? Éste, creo yo, convence (o debería convencer) sólo por sí mismo, por su contenido, por su eficacia, por sus resultados, por su nobleza y belleza, por su elevación espiritual, y no por los milagros que de cara a la plebe supersticiosa y sedienta de prodigios lo refrendan y avalan.

Yo, al menos, no soy cristiano porque Jesús resucitara o dejase de resucitar, sino por lo que dijo y lo que hizo. Y si algún día —ojalá no llegue nunca— se demostrara que no resucitó, mi fe seguiría incólume. Endeble, muy endeble, debe de ser en cambio la que necesita de fábulas, de juegos de prestidigitación y de fenómenos sobrenaturales para no desmoronarse.

Digo a este respecto, y *siento*, lo mismo que *sentía*, y decía, el autor anónimo del *Soneto a Jesús crucificado* (que me parece —hoy como en mi infancia— una de las tres o cuatro páginas más hondas, más altas y más bellas de la literatura de mi país): *No me mueve, mi Dios, para quererte / el cielo que me tienes prometido / ni me mueve el infierno tan temido / para dejar por eso de ofenderte...* Y hago mío, sobre todo, lo que dice su tercera estrofa: *Muéveme, en fin, tu amor, y en tal manera, / que aunque no hubiera cielo yo te amara / y aunque no hubiese infierno te quisiera.*

Amor: ésa es la palabra clave de la teología. De todas las teologías. No conozco otra.

Y ya corro hacia mi refugio antiatómico huyendo de los reproches, de los alaridos, de los insultos, de las amenazas y de los argumentos que contradicen lo que acabo de exponer.

Viene el conformista de turno —helo ahí— y me pregunta como si manejara una cachiporra: *¿y las apariciones de Jesús depués de su muerte? Todos los evangelistas las mencionan, señor Ramírez.*

Y yo le respondo: sí, pero ni Mateo ni Marcos —que son los más antiguos— hablan de la resurrección *física* de Jesús. Y yo, señor conformista de turno, no pongo en duda (ni creo que estén bajo sospecha) las *apariciones* de su cuerpo astral o sutil. O, directamente, de su alma.

Eso, por una parte.

Por otra, amigo mío, conviene no olvidar que todos los evangelios son posteriores a la conversión de Pablo. De modo que si éste, tal y como insinué más arriba, manipuló astutamente los hechos y las palabras de Jesús con miras a conseguir su proyección ecuménica...

Que entienda quien tenga oídos para entender.

Martes 15 de mayo

¿Y mi madre? ¿Qué dirá mi madre si lee lo que escribí ayer?

El asunto me preocupa tanto que esta noche no he podido pegar ojo. Palabra de tuareg. Ya explicó Faulkner que el buen novelista, para serlo, tiene que considerarse capaz de vender a la autora de sus días en letras de molde cuando así lo exijan las circunstancias.

Si eso es cierto, y seguramente lo es, yo no puedo ni quiero llegar a ser un buen novelista.

Prefiero ser un buen hijo.

A mi madre, en todo caso, le diría lo que en cierta ocasión dijo Zola a quienes le reprochaban su forma de pensar, de contar y de expresarse: *si Dios quiere, yo lo quiero.*

Contundente afirmación que, desde luego, suscribo y que se entiende mucho mejor volviéndola del revés: *si yo quiero, Dios lo quiere.*

O lo que tanto monta: si yo dudo de la resurrección de Jesús, es porque Jesús lo desea y lo permite.

Y estoy absolutamente seguro de que eso no hace de mí un mal cristiano.

Me parece bien que millones y millones y millones de personas de buena voluntad crean a pie juntillas en la resurrección del Maestro, pero me gustaría ser pagado con la misma moneda. Vale decir: que a ellos, a los *resurreccionistas,* no les parezca mal la actitud de quienes no lo somos tanto o, más sencillamente, no convertimos ese asunto en condición sine qua non de nuestra fe y de nuestra religiosidad.

O diciéndolo de otra forma: yo nunca me excluiré de la Iglesia, por muy graves que sean mis divergencias con ella, y espero, en justa reciprocidad, que la Iglesia no me expulse de su seno a causa de sus divergencias conmigo. La libre interpretación de las Sagradas Escrituras es, probablemente, el único punto en que coincido con Lutero.

Esta tarde cruzaré la frontera. He pasado en Palestina cuarenta y ocho días de armas tomar.

Que Dios reparta suerte. Voy a necesitarla.

EPISTOLARIO

1. *Desde Egipto*
(15 de mayo a 5 de julio)

> Las vestiduras de Isis son abigarradas para representar el cosmos; la de Osiris es blanca y simboliza la Luz Inteligible que hay más allá del cosmos.
>
> PLUTARCO

> Haced lo que teméis y el temor morirá.
>
> KRISHNAMURTI

> Cuando estés frente a la muerte, no luches. Abandónate, déjate ir. El impulso que te arrastrará es cósmico. ¿Acaso alguien sabe lo que hará en la tierra cuando llega a ella? ¿Por qué no ha de suceder lo mismo después de la muerte?
>
> SHRI ANIRVAN

El Cairo, 5 de julio de 1991

MI QUERIDO F.S.D.: en este mismo instante descubro que las iniciales de tu nombre completo suenan casi igual que las siglas de la dietilamida del ácido lisérgico (1). ¿Casualidad o causalidad?

Son las seis de la tarde y afortunadamente, a pesar de la fecha, empieza a refrescar. Ya sabes cómo las gasta el desierto.

Estoy en la terraza de una habitación del *Hotel Mena House* con los pies apoyados en un sillón de mimbre idéntico al que acoge mis posaderas. Desde aquí puedo ver el geiser desdentado de las pirámides recortándose contra el resplandor rojizo del crepúsculo. Un espectáculo que los teólogos podrían utilizar como prueba visible y fehaciente de la existencia de Dios. Tú ya lo conoces. Fuiste el mensajero de los faraones que hace un cuarto de siglo me indicó este hotel. Los tiempos han cambiado. Hay ahora en sus dependencias muchos más *tourists* que *travellers* y la tecnología de punta, que por desgracia ha llegado incluso aquí, corrompe y adocena la vieja atmósfera colonial que tanto nos gustaba, pero en fin... Las pirámides siguen en su sitio, la Esfinge aún no le ha contado su secreto a los chicos de la CNN y el desierto no sólo no retrocede, sino que avanza. La misericordia de Alá es infinita.

Supongo que te extrañará recibir esta carta. Es la primera que escribo desde que el quince de mayo entré en Egipto por la frontera nazi del golfo de Acaba. Sólo les faltó mirarme el ojo del culo con un telescopio. ¡Y menuda sorpresa se habrían llevado! Porque ni tú ni nadie sabe que, por fin, he perdido la virginidad de la región tra-

(1)   Nombre científico del LSD. *(N. del e.)*

sera. Antes o después tenía que suceder. Lo mismo le pasó a Lawrence de Arabia, ¿no? Mi violador ha sido un chinón de chocolate *cero cero* importado del Rif. Por cierto: ya no me queda ni una mala raspadura. Esta noche tendré que fumarme los flecos de las cortinas. ¿Tú crees que pegarán? Mañana, si la Air India quiere, dormiré en el *Nataraj* de Bombay. Y allí, Dios mediante, se acabó el problema. Nada es imposible en esa ciudad putrefacta ni en el resto del maravilloso país que la envuelve.

Just moment. Acaba de entrar en la habitación un mucamo con librea, turbante, halitosis, uñas de raposa y gafas de culo de vaso. Trae un servicio de té anglocabrón sin clavo ni cardamomo. ¡Qué desfachatez! El fin del mundo se acerca. No van a faltarnos motivos de risa, de cabreo y de distracción.

No refunfuñes. Ya sé que me he despedido a la francesa, pero te aseguro que las circunstancias así lo exigían. Fue una decisión imprevisible y fulminante. Saqué la mochila, me santigüé, me eché al camino y me planté en Tel Aviv. No tuve tiempo ni para lavarme los dientes. Habla, si te pica la curiosidad, con la Princesita del Almendro —que sabe algo, aunque no todo— y, de paso, cálmala. Dice que eres un descastado, que no te ve nunca y... Está que trina contigo. Ya conoces sus histerias, sus arrebatos y su necesidad de afecto.

No voy a contarte la historia desde el principio. Me llevaría demasiado tiempo. El detonante fue una conversación con Jaime Molina. Vino a Madrid, me pidió que escribiese las memorias apócrifas de Jesús de Galilea, entré en crisis, caí en trance y aquí me tienes, tirando de un hilo que probablemente no me llevará a ninguna parte y metiéndome en unos jaleos horrorosos.

Los de Israel han sido de culebrón venezolano, pero hasta que entré en Egipto no empezó lo bueno. Y perdóname por no ser más explícito. La discreción se impone y los servicios de correos tienen mil ojos. Mi mano derecha ya no le dice nunca lo que hace a mi mano izquierda.

Total: que me puse a atravesar en autostop, como en los viejos tiempos, el desierto del Sinaí y terminé bizco, deshidratado y al borde del coma en la jaima del beduino que me encontró con la lengua fuera junto a un pozo sin agua. Dura experiencia, compañerito. Ya te contaré.

Luego, incorregible que es uno, me perdí durante una semana (pero esta vez con cantimplora) por los infinitos recovecos y curvas peligrosas de la biblioteca del monasterio de Santa Catalina, conocí allí a un hombre de los que Diógenes buscaba con su linterna —es el director, conservador y restaurador del susodicho antro, que parece un sueño babélico de Borges— y descubrí datos estremecedores sobre Jesús de Galilea.

Ahora estoy casi seguro —y si digo *casi* es porque seguro del todo no lo estaré nunca— de que el Cordero de Dios no era judío de raza ni de religión ni de filosofía ni de sentimiento. Siempre lo sospeché, pero sólo ahora me atrevo a cruzar el Rubicón y a afirmarlo por escrito.

¿Era, entonces, egipcio (como lo fue Moisés)? Quizá. Eso explicaría muchas cosas y, entre ellas, las aplastantes coincidencias teológicas, escatológicas, morales y litúrgicas del mensaje del Galileo con la antiquísima religión de Isis y de Osiris.

¿Te detallo algunas? Ahí van: la creencia en la inmortalidad del alma, el feminismo *avant la lettre*, la democratización del culto, la defensa a ultranza de los humillados y ofendidos, la importancia atribuida a la virtud de la misericordia, la iconografía de la diosa madre con el niño en su regazo, las oraciones, el sacramento del bautismo, la alegoría del pez, las técnicas de sanación, la visita efectuada por Jesús al santuario de Osiris en Jerusalén, la eucaristía, la Última Cena, la Pasión, la balanza del Juicio Final, el monoteísmo trinitario, el infierno de fuego, la descripción del Paraíso, el modo de concebir y celebrar la Pascua, los nombres propios de persona, la idea de la Redención y el emblema de la Cruz como árbol de la vida y símbolo de ascensión emparentado con la esvástica (que está siempre en el ojo de la aguja y en la cresta de la ola de todos los cultos solares).

Y de ahí, hermanito de horóscopo, a lo de siempre: laberintos, almendras místicas, *mandalas*, crismones, rosacruces, cuadrado mágico de los alquimistas... O sea: la Tradición Primordial. No hay más cera que la que arde.

De ese modo se nos transformaría Jesús en lo que probablemente fue (además de otras cosas): el mayor héroe iniciático, profeta, *buda* e Hijo de Dios de toda la historia universal, posible e inteligible sólo en el contexto religioso del Mediterráneo. Sus hermanos de sangre, de ideas y de *misterios* se llaman Mitra, Baal, Herakles, Melkart, Osiris, Attis, Apis, Serapis y... Dionisio.

Sí, Dionisio. Me siento orgulloso de ese nombre.

¿Fantasías? Desde luego, pero apuntaladas por una apabullante ristra de indicios, de noticias, de rumores y de datos. Ya los sacaré a relucir en mis *memorias de Jesús,* suponiendo que me decida a escribirlas. De momento he metido toda esa *información privilegiada* (y reservada) en una caja de seguridad.

Y conste, para que no pienses que me he vuelto tan fanático como los miembros del equipo de los *judaizantes,* que admito la posibilidad de que se haya perpetrado una *falsificación pagana* del personaje de Jesús similar a la *falsificación hebrea* involuntaria e inocentemente desencadenada por los evangelistas y desarrollada luego en profundidad por la Iglesia, por los teólogos, por los eruditos, por las tragaderas de los cristianos de a pie y, últimamente, por la internacional judía.

Los datos de peso *paganizante* que obran en mi poder —y que aún no he tenido tiempo ni ganas de *procesar...* Perdóname la barbarie de este anglicismo electrónico— podrían ser el fruto de una manipulación similar a la que mecánicamente, sin que sus autores lo pretendieran, sufrieron los evangelios sinópticos (el de San Juan es otra cosa), escritos los tres por judíos de pura cepa que estaban congénita y arquetípicamente dominados por los usos y costumbres de su entorno, por el sistema de valores de su raza y por la agobiante idea de Iahvé.

Mas no por ello, si se demostrara la existencia de un *complot pagano* (le tomo prestada la expresión —sacándola de contexto— al bueno de

Escota) (2), el Jesús que propongo dejaría de ser *mi* Jesús. Cuestión de *simpatía,* en el sentido filosófico y fisiológico de la palabra. Cada cristiano y cada loco con su tema. En esta universidad sólo cabe matricularse por libre. El Cristo histórico —o el Cristo *real*— sería entonces el que surgiera en el punto de intersección de todos los Cristos personales. De oca en oca y tiro porque me toca. Lo único que pido, Fernando, es que los judaizantes nos respeten a los paganizantes del mismo modo que nosotros los respetamos a ellos. No he venido a traer la guerra, sino la paz. En el Templo y en el regazo de Dios hay sitio para todos.

Y ahora —brevemente, porque el crepúsculo ha terminado, las pirámides han desaparecido y la gazuza arrecia— sigo con el relato de mi viaje.

Cumplida satisfactoriamente la misión que me había llevado hasta el monasterio de Santa Catalina, y recuperada en ese lugar la salud después del arrechucho padecido en el desierto, me vine a El Cairo y pasé aquí un par de semanas deliciosas junto a dos antiguos compañeros de andanzas tercermundistas Javier Ruiz y Federico Palomera. Los dos están destinados en Egipto. Que sea por mucho tiempo.

Y ahora viene el plato fuerte del viaje.

Invoqué a Hermes Trismegisto, respiré abdominalmente en ocho tiempos, tiré aguas arriba —de falúa en falúa, de balsa en balsa, de chin-

---

(2)   Dionisio alude a Antonio Escohotado y a su excepcional *Historia de las drogas,* Alianza Editorial, Madrid, 1989. *(N. del e.)*

chorro en chinchorro— por el Nilo, acampé dos o tres días en el Fayum (quería olfatear el escenario en el que estuvo el celebérrimo laberinto del lago Moeris, que hoy se llama Karun y en cuyas orillas también vivaquearon los esenios: tres mil cámaras distribuidas en varios niveles, según Herodoto, en las que el dios Anubis recogía las almas de los difuntos y las conducía por medio de un hilo hasta el alto tribunal de Osiris. Dicen que Dédalo se inspiró en este monumental palacio de tinieblas para construir en Creta, por encargo del rey Minos, la legendaria prisión de seguridad —diríamos ahora— del monstruoso Minotauro)...

Y, como de costumbre, me he perdido. ¿Por dónde y hacia dónde iba?

Todos los caminos de Egipto y todas las rutas del Nilo llevan a Karnak, a Luxor, al Valle de los Reyes. Arribé allí, después de una larga y azarosa travesía, y me demoré sólo el tiempo necesario para descargar el excedente de energía erótica, reponer los kilos perdidos y explorar —tanteando con el pie— los esteros y riberas de ultratumba. Mujeres, templos, sepulcros, dátiles, visiones y *dolce far niente*. No pido más. Con eso me conformo.

Seguí remontando el río más hermoso de la tierra y llegué adonde nunca había llegado antes: a Assuán, al alto Nilo, a las cataratas, a las Grandes Dunas, al último mojón del horizonte, a los templos y *lugares de poder* de Nubia...

Y allí, Fernando, doblé la esquina más peligrosa de mi existencia y me enfrenté a la prueba más dura (y también más pura) que hasta ahora me ha deparado el destino. Tengo que agradecérsela —y así lo hago, con la debida unción— a mi señor Osiris y a los hierofantes de sus misterios.

Todo —la búsqueda, la invitación a la danza, la *descensio ad inferos* (3), el susto, la caminata por la tierra de los muertos, la subida al Monte del Paraíso y el aprendizaje de la lectura del libro de las estrellas— duró seis días. Al séptimo volví en avión a El Cairo.

¿Volví? No sé si la palabra es correcta. El Dionisio que llegó al aeropuerto de la ciudad más grande de África no era el mismo Dionisio que había salido de ella por vía fluvial cinco semanas antes.

Sé lo que estás pensando, y aciertas. Me sometí voluntariamente, con dos cojones (y los dos de corbata), a un explosivo proceso iniciático de muerte y resurrección. Pero sin bromas, Fernando. Esta vez iba de verdad. Llevaba, como en la *belle époque* de la militancia antifranquista, un *contacto*. Me lo había facilitado un profesor yemenita —ciego, pero lleno de luz— al que conocí en Jerusalén. Y funcionó, ya lo creo que funcionó.

Me llevaron a un inmundo camaranchón subterráneo, me pidieron que me quitase toda la ropa sin perdonar ni siquiera los calzoncillos, me encasquetaron un capuchón de seda fosforescente sin aberturas para los ojos, me lo anudaron al cuello y me abandonaron de ese modo y con esa pinta —en pelotas y a palo seco, sin pan, sin

(3) Descenso a los infiernos. *(N. del e.)*

agua y sin linterna— en el interior de un laberinto hasta el que no llegaba (lo supe luego) un maldito rayo de luz. Las paredes eran de piedra sin desbastar y el techo estaba situado a tan corta altura que no podía caminar erguido. Olía a moho, a murciélagos, a tinieblas, a vacío, a silencio. Tropecé con algo que parecía una gigantesca telaraña, la aparté a tientas, noté un soplo frío que me subía por el muslo, extendí la mano y...

Pero no voy a contar por carta ni de ninguna otra forma lo que a partir de ese momento me sucedió. Para ello necesitaría mil horas y, además, el secreto iniciático —el mismo que selló la boca de Platón después de que el sumo sacerdote de Sais levantara ante los estupefactos ojos de su espíritu el velo de Isis y le explicara el misterio de la Atlántida— me lo impide.

Tiempo al tiempo, Fernando.

¿Quieres saber —porque eso sí puedo decírtelo— dónde ocurrió todo esto?

¡Y dónde iba a ocurrir, hermanito, sino en la isla de Philae, al pie de la primera catarata y en el corazón del gran templo de Isis emplazado allí desde el primer vagido de la historia!

Es un sitio indescriptible e incomparable: un brioso *lugar de poder* que para sí hubiese querido Carlos Castaneda. En todo el valle del Nilo no encontrarás nada semejante. Yo, al verlo, me pellizqué y pensé que estaba soñando, que aquello era un espejismo o una alucinación... Y, de ti para mí, te confieso que aún no he rechazado esa idea. Quizá no exista la isla de Philae. Quizá nunca haya estado yo allí. Quizá me embromó el profesor yemenita. Quizá me habían suministrado una pócima psicodélica en el hotel. Quizá haya sido todo —mi *contacto*, mi iniciación, mi *prueba del laberinto*— una simple pesadilla histérica con final feliz.

No lo sé. Pero hay algo más. Algo que no debes contar a nadie. Nunca, Fernando, a no ser que yo te autorice a ello. Promételo.

Cuando estaba en la fase más dura de la peripecia, en su vórtice, en la cumbre de su clímax, acurrucado en un rincón, con la cabeza entre las rodillas y la seda de la capucha empapada en lágrimas, famélico, sediento, tembloroso, reumático, envejecido y a punto de tirar la toalla, de llamar al hierofante, de aceptar mi derrota y de convertirme por los siglos de los siglos en una estatua de sal de las montañas de Sodoma, Jesús de Galilea se materializó ante mí, me habló, me consoló, me guió hasta la salida del laberinto, me bendijo y desapareció.

Es la segunda vez que le veo. La primera fue en el Monte Tabor, hace un par de meses.

¿Será cierto lo de que no hay dos sin tres? Quedo a la espera.

Ni una palabra más.

Te escribiré de nuevo desde Orissa, desde Cachemira o desde el Pequeño Tíbet. Esos son los tres lugares en los que aún debo rastrear las huellas del Jesús oculto. Y si tú quisieras contestarme, aunque supongo que no lo harás, envía tu carta a la *poste restante* (4) de Puri. Hasta finales de julio, como mínimo, andaré por allí. Luego...

Que la Fuerza te acompañe.

DIONISIO

2. *Desde la India*
(6 de julio a 17 de septiembre)

> Existe en el fondo de las células —además de su mortal memoria genética— una mente solar e inmortal capaz de abrir el camino a otro ser después del hombre.
>
> SATPREM

> Nada es imposible para quien practica la meditación. Con la meditación se llega a ser dueño del universo.
>
> LAOTSÉ

> No hay sendero hacia la verdad, ni hindú, ni cristianismo, ni budista, ni musulmán. La verdad tiene que ser descubierta a cada instante; y sólo podrás descubrirla cuando la mente está libre, sin la carga de la continuidad de la experiencia.
>
> KRISHNAMURTI

> Sirve, ama, da, purifica, medita, realízate.
>
> SHIVANANDA

Konarak, 15 de agosto de 1991

MI QUERIDO SOSIA: ¡y pensar que hoy es en España el día de la Virgen!

Pero yo también bailo la jota aquí, hermanito. Seguro que no te imaginas de qué forma ni hasta qué punto.

(4) Lista de Correos. *(N. del e.)*

Primer zambombazo: me alojo, desde hace aproximadamente un mes, en un centro de prostitución sagrada (y, por supuesto, clandestina) de la no menos sagrada ciudad de Puri.

Mi maestro, que es un *brahmachari* (1) como la copa de un pino, me ha dado cuarenta y ocho horas de asueto y libertad en premio a mi disciplina, a mi diligencia y a los servicios prestados. Sí, *servicios*... En seguida lo entenderás.

No siempre se cumple, Fernando, lo establecido por ese tópico —tan ramplón— que asegura que el tiempo no pasa en balde. Yo me siento ahora como si tuviese treinta y tres años —los que tenía cuando recorrí el camino del corazón— y como si el mes de agosto de mil novecientos noventa y uno fuera en realidad el mes de noviembre del mil novecientos sesenta y nueve.

Voy a ayudarte a refrescar la memoria. Te escribo, hermano, desde la *veranda* del Tourist Bungalow de Konarak, es de noche, la luna está en cuarto menguante y de un momento a otro van a traerme un servicio completo de té de Darjeeling con aroma de clavo y cardamomo. Mordisqueo el extremo de mi bolígrafo y...

¿Te acuerdas?

(1) El autor de esta carta me ha prohibido incluir en ella notas a pie de página que aclaren los términos y conceptos de difícil comprensión para los lectores ayunos de hinduismo. Dice que el *tantra* es uno de los caminos de la *gnosis* y que, en cuanto tal, no puede ni debe exponerse a los riesgos de la divulgación. El que quiera entender, añade Dionisio, *que arree* (sic). Y cita al respecto un axioma de la alquimia medieval: *obscurum per obscurius, ignotum per ignotius* (a lo oscuro por lo más oscuro, a lo desconocido por lo más desconocido). *(N. del e.)*

301

No me he sentado a escribirte desde aquí, precisamente desde aquí, por *casualidad*, sino por *causalidad*. Por causalidad tántrica y por voluntad de mi maestro. Llegué a Puri el día doce de julio, pero hasta hoy no se me ha concedido un solo momento de libertad y de disponibilidad para el descanso ni para ocuparme de las pequeñas cosas de la vida cotidiana. El trabajo y la meditación absorben todo mi tiempo.

Supongo que te estarás preguntando por qué extraña regla de tres o ecuación diofántica he terminado nada menos que en el golfo de Calcuta (y, dentro de él, en el estado de Orissa, que es la capital indiscutible del *tantra*, de sus ritos secretos y de su transgresora doctrina) al hilo de un viaje cuyo único y último objetivo es mi señor Jesús de Galilea.

Ya sabes que la discreción —más necesaria que nunca en este caso— me obliga a no ser muy explícito. Y no lo seré.

¿Por dónde empiezo?

Digamos que las pistas encontradas en Israel y en Egipto a propósito de la vida oculta del Nazareno me empujaban hacia dos lugares geográficamente compatibles entre sí: Orissa y el Pequeño Tíbet. Y como esos dos centros de poder espiritual se encuentran en la India, a la India me he venido con la intención de matar todos los pájaros de un tiro, incluyendo también en éste la inevitable Cachemira para sopesar lo que hay de verdadero y de falso en la leyenda relativa a la ubicación del sepulcro de Cristo en un sotanillo de la ciudad flotante de Srinagar.

Y al decir *vida oculta*, Fernando, no me refiero sólo a los años anteriores a la primera aparición pública de Jesús, sino también a lo que hizo o dejó de hacer éste después de su crucifixión, suponiendo —claro— que la hipótesis según la cual el Galileo no murió en el trance se revelara cierta.

Hay, de hecho, muchas *vidas ocultas* de Jesús (demasiadas, me atrevería a decir): la que habitualmente se entiende por tal, la que he mencionado en el párrafo anterior, la del Cristo gnóstico y los mil y un Cristos esotéricos, la de la presunta manipulación paulina, la del escamoteo practicado por la Iglesia...

Vaya por delante que aquí —en Bhubaneswar, en Konarak, en Puri— no he encontrado gran cosa por lo que a mi búsqueda se refiere. Leyendas, sí; certidumbres, pocas. Pero no quiero irme de la lengua por carta. Los adelantos de la electrónica han convertido el espionaje en moneda cotidiana al alcance de cualquier hijo de puta y tengo, desde que salí de Israel, la sensación de que me siguen, me controlan, me vigilan. Será paranoia, supongo, pero eso no me sirve de consuelo ni reduce mi taquicardia. Vivimos, como don Quijote, permanentemente instalados en el caparazón de nuestra realidad psíquica y todo los demás son gaitas. La caja de seguridad que he alquilado en Madrid se está convirtiendo —nota a nota, dato a dato— en el cofre de la Isla del Tesoro.

De todas formas, y a pesar de lo que acabo de escribir, voy a resumirte en muy pocas palabras el estado de la cuestión.

Lo que cautelosamente insinuaron mis informadores durante mi accidentado periplo por el Oriente Medio fue que Jesús se unió en su adolescencia o primera juventud a alguna o algunas de las caravanas que en aquella época iban y venían —cargadas de productos, de noticias y de ideas— entre el litoral fenicio y los grandes emporios comerciales de la península del Indostán, que aquí —en Puri o en las ciudades cercanas— se inició en los misterios del gnosticismo hindú, que regresó luego a Palestina transformado en un hombre diferente y que, por último, regresó a la India después de los dramáticos sucesos de la Pasión, pero no se estableció en Orissa, sino en un monasterio de Ladak colgado de las estribaciones del Himalaya.

Y allí —aunque esto lo añado de mi cosecha— es de suponer que el Galileo se iniciara también, si es que no lo había hecho antes, en los misterios del gnosticismo tibetano.

Sé el nombre de ese cenobio, pero mi boca está cosida por una promesa. De momento.

Adivino lo que estás pensando: si no hay rastro alguno de Jesús en la zona de Orissa, ¿qué diablos pinto aquí? Tu perplejidad es comprensible, porque —desde luego— no entraba en mis cálculos la delirante posibilidad de permanecer papando moscas (y otros insectos de mayor trapío) durante seis semanas en un lupanar sagrado del culo del mundo. Me quedo corto, muy corto, si digo que tengo a la familia excesivamente descuidada. Y más aún a mi chica. Pero, como siempre, la vela propone y el viento dispone.

Tenía otro *contacto* en Puri. Y también funcionó. Tanto, hermanito, que no me reconocerías si me vieses. Muchas cosas han cambiado en mí, incluso físicamente. El yoguín y el guerrero que quise ser se han sacudido la arena de esta plaza y han sido reemplazados por el *bhairava* (que no es, como por su raíz etimológica cabría pensar, un simple *hombre que ama,* sino *alguien que es amor y sólo amor en su estado más puro.* ¡Uf! No resulta nada fácil traducir el *esprit de finesse* del sánscrito a la ruda geometría latinizante de las lenguas románicas).

O diciéndolo de otro forma: el indómito pirata se ha metamorfoseado en una mujercita, en una señorita, en una putita.

Jugarretas del *yang* y del *yin.* Nadie, efectivamente, debería hablar del agua que en su opinión no ha de beber.

Y eso, Fernando, ni siquiera a mi edad, que por cierto es la tuya. Dice mi maestro que no cuentan los años, sino la intensidad de la luz que se lleva dentro. Y ese principio vale también para el asunto que no tiene enmienda.

¿Bromeo al confesar que me he transformado en un dócil, grácil y lascivo representante del sexo opuesto al que en su día me otorgó natura?

Pues sí, bromeo, pero no del todo. Algo tendrá el agua cuando la bendicen.

No me he convertido en un peripatético de la acera de enfrente ni en una exuberante señora con papada y michelines, pero sí he aprendido —tal y como me insinuó la Princesita del Almendro la última vez que la vi— a *no seguir postergando durante más tiempo el estallido de mi feminidad,* a *desarrollar de una puta vez mi lado yin* y a *empezar a ser hembra sin dejar de ser macho* (2).

Ni más ni menos que el Andrógino, Fernando... El famoso *andrógino* al que tantas vueltas le hemos dado tú y yo (y nuestro común amigo Luis Racionero) desde que empezamos a descubrir la cara oculta de la realidad. El *ouróboros* de los alquimistas o dragón que se muerde la cola. La esfera formada por el ensamblaje del *yin* con el *yang*. El monstruo de dos espaldas. El *anima* y el *animus* de Jung. La recíproca penetración (nunca mejor dicho) y compenetración de los complementarios. O —sólo en la India— el triple par de fuerzas formado por Brahma y Sarasvati, Vishnú y Lakshmi, y Shiva y Parvati.

Es decir: plenitud, felicidad, sabiduría... ¿El camino del corazón? Sí, Fernando: el camino del corazón y el camino de la iluminación.

No voy a hablarte del *tantra* a estas alturas, porque lo conoces igual o mejor que yo, pero sí quiero explicarte sin entrar en honduras que para meterme a fondo en él —en esta ciudad sagrada, anarcoide y salvaje no se andan con chiquitas— he tenido que pasar por el trago de mi completa feminización sexual, mental y sentimental.

Se trataba, según mi maestro (que a veces utiliza el mismo lenguaje de don Juan y de Carlos Castaneda), de obligarme a *romper las rutinas* anatómicas, fisiológicas y psicológicas de mi condición y atributos masculinos.

Y para eso nada mejor que depilarme, que maquillarme, que vestirme con provocativa ropa

(2)   Vid. p. 114 de este libro. *(N. del e.)*

de mujer —enseñándome, de paso, a serlo— y que entregarme a una variopinta muchedumbre de varones rijosos en una desangelada habitación provista de un mugriento camastro. Todo, en ella y sobre él, recordaba mucho más a los burdeles de los barrios chinos que a las cámaras interiores de los templos donde ejercían su oficio sin beneficio las prostitutas sagradas del antiguo Mediterráneo.

Mi iniciación empezó con la lectura de un texto venido de la noche de la historia: el *Vigyana Bhairava Tantra*. No sé si lo conoces. En él, Devi —llamé así a mi hija en homenaje a esa deidad del hinduismo— se sienta en el regazo de su esposo y exclama: *¡Oh, Shiva! ¿Cuál es tu realidad? ¿Qué es este universo colmado de maravillas?*

Y el dios, representado como una flor de loto con mil pétalos, responde a tan ardua cuestión desplegando ante la diosa consorte los cientos doce métodos de la meditación shivaíta.

Muchos —casi todos— los he practicado ya. Treinta y tres días muellemente fundidos en los catres de una casa de mancebía dan bastante de sí. Y te juro, Fernando, que mientras medito entre polvo y polvo —o, mejor aún, durante ellos— con una intensidad para mí desconocida, siento como si poco a poco fuera transformándose mi cuerpo en una serpiente enroscada —así lo sugiere la iconografía tradicional del tantrismo y así, efectivamente, es— que va desplegando sus múltiples anillos y ascendiendo de *chakra* en *chakra* hasta activar todos mis centros de energía cósmica, telúrica y espiritual. Luego, cuando estalla el orgasmo (que puede ser físico o mental, pero sin eyaculación ni, por lo tanto, desgaste), el fuego de *kundalini* me golpea el entrecejo y me abrasa el vértice y el vórtice de la coronilla, y presencio (y escucho) con el tercer ojo el *bing bang* de los orígenes y la horripilante y fascinante cabalgata del fin de los tiempos.

No busques literatura en esta descripción, sino realismo. Así están las cosas. Así son y así serán hasta que Él diga basta.

He aprendido a vivir en el presente, a ahuyentar los espectros del dualismo, a ser *territorio* y no *mapa*, a manejar el lenguaje de la compasión (que no pretende demostrar nada, sino ayudar a quien te escucha) y a desdeñar la inútil búsqueda del *porqué* de las cosas concentrándome por entero en averiguar su *cómo*.

Y esto último, Fernando, porque al *tantra* —que es la única forma de misticismo y de gnosticismo eficaz en el *kaliyuga* o Edad de Hierro o período cósmico de las vacas flacas— no le importa saber en qué consiste la verdad, sino cómo llegar a ella.

También me han enseñado muchas cosas relativas al sexo. He aprendido —ya lo dije— a hacer el amor sin eyacular y a no hacerlo cuando estoy excitado, a no buscar en el coito la cumbre del placer instantáneo sino el valle del gozo sostenido, a olvidar lo que sabía, a dejar que bailen durante la cópula todas las células del cuerpo como bailan las espigas del trigal cuando las agita el aire, a volverme loco sin perder la calma (¿recuerdas el *desatino controlado* de Carlos Castaneda?), a respirar lenta y profundamente mientras me apareo, y a comprender que las posturas del *kamasutra* no son físicas, sino mentales, y que el amor carnal rectamente planteado y practicado desemboca en un *continuum* meditativo que regenera el cuerpo en lugar de desgastarlo.

El sexo como templo, como plegaria, como trampolín, como espacio para la meditación y ceremonia para la iniciación.

¿Hay, por ventura, algo en el mundo que no sea sagrado para quien vive en permanente actitud sacramental? *Al hombre justo*, decían los cátaros, *todo le está permitido*.

Y, por último, he aprendido que la muerte debe vivirse como si fuera (que lo es) un gigantesco y definitivo orgasmo. *En el momento de morir* —son palabras de mi maestro— *sé consciente de tu cuerpo que muere, como si se retirase hacia el centro, y entonces serás inmortal*.

¡Oh, Shiva! Responde, te lo suplico, a la pregunta que me atormenta desde que llegué a Puri: ¿se inició Jesús, si realmente estuvo aquí, en los secretos y misterios del tantrismo?

El dios permanece en silencio mientras mi conciencia habla y dice: temeridad sería afirmarlo, pero la pregunta es legítima.

Puri era ya, muchos siglos antes del nacimiento de Cristo, un puerto franco de arribada al que acudían místicos y mercaderes de todos los confines de la tierra y del que salían bonzos y misioneros budistas hacia los archipiélagos de lo que hoy llamamos Indonesia y Filipinas. Aquí decidió seguir el legendario rey Ashoka las enseñanzas de Buda después de derrotar a sus enemigos en una sangrienta batalla y esa conversión fue el punto de partida de una época de prosperidad y de espiritualidad en todo el país que los hindúes recuerdan hoy como los ciudadanos de Florencia recuerdan el Renacimiento. Aquí se celebra año tras año, a finales de junio o principios de julio, el celebérrimo *Rath Yatra* o desfile de carrozas sacramentales —ríete, Fernando, del fervoroso paso de la Trianera o de la Macarena en las procesiones de Sevilla— y también aquí, en Puri, siempre en Puri, la vida y la muerte danzan como un derviche loco alrededor del formidable templo de Jagganath, dedicado a Vishnú, en cuyas salas, capillas, patios y dependencias siguen celebrándose, prodigiosamente hibernadas, todas las ceremonias y misas mayores del antiquísimo culto al Señor del Universo. ¡Lástima que los sacerdotes de éste hayan decidido prohibir la entrada en el templo a quienes no profesan la religión hinduista! Pero les alabo el gusto, porque donde llega el turismo no vuelve a crecer la hierba.

En una ciudad así, y en un ambiente como el que a vista de pájaro te he descrito, ¿qué pintaba Jesús? ¿Qué hacía? ¿Qué no hacía? ¿Qué olvidó y aprendió? ¿Qué enseñó, si es que ya entonces —adolescente, una vez más, entre los doctores de la sinagoga— tenía algo que enseñar?

Preguntas, Fernando, a las que de un modo u otro habrá que responder si me meto en el lío mayúsculo de escribir las memorias del Galileo.

Llevo, como ves, muchas historietas sabrosas en el zurrón, pero ya te las contaré cara a cara en tu feudo soriano, con música de fondo sanjuanera y frente a un sólido porrón de clarete de Gormaz servido por Hermógenes en el jardín de la Casa del Guarda de Valonsadero. ¡Salud y viva Soria libre, mágica y templaria!

Mi maestro dice que podré abandonar el centro de iniciación y de prostitución, si todo va como hasta ahora, a finales de la próxima semana o a comienzos de la siguiente. Confío en que sea cierto, aunque aquí me lo paso en grande. Cuando regrese no voy a tener más remedio que escribir una novela pornográfica. ¡Seguro que no hay muchos escritores —y menos de lengua española— que hayan vivido y quieran contar lo que desde hace más de un mes me está sucediendo!

Pero lo cortés no quita a lo libidinoso. Las viejas costumbres tiran de mí y en cuanto llegue a Delhi, camino de Cachemira, voy a pasar dos o tres días bravos, por los menos, en una casa de niñas profanas para recuperar —que no me oiga el maestro— ciertas rutinas sexuales. Pero ojo: allí seré yo quien escoja la postura y lleve la voz cantante. Me muero de ganas.

Un abrazo.

DIONISIO

Srinagar, 5 de septiembre

Fernando: sólo unas líneas... Si es posible.

Te escribo tumbado en la balconada de proa de un lujoso y lujurioso *houseboat* (3). Acaban de traerme un aperitivo —sin alcohol, naturalmente— y el Lago de las Maravillas se despliega ante mí en todo su esplendor.

---

(3) Hotel flotante en forma de barco. (*N. del e.*)

Cachemira no ha cambiado. Te diría, incluso, que está mejor que nunca, porque gracias a los follones desencadenados por los *sikhs* —que son los etarras de esta parte del mundo— y al continuo guerrear (o guerrillear) civil y religioso ya no vienen turistas. Sólo lo hacen, con cuentagotas, los *travellers*, especie casi en extinción.

Llevo aquí diez días. Demasiados o demasiado poco, según se mire. Mañana me voy por tierra hacia Leh, capital del Pequeño Tibet. Tardaré, como mínimo, cuarenta y ocho horas en llegar. La carretera es de aúpa y los precipicios de vértigo. No se bromea con el Himalaya.

Pasé, antes de salir de Orissa, por la *poste restante* de Puri y encontré tu abultado informe. Gracias. Los curiosos datos de historia comparada de las religiones que me facilitas en él refuerzan mi postura. Seguiré adelante con renovado brío.

Por cierto: mi virilidad no ha sufrido menoscabo alguno. Sigo siendo el que era. Estuve en el burdel de Delhi y todo salió a pedir de boca. Ningún problema, ningún trauma, ningún titubeo. Al contrario. Ahora entiendo mucho mejor a las mujeres (y ellas también me entienden mejor a mí). El maestro tenía razón.

¿Recuerdas lo que decía en mi carta anterior a propósito de Jesús y de su posible iniciación en los misterios tántricos? Pues otra vez se ha producido, en lo tocante a ello, el eterno cortocircuito de la *casualidad* y la *causalidad*. Anoche encontré en un cajón de la mesa del camarote que se me ha asignado un libro escrito en francés por un tal Alain Danielou, profesor de la Universidad de Benarés y director de la Biblioteca de Manuscritos Sánscritos de Madrás. Alguien se lo dejó allí. El título lo dice casi todo: *Shiva y Dionisio (la religión de la naturaleza y del eros)* (4). Empecé a hojearlo después de cenar y cuatro horas más tarde aún seguía despierto. No me resisto a la tentación de entresacar unos párrafos, aunque mejor sería enviarte todo el libro. Pero ya sabes que en la India es muy difícil, si no imposible, hacer fotocopias. Quiero compartir contigo mi entusiasmo. Abre bien los ojos, quítate el cerumen de las orejas y escucha...

El mensaje de Jesús se opone al de Moisés y, más tarde, al de Mahoma. Era un mensaje de liberación y de revuelta contra un judaísmo convertido en monoteísta, desecado, ritualista, fariseo, puritano. El cristianismo, en su forma romana, se opuso inicialmente a la religión del Estado. No sabemos gran cosa sobre las fuentes de las enseñanzas de Jesús ni sobre los años transcurridos «en el desierto», mirando hacia Oriente. El mito cristiano parece muy vinculado a los mitos dionisíacos. Jesús, como Skanda (5) o Dionisio, es hijo del padre, de Zeus. No tiene esposa. Sólo la diosa madre encuentra un hueco a su lado. La gente que le escucha y que le sigue —sus «bhaktas»— pertenecen al pueblo llano. Su enseñanza se dirige a los humildes, a los marginados. Acoge a las prostitutas y los perseguidos. Su rito es un sacrificio. En la leyenda órfica ocupa un lugar re-

(4)   Hay edición española (Ed. Kairós, Barcelona, 1986). *(N. del e.)*
(5)   Nombre del Niño Krishna. *(N. del e.)*

levante la pasión y la resurrección de Dionisio. Numerosos milagros de éste se atribuyeron a Jesús. Los paralelismos entre las dos mitologías son evidentes. Los mitos y los símbolos relacionados con el nacimiento y la vida del Nazareno —su bautismo, su entorno, su entrada en Jerusalén a lomos de un asno, la Cena (rito del banquete y del sacrificio), la Pasión, la muerte, la resurrección, las fechas y la naturaleza de las fiestas, el poder de curar y de transformar el agua en vino— evocan inevitablemente el modelo dionisíaco.

Parece, pues, que la iniciación de Jesús revistió carácter órfico o dionisíaco, y no esenio, como a menudo se ha sugerido. Su mensaje, que representa una tentativa de regreso a la tolerancia y al respeto por la obra del Padre Creador, fue desnaturalizado por completo después de la muerte de Jesús. El cristianismo posterior a ella se opone frontalmente al que el Maestro predicó: imperialismo religioso, intereses políticos, guerras, masacres, torturas, hogueras, persecución de los herejes y negación del placer, de la sexualidad y de todas las vivencias del goce de lo divino. Nada de eso era así al principio. Durante mucho tiempo se acusó a los cristianos de celebrar sacrificios sangrientos, ritos eróticos y orgías. No es fácil averiguar qué fundamento tenían estas murmuraciones. Más tarde volvieron a desencadenarse en lo concerniente a los círculos secretos de carácter místico e iniciático que intentaban resucitar y perpetuar el cristianismo de los orígenes.

Encontramos de nuevo el simbolismo ternario hindú en la base del concepto de la Trinidad cristiana. El Padre representa el principio generador del mismo modo que Shiva representa el Falo. El Hijo es el dios protector que se encarna y desciende al mundo para salvarlo, como Vishnú y sus avatares. El Espíritu Santo, que procede del Padre y del Hijo, es la chispa que une ambos polos y equivale a Brahma (la inmensidad). El Hijo —y lo mismo sucede con Vishnú— tiene muchas cosas en común con Shakti (el principio femenino, la diosa) y representa, por lo tanto, al Andrógino. Su culto se mezcla y confunde constantemente con el de la Virgen Madre. Los esfuerzos realizados por la Iglesia para disimular las fuentes órficas y shivaítas de la doctrina de Jesús han arrinconado en el olvido la verdadera y profunda significación del mito cristiano y desembocado en interpretaciones materialistas y pseudohistóricas carentes de sentido ecuménico.

El politeísmo, sin embargo, aún sigue presente tanto en el mundo católico como en el protestante, cuyos teólogos e ideólogos se han limitado a reemplazar los nombres de los antiguos dioses por los inscritos en el santoral. No existe prácticamente ningún templo cristiano dedicado a Dios. Todos están bajo la égida de la Virgen Madre o de esas divinidades menores a las que llaman santos. En un medio politeísta el cristianismo se funde fácilmente con la religión tradicional, como sucede —por ejemplo— en la India, donde lo mismo se invoca a la Virgen que a Kali, donde se confunden los cultos del Niño Krishna con los del Niño Jesús y donde el espíritu bhûta que se apodera de los participantes en ciertas ceremonias de danza extática toma el nombre de los santos cristianos.

¿Se puede recuperar el mensaje de Jesús? Quizá sí. Para ello sería necesario el retorno a un evangelio mucho menos selectivo y el redescubrimiento de cuanto la Iglesia, cuidadosamente, ha ocultado o destruido en lo tocante a sus fuentes y a su historia, prestando especial atención durante esa tentativa de rescate a los llamados evangelios apócrifos, algunos de los cuales son más antiguos que los canónicos. Eso permitiría regresar a lo que pudo ser la verdadera enseñanza de Cristo, fruto del esfuerzo realizado por éste para adaptar su mundo y su época a la gran tradición humana y espiritual de los cultos shivaítas y dionisíacos. Un Jesús despojado de los falsos valores que a partir de San Pablo rodean y deforman su enseñanza podría reincorporarse con facilidad a dicha tradición. Pero eso, evidentemente, sólo podría hacerse al margen de quienes con singular audacia se arrogan el título de representantes de Dios en la tierra y de intérpretes exclusivos de su voluntad. La verdadera religión es la que respeta humildemente la obra divina y su misterio.

Se equivocan quienes piensan que el Occidente moderno es cristiano. Lo fue, sí, en la Edad Media, pero luego dejó de serlo. A partir del año mil, aproximadamente, se difunde por Europa la idea de que el hombre es capaz de dominar el mundo y de rectificar la creación echándole, en cierto modo, una mano a Dios. Esa arrogante conjetura socava la base del cristianismo y lo modifica profundamente. Ya nunca volverá a ser una verdadera religión, es decir, una religión ecuménica que se dirija a la totalidad del ser humano integrando a éste en la naturaleza y ayudándole a restablecer sus relaciones con el mundo de los *espíritus y de los dioses. El último cristiano cabal, desde este punto de vista, fue san Francisco de Asís. Toda religión es, en principio, un sistema o un modo de aproximarse a lo divino. De ahí que una verdadera religión no pueda ser exclusiva ni pretender que tiene el monopolio de Dios, pues la realidad divina es tan polimorfa como los caminos que conducen a ella* (6).

Dan ganas de decir amén, ¿no? Yo, al menos suscribo de la cruz a la bola todo lo que el señor Danielou —al que ya considero, sin conocerlo, un amigo del alma, un hermano espiritual y un compañero de fatigas en la lucha contra el Sistema— sostiene contundentemente en estos párrafos y en las trescientas cincuenta y seis páginas de su libro, que no tiene lastre alguno y que debería ser de lectura obligatoria en todas las escuelas del mundo occidental.

Estoy, incluso, dispuesto a darle la razón en lo que dice sobre los esenios, renunciando así a lo que hasta hace muy poco tiempo era en mí certidumbre casi absoluta respecto a las conexiones existentes entre esa secta y la figura de Jesús. Ahora bien: con una leve y breve reserva que menciono a beneficio de inventario... ¿Por qué no admitir la posibilidad de que el Galileo se iniciara sucesivamente en los misterios esenios (que le caían cerca), en los órficos y en los dionisíacos? Nada quitan los unos a los otros. Al contrario: más bien se complementan. Yo mismo, modestamente, me he sometido (o, quizá, me he enfrentado) a dos procesos de iniciación muy distintos

(6)   Op. cit., pp. 326 a 330. *(N. del e.)*

317

desde que empecé este viaje: el de Isis y Osiris, en el Alto Nilo, y el del *tantra,* en Orissa. Y aún no sé lo que me espera en Ladakh.

Me siento, vanidad aparte, como si por fin hubiese encontrado el hilo de Ariadna que antes o después me permitirá salir con vida del laberinto. Todo encaja, todo se ilumina, todo cobra sentido si elevamos a tesis la hipótesis de la conexión multivalente entre el cristianismo, el shivaísmo y el tantrismo a través de una deidad del Mediterráneo que se llamaba como yo. Estoy, de hecho, orgulloso de mi nombre. Y ahora, sólo ahora, entiendo por qué —de pista en pista, de sugerencia en sugerencia, de dato en dato— los misteriosos *informadores* (llamémoslos así) encontrados no menos misteriosamente en el curso de mi viaje me enviaron primero a Nubia, luego al golfo de Bengala y, por último, al Tibet indio.

Prácticamente —es ahora cuando la visión de conjunto me permite tirar del hilo y devanar la madeja— fui expulsado de Israel y catapultado hacia Oriente. Con ese impulso excéntrico se me transmitía la lección y el mensaje de que nada, absolutamente nada relativo a Jesús de Galilea puede encontrarse hoy en el microcosmos judío —a no ser que se busque por la vía del argumento *a contrariis*— y poco, muy poco, en la doctrina de la Iglesia.

Chau, hermanito... Me voy a pasear en una suntuosa góndola de estilo hindú —aquí las llaman *shikaras*— por las verdinegras aguas de la laguna con el cuerpo y el alma hundidos en los dulces brazos de una hurí del profeta. Tengo que recuperar el tiempo perdido (aunque no desperdiciado) en el lupanar de Puri.

No me escribas a Leh ni a ninguna otra parte. Quédese lo que allí encuentre y lo que allí me suceda para nuestra ya inminente charla frente al porrón de vino de la Ribera del Duero. A finales de mes, si los de arriba no deciden lo contrario, estaré de nuevo en Madrid e iré a verte. Los acontecimientos se precipitan. La Gran Conjura ha empezado. ¡En pie los creyentes de la tierra! Conviene, Fernando, que cambiemos impresiones, que tomemos decisiones y que cerremos filas.

Ahí está la góndola que rumbosamente he alquilado. Su piloto, a juzgar por la desmesurada longitud de sus corvas y torvas napias (aquí abundan los narigudos de Quevedo), podría ser una de las numerosas reencarnaciones de Cyrano de Bergerac. Pero no será él, afortunadamente, sino ella —la hurí— quien me lleve a la luna (7).

Arrieritos somos.

DIONISIO

7. El poeta francés Cyrano de Bergerac publicó en 1648 una *Historia cómica de los Estados e Imperios de la Luna*. *(N. del e.)*

III.   Ite missa est

(Francia y España, verano y otoño de 1991)

Detrás de los ojos del iniciado se esconde la mirada de Dios que regresa.

FRANCISO DE OLEZA

¿Qué estás charlando acerca de Dios? Cualquier cosa que digas de Él es falsa.

ECKHART

Cada vez que la virtud del mundo mengua, yo me manifiesto.

Palabras de KRISHNA
en la *Baghavad Gita*

EL DÍA VEINTE DE SEPTIEMBRE, a la del alba, cogí en Delhi un avión de *Air France* que doce horas más tarde me depositó —ojeroso y derrengado, pero rebosante de vida— en el aeropuerto de París. Ninguna azafata me tiró los tejos ni, caso de tirármelos, yo los habría aceptado. Llevaba en la agenda, y en el saco de las intenciones ocultas, cosas mucho más urgentes e importantes.

Mi hija Devi estaba en Vincennes, pasando unos días —los últimos antes de la vuelta al *cole*— en el chalet del abuelo de una de sus com-

pañeras de estudios y de diabluras. Me lo dijo
Kandahar, a la que llamé por teléfono en cuanto
salí —sin *costo* en el culo ni en ninguna parte—
de las dependencias de la aduana. Al oír mi voz
se volvió loca de alegría. Con personas así da
gusto volver a casa. Mi chica, en cambio, había
vuelto a irse de viaje.

Interpreté la presencia de Devi en Francia, a
muy pocos kilómetros de París, como una enésima señal de las alturas enviada para abrirme los
ojos y guiarme, pero no llegué a esa conclusión
por megalomanía ni por prurito estético y literario ni por afán de nada, sino porque la última
etapa de mi viaje —así me lo indicaron en el monasterio de Leh donde buscó refugio Jesucrito—
me esperaba en Chartres. Hacia allí debía diri-
girme a ciegas. Nadie, de hecho, se molestó en
explicarme el motivo de esa ambigua cita con un
punto del mapamundi en el que nunca había estado ni yo me atreví a formular pregunta alguna. Los maestros me habían enseñado a caminar
a tientas y a no discutir los consejos ni las órdenes de quienes estaban muy por encima de mí
en edad, saber y gobierno. *A lo oscuro por lo más
oscuro, a lo desconocido por lo más desconocido.* Así trabajaban los alquimistas y así tenía que
bregar yo para construir y resolver dentro de mi
conciencia el *cuadrado mágico* del arte real:

```
S A T O R
A R E P O
T E N E T
O P E R A
R O T A S
```

¿Otro laberinto? Pues sí: otro laberinto.

Llamé a Devi y, después de besuquearla y achucharla telefónicamente, le dije que pasaría a recogerla por la mañana, a primera hora, para irnos juntos de excursión a un sitio muy bonito. Se puso casi tan contenta como se había puesto su hermana al comprobar que su padre seguía vivo después de seis meses de viaje numantino en la brecha, a pecho descubierto y a la intemperie. Nunca, en todo ese tiempo, había descolgado un teléfono —detestaba ese chisme— para saber de mi gente. Cartas tranquilizadoras, en cambio, sí que había enviado (aparte de los *apuntes* remitidos a Kandahar), aunque no muchas, pero —tal como andaba el patio y visto el cariz de los acontecimientos— podían haber sido escritas por cualquiera de mis enemigos mientras yo, verbigracia, me pudría bajo tierra, o en un calabozo, o en una celda de lama de clausura, o en los abismos de la droga, de la muerte iniciática, del descenso a las regiones infernales, de la trata de blancas (y de blancos) o, sencillamente, de la locura.

El veintiuno de septiembre, último viernes del verano, recogí a Devi en el chalet de Vincennes, me fui con ella a la estación de Montparnasse y compré en sus taquillas dos billetes de primera clase para un meteórico tren de cercanías. Noventa minutos después estábamos en Chartres.

Entre pitos y flautas era ya la hora de comer. Nos fuimos paseando y gamberreando hacia el centro de la ciudad —Devi estaba guapísima y había pegado un buen estirón, pero por suerte seguía siendo tan traviesa, bullebulle y tabardillo como antes— y nos metimos en un tascucio gobernado por un moro de Mequinez para matar el hambre a fuerza de cuscús, dátiles, té con yerbabuena y *cuernos de gacela*. A Devi siempre le había gustado la comida de Marruecos. Y a mí también.

El restaurantillo quedaba cerca de la catedral y ésta era, evidentemente, mi punto de destino. Tratándose de un sitio como Chartres, no podía ser otro. Toda la ciudad, que no es muy grande, crecía al arrimo, a la sombra y alrededor de aquel portentoso edificio. ¿Toda la ciudad? Sí, y todos sus habitantes, y todos sus visitantes, y todos los pueblos cercanos, y toda la región, y toda la inmensa llanura pintada ya con los suaves colores de la paleta del otoño que se nos echaba encima. Nada podía existir allí al margen del imponente templo gótico cuyas agujas, gárgolas, canecillos, campanarios, torres y efigies de siniestros monstruos medievales rozan el cielo con sus afiladas uñas de piedra oscurecida por el paso de los siglos.

Pensé que por las venas de Chartres corría la misma sangre que por las de Santiago de Compostela. En ningún otro punto de Europa ni, probablemente, de todo el mundo occidental vuela tan alto el espíritu como en esas dos ciudades. Y yo —que había oído por primera vez la llamada de esta peregrinación en el mes de julio de mil novecientos setenta, cuando leí las obras de Fulcanelli (1), el último alquimista— sólo ahora, gracias a un monje tibetano de Leh, convertía en realidad aquel antiguo sueño. Quise ir a Chartres muchas veces, e incluso —en dos o tres ocasiones— cargué el equipaje en el coche, pero siempre se me cruzó algo que en el último momento lo impedía. Así son los caminos de la *gnosis:* una zigzagueante sucesión de subidas al Monte Carmelo y de noches oscuras del alma. Accidentado y difícil es en verdad el filo de la navaja de Shiva que se interpone entre los *lugares de poder* y el mezquino territorio de las vidas corrientes y molientes.

Devi y yo dimos buena cuenta del cuscús, nos echamos al bolsillo un puñado de dátiles y unos cuantos *cuernos de gacela* por si las cosas se ponían difíciles —el Maligno, ya lo sabemos, no descansa y, por otra parte, a la niña le divertía (y a mí también) fingir que éramos druidas perseguidos por las legiones de Julio César en los bosques sagrados de los celtas que alguna vez, *in illo tempore*, cubrieron la comarca (hoy pelona)— y nos fuimos, eructando a troche y moche y diciéndonos entre risas *jandulilá,* a visitar la maravilla que cerraba el horizonte y gravitaba sobre nuestras cabezas.

Devi, cuando vio la catedral de cerca y sintió en su carne el peso y la altura de aquella mole

(1) *El misterio de las catedrales* (Ed. Plaza y Janés, Barcelona, 1967) y *Las moradas filosofales* (íd., 1969). *(N. del e.)*

327

de roca viva levantada por los brazos de la fe, abrió de par en par los ojos como si fueran platos de cuscús, se puso tan colorada como la media botella de vino tinto marroquí que su padre se acababa de beber y me frió a preguntas.

Jamás la había visto tan impresionada. Y no era para menos.

Dimos un par de vueltas alrededor del edificio y luego entramos en él por el único portalón que a esa hora, y en ese día, estaba abierto.

Las vidrieras de la catedral de Chartres son, seguramente, las más hermosas del orbe cristiano. La luz tenue del comienzo de la caída del sol, mezclada con la del inminente otoño, se filtraba por ellas y sumergía el interior del templo en una suave penumbra, a la vez diáfana y opaca, que confundía y revolvía las cosas alterando la conciencia y abriendo las puertas de la percepción como lo hacen los alucinógenos.

Paseamos sin prisa alrededor del coro —en cuyas paredes despuntaban (confieso que me pareció que las estatuas se movían) algunos de los pasajes más significativos de la vida, la Pasión y la muerte de Jesús esculpidos por manos de hombres que le entendían, le veneraban y le amaban—, subimos luego a la capilla que se eleva detrás del ábside y por fin, respirando yo con el abdomen en ocho tiempos y emocionándose visiblemente Devi ante la perspectiva de tan insólita aventura, descendimos a la cripta iniciática de Nuestra Señora del Subsuelo y nos enfrentamos al rostro hierático y hermético de aquella virgen negra y diosa madre que llegaba hasta nosotros desde el centro de la Tradición Primordial anterior a la Caída.

Y fue allí, en esa gruta mistérica que perteneció a los druidas antes de que los cristianos la expropiaran, donde supe que estaba llegando al final de mi viaje, pero que aún me faltaba el último empujón.

Clavé los ojos en los ojos de la imagen y comprendí que era Isis quien me devolvía la mirada del mismo modo que lo había hecho en la isla de Philae.

La diosa egipcia estaba allí, en el corazón de Francia, y sobre ella, sentado en sus rodillas, el niño Horus (o Skanda, o Jesús) sostenía la bola del mundo con su mano izquierda y levantaba la derecha con dos dedos encogidos y tres extendidos, como si fuera Buda.

En mil setecientos noventa y tres, arrastrados por el desmadre zulú de la revolución francesa, los sinculotes jacobinos quemaron el icono de la Virgen Negra de Chartres. Lo que en ese momento tenía ante los ojos no era, por lo tanto, la estatua original, sino una copia. Pero no importaba. La Fuerza de la diosa madre seguía allí, y yo la percibía y la recibía como también la recibía y la percibía Devi, que me había cogido la mano y —nerviosa, casi convulsa— la apretaba.

Muchas tradiciones sagradas confluían en aquella rústica imagen de madera: la de Osiris, la de los druidas, la de Buda, la de Cristo y —anterior a todas ellas— la de los antiquísimos cultos dedicados a la *Magna Mater*.

Me postré ante la augusta Señora, la adoré, bisbiseé un avemaría y expliqué a Devi, con palabras de cuento de Andersen o de Perrault, algo de lo que en aquella cripta se cocía.

Luego, siempre con su mano en mi mano, volvimos a la nave central del templo y la Fuerza tiró de nosotros y nos empujó hacia el sombrío oratorio dedicado a la Virgen del Pilar de Chartres. Y allí, por segunda vez en pocos minutos, caí de hinojos ante la Señora, fulminado e iluminado por la evidencia de que en su estatua (como en la de la Virgen homónima de Zaragoza) el principio femenino se cruzaba con el masculino para generar la chispa del Verbo y del gran orgasmo telúrico: el *yin* era la concha jacobea plantada como un casco protector sobre la cabeza de la imagen —sabido es que la *venera* del Camino de Santiago, o sabrosa *vieira* de las tascas y figones de Galicia, simboliza el sexo de la Hembra Misteriosa— y el *yang* estaba representado, bajo las plantas de los pies de la Druidesa, por el enorme falo o *pilar* de piedra marmórea en permanente erección que también sirve de soporte a otras muchas Vírgenes cristianas, negras o no, y que guarda un extraordinario parecido con el *lingam* o verga de Shiva que se adora en muchos lugares sagrados de la India y de la geografía del hinduismo.

Y, una vez más, el Niño Horus (o Skanda, o Jesús) —fruto de esa cópula sacramental entre la diosa madre y el Espíritu Santo— descansaba sobre las rodillas de la Señora sujetando el globo terráqueo con la mano izquierda.

Lo que demuestra, entre otras cosas, que los egipcios sabían que la tierra es redonda.

Me sentí como si alguien me llevara en volandas a la noche de los tiempos, me sentí como si el dragón de los alquimistas se mordiera la cola en la cavidad de mi ombligo, me sentí como si estuviera meditando y diciendo *auuuummmm* con un hombre encima y una mujer debajo en mi colchoneta del prostíbulo tántrico de Puri.

¡Oh, sublime misterio del Andrógino —nadie lo confunda con el Hermafrodita (2)— que cualquier peregrino de Chartres puede descifrar en las capillas de las dos Señoras! ¡Misterio del Génesis, misterio de la creación *ex nihilo*, misterio del huevo cósmico con el que Einstein se dio de narices cuando se puso a hurgar en el enigma del universo, misterio de la *anunciación hecha a María*, misterio de la *coincidentia oppositorum* alcanzada campo a través del apareamiento místico y del místico enlace de los complementarios!

Devi y yo salimos de la capilla de la Virgen del Pilar (que en este caso no sólo quiere ser francesa, llevándole la contraria a la copla, sino que lo es) y...

Allí estaba: el laberinto, último peldaño y definitiva estación terminal de un viaje al fondo de lo desconocido en el que me había embarcado veinte años atrás, cuando leí *causalmente* los evangelios gnósticos y descubrí que la historia sagrada de Jesús tenía muy poco que ver con lo que la Iglesia me había contado.

Al verlo sentí un escalofrío en la carne y un trallazo en el alma. Parecía una rosa de los vientos, una hélice del *big bang*, un remolino de energía, un mapa del espíritu, una brújula de la fe plantada allí —frente a la puerta principal del

(2) En el Andrógino se funden los dos sexos, mientras en el Hermafrodita coexisten. *(N. del e.)*

templo— para guiar y salvar a los peregrinos descarriados. O sea: a mí, a ti, a él, a nosotros, a vosotros y a ellos. ¿Existe, acaso, alguien que no se sienta perdido —o, por lo menos, desorientado— en las vueltas y revueltas del laberinto de la vida?

No era un sueño ni un espejismo. Estaba, efectivamente, allí: trescientos sinuosos metros señalados con piedra blanca sobre piedra negra que todos los peregrinos debían y deben recorrer antes de visitar los puntos neurálgicos del templo. Y, agazapada en sus curvas, una triple metáfora: la del duro camino de la existencia terrenal, la de la Vía Dolorosa recorrida por Jesús en el calvario y la de la alegre ruta —pintan y cantan pájaros en ella— que desemboca en la Jerusalén Celeste.

Devi, al descubrir en el suelo de la catedral algo que hasta entonces sólo había visto en las barracas de las ferias y entre los *juegos reunidos* que dos años antes había dejado en su balcón el rey Baltasar, echó las campanas al vuelo. La risa le bailaba en los ojos. Daba gusto verla.

Corrió, feliz, hacia el extraño invento que motivaba su júbilo y dijo multiplicando los puntos de admiración:

—¡Mira, papá! ¡Un laberinto!

Y se metió en él con la misma firmeza y voluntad de triunfo con que lo hubiera hecho Teseo.

Yo, titubeando y trastrabillando, la seguí.

Lo hice con cierta aprensión. La cabeza me echaba humo, el aire no me llegaba a los pulmones, los tobillos se me acorcharon y el corazón, enloquecido, no latía diciendo *tic-tac, tic-tac, tic-tac*, sino *es-top, es-top, es-top*.

Lo mismo, exactamente lo mismo, me había sucedido —una sola vez— veintidós años antes, cuando me enteré de la muerte de Cristina por medio de un telegrama enviado a un lugar de Afganistán de cuyo nombre prefiero no acordarme (3).

Devi y yo éramos en aquel momento los únicos exploradores del laberinto. Nadie, fuera de nosotros, parecía interesarse por él.

Sabía yo de sobra que mis semejantes, con las excepciones de rigor, están sordos y ciegos, pero me estremecí al comprobarlo por enésima vez. ¿Cómo era posible que todos los peregrinos y visitantes de la iglesia pasaran de largo ante aquel poderoso instrumento de rescate, de redención y de resurrección en la recta final del peor siglo de la historia?

El laberinto es un criptograma que viene del fondo de la conciencia y experiencia colectivas de la especie y que germina, sobre todo, en los *milenios* de la psique (coincidentes o no con los de la cronología), cuando el hombre —perdido, asustado, angustiado y encerrado en sí mismo— aplica el oído a su propio pecho, se inclina sobre su interioridad y le pide una respuesta urgente a las tres primeras preguntas formuladas por sus más remotos antepasados: *quiénes somos, adónde vamos* y *de dónde venimos*.

Pero hay dos modelos de laberinto muy diferentes entre sí, casi opuestos... El del lago

(3)   Vid. *El camino del corazón*, p. 272. (*N. del e.*)

Moeris, en Egipto (4), y el del Minotauro, en Creta.

Pensé en el uno y en el otro mientras buscaba torpemente mi camino sobre las losas de piedra blanca. Devi había tomado la delantera y se movía con soltura, rapidez y seguridad por los intestinos del dédalo. Pronto, de seguir así, alcanzaría su objetivo.

Los egipcios creían que sólo el alma debe enfrentarse al albur de la prueba del laberinto. Nadie, por otra parte, podía salir vivo de éste, de igual modo que nadie sale con vida del laberinto de la existencia. Lo único importante desde su punto de vista, que es también el mío, era llegar al centro —en la India lo llamarían *atman* (5)— y quedarse para siempre en él, porque es ahí y sólo ahí donde la conciencia se dilata como un gran angular sin perder luz ni foco ni profundidad de campo, donde todo se ordena y se carga de significación y donde el ser humano puede contemplar al fin su verdadero rostro: el que tenía antes de nacer y el que tendrá después de morir.

A los cretenses, en cambio, les importaba más salir ilesos del laberinto que alcanzar su centro, pero ese arduo (y turbio) propósito requería ayuda. Ni aun dando muerte al Minotauro hubiese podido irse de rositas Teseo sin el hilo de Ariadna. Y la Iglesia, al optar por el modelo griego frente al egipcio, escogió el mundo, el demonio y la carne —lo que históricamente se designa con el eufemismo de *poder temporal*— y olvidó o

(4) Vid. pág. 312 de este libro.
(5) El Espíritu Universal, lo Absoluto. *(N. del e.)*

arrinconó, en líneas generales, los verdaderos valores del espíritu. ¡Lástima!

La entrada en el laberinto no suscita ningún problema, porque desde cualquier punto de su circunferencia se puede alcanzar el centro. Todo lleva al todo: ésa es la lección. Y ahí, en ese *aleph* (6), en ese alfa y omega, se unificarán algún día los opuestos: Michael Jackson y yo, verbigracia. Cosas más difíciles se han visto.

Seguía yo avanzando y retrociendo, como la protagonista de *El mago de Oz*, por un camino de baldosas —sólo cambiaba el color de éstas, que en el cuento eran amarillas— cuando vi que Devi llegaba como un huracán al centro del laberinto, levantaba los brazos hasta formar con ellos la uve de la victoria y, dirigiéndose a mí, aullaba:

—¡Señor Ramírez, señor Ramírez!

Era una guasona.

—Dígame usted —contesté siguiéndole la chufla.

—Le he ganado sin trampa ni cartón —dijo—. La juventud siempre se impone. ¿Necesita ayuda?

Pensé en Ariadna, sonreí y asentí:

—No me vendría mal.

—Pues espéreme ahí sin moverse.

Desanduvo con celeridad de lagartija parte de lo andado y llegó en un ziszás al punto del laberinto en el que yo la aguardaba.

—Ven, papá, que eres un patoso —dijo.

Y me tendió la mano.

Se la cogí, me dejé llevar y al cabo de unos segundos alcancé, gracias a ella, el centro.

---

(6) Primera letra del alfabeto hebreo y lugar en el que convergen todos los puntos del universo. (*N. del e.*)

Una vez allí, sin desasirme, cerré los ojos por un instante y pensé —o, mejor dicho, *sentí*— que estaba dentro de la corola de la flor amarilla de Giambattista Marino, de Jorge Luis Borges y del faquir de Konarak. Sus estambres y sus pistilos —el *yang* y el *yin*— me rodeaban, me acariciaban, me enredaban, me amarraban. Y también supe en ese momento que no era víctima de una alucinación, que tenía —pese a todo— los pies en el suelo y que el sentir no me engañaba, porque el centro del laberinto de la catedral de Chartres imita, efectivamente, la figura de una rosa de seis pétalos.

Y punto. No la toquemos. Allí estaba el Grial.

Oí la voz de Devi que me llamaba al orden y reclamaba mi atención.

—Papá —dijo—, ¿nos vamos? Es tarde y ya lo hemos visto todo. ¿O no?

—Sí, hija —contesté—. Ya lo hemos visto todo...

Atajamos en perpendicular por el cuerpo del laberinto, sin seguir el intrincado dibujo de sus curvas, y salimos de la catedral aún más felices de lo que estábamos al entrar en ella.

Chispeaba. Devi, sin soltar mi mano, dijo:

—¿Me invitas a una *crêpe* de chocolate?

Y, naturalmente, la invité.

Fulcanelli había escrito en mil novecientos veintidós: *La rosa representa la acción del fuego y su duración. Por eso los vidrieros medievales trataron de introducir en sus rosetones los movimientos de la materia excitada por el fuego, como*

puede verse en el pórtico septentrional de la ca-
tedral de Chartres.

El veintidós de septiembre —domingo, por
más señas— aterricé a eso de las siete de la tarde
en el aeropuerto de Barajas acompañado por Devi.
Todos estaban allí, esperándonos en la puerta de
salida de la aduana: mi madre, Bruno, Kandahar, Fernando, Herminio, Zacarías, Verónica (¡horror! Me quedé helado al verla) e inclusive el cal-
vorota de Ezequiel, al que las estrellas habían avisado de mi llegada en su inaccesible observatorio
de la sierra de Gata.

¿Todos? Bueno, no exactamente... Mi chica
aún no había vuelto de su último viaje.

Dejé la mochila en casa, saludé a los gatos,
lié unos canutos e invité a mi gente a ponerse
ciega de *saké* y de pescado crudo —mi plato favorito— en el mejor restaurante japonés de la ciudad. La sobremesa, la digestión y el jolgorio se
prolongaron hasta las tantas.

Al día siguiente, después de desayunar a fondo
y sin prisas en compañía de mis tres hijos, tele-
foneé desde el cuarto de estar a Jaime Molina,
que se puso a escape.

—¿Has vuelto? —preguntó, tan cortés y tan
distante como de costumbre.

—He vuelto —dije.

—¿Con el libro debajo del brazo?

No perdía el tiempo. El buitre siempre tira al
monte.

—En ese sitio tan feo, no, pero entre ceja y
ceja, sí.

Hubo un instante de silencio: el que necesitó Jaime para encajar y digerir la noticia.

—No sabes hasta qué punto me alegra oírlo —dijo con un poco de tiesura en la voz. Los tiburones también se emocionan—. Y no porque me pille de sorpresa. La verdad es que me lo esperaba. En cuanto cuelgues se lo comunicaré al editor.

—¡Ave, César! —ironicé—. Preséntale mis respetos y dile, de paso, que no voy a escribir un libro sobre Jesús, sino tres.

—¡Tres!

—¿Es una exclamación o una pregunta?

—¿Te has vuelto loco?

—Desde tu punto de vista, sí. La culpa es de mi viaje. No te imaginas lo que me ha sucedido a lo largo de él. Carros y carretas.

—Ya me contarás.

—No, Jaime, no te lo contaré. Es, de momento, alto secreto.

—¿Material narrativo?

—Exacto.

—¿Por qué tres novelas y no una?

—¿Por qué Dios es trino?

—¿Cuándo nos entregarás el primer volumen de la trilogía?

—No lo sé. Voy a escribir los tres libros al mismo tiempo.

—¿Puede hacerse?

—Tampoco lo sé. Pero sí sé que quiero intentarlo. El no ya lo tengo.

—¿Persigues algún propósito que no sea estrictamente literario?

—La respuesta es obvia, mi querido Jaime, lo que significa que tu pregunta es tonta.

—¿Vas a resolver tú solito la crisis del ser humano?

—El ser humano no está en crisis. Es únicamente el hombre occidental quien lo está. Se lo ha ganado a pulso.

—Tú y yo somos hombres occidentales.

—Yo, no, Jaime. Bórrame. He dimitido.

—¿Ya no te asusta la reacción de los lectores?

—Si van por libre y de a uno, no. Lo peligroso es el rebaño. Pero me preocupa lo que pueda pensar mi madre.

—¿Y la Iglesia?

—Más de un católico y más de un judío querrán cortarme los cojones. ¡Qué le vamos a hacer! Pero, pase lo que pase, no aceptaré ninguna declaración de guerra.

—¿Has descubierto muchas cosas?

—Sí.

—¿Vas a tirar de la manta?

—Todo lo que pueda.

—¿Sigues considerándote cristiano?

—Más que nunca.

—¿Necesitas dinero?

—No. Y basta de preguntas, Jaime. Pareces un sabueso de la brigada político-social en sus mejores tiempos.

—Una todavía... ¿Has llegado al centro del laberinto?

—Sí. Y he salido de él. Pero, como dice Mircea Eliade, la vida no está hecha de un solo laberinto. La *prueba* se repite una y otra vez. Ahora empieza lo bueno.

—¿La prueba?

—Sí, Jaime, la prueba... Pero dejémoslo por aho-

Quiero empezar a escribir esta misma mañana.

—¿Tan tarde? Siempre has dicho que la literatura exige madrugar.

—Ya no tengo manías ni costumbres ni apegos ni condicionamientos. Jesús me ha curado. El centro del laberinto se alcanza desde cualquier punto de su periferia. Todos valen. Y, por lo mismo, cualquier hora del día sirve para empezar un libro. O tres. Para ir a Roma basta con caminar.

—¿De qué tratará la primera novela?

—De un novelista en crisis consigo mismo, con su familia, con su país, con la sociedad y con el mundo al que le encargan que escriba las memorias apócrifas de Jesús de Galilea.

Se rió.

—¿Y la segunda? —dijo.

—En la segunda novela contaré lo que le sucede a ese personaje en Israel, en Egipto y en la India. La búsqueda de Jesús le lleva a esos tres países. Será un libro de viajes y de aventuras. Iniciáticas, naturalmente.

—¿Y la tercera?

—La tercera se llamará, con tu permiso, *Yo, Jesús de Galilea*. ¿Necesitas más aclaraciones?

—No. Ponte al trabajo y no desaparezcas. Da de vez en cuando señales de vida.

—Así lo haré.

—Bienvenido, Dionisio.

—Bien hallado, Jaime.

Y colgué.

Eran las diez y dieciocho minutos de la mañana del lunes veinticuatro de septiembre de mil novecientos noventa y uno. Salí del cuarto de estar, me encerré en mi guarida, eché la llave, preparé dos mesas supletorias a derecha e izquierda de la principal, coloqué una máquina de escribir encima de cada una de ellas, metí sendos folios en sus respetivos carros, abrí la urna de la rosa amarilla, la dejé destapada, toqué la cruz de los cátaros, recé un padrenuestro, respiré abdominalmente en ocho tiempos, exhalé un silencioso y prolongado *auuuummmm*, me santigüé y puse manos a la obra.

En el folio de la primera máquina (y de la primera novela) escribí: *El laberinto es la defensa mágica de un centro, de un tesoro, de una significación.*

En el de la segunda tecleé: *No podía apartar los ojos del culo de la azafata.*

Y en el de la tercera —parafraseando al apóstol Juan, que tanto amó a Cristo— dije: *En el principio fue el big bang y el big bang era Dios. Yo, Jesús de Galilea, vine al mundo para que el Verbo se encarnase y...*

La suerte estaba echada.

Muchos años antes, en la hermosa capital de una hermosa isla del Caribe, un poeta cubano que vivió siempre en el exilio interior —se llamaba José Lezama Lima— había escrito, sin saberlo, la última frase de mi primera novela sobre Jesús. Escúchala, lector...

Sensación final del rocío: alguien está detrás.

Soria y Cadaqués, 1992.

ÍNDICE

NOVELAS GALARDONADAS
CON EL PREMIO PLANETA

Esta edición
se terminó de imprimir en los
talleres de Imprenta de los Buenos Ayres
Carlos Berg 3445, Buenos Aires
en el mes de marzo de 1993.